**HAYMON** taschenbuch **191**

Alle in diesem Buch geschilderten Handlungen und Personen sind frei erfunden. Ähnlichkeiten mit lebenden oder verstorbenen Personen sind gegebenenfalls zufällig und nicht beabsichtigt.

Gedruckt mit freundlicher Unterstützung
durch die Kulturabteilung der Stadt Wien.

MIX
Papier aus verantwortungsvollen Quellen
FSC® C017859

Auflage:
4 3 2 1
2018 2017 2016 2015

**HAYMON tb 191**

Originalausgabe

www.haymonverlag.at



**ISBN 978-3-7099-7815-3**

Umschlag- und Buchgestaltung nach Entwürfen von
hœretzeder grafische gestaltung, Scheffau/Tirol
Umschlag: Eisele Grafik·Design, München, unter Verwendung von
Bildelementen von Phase4Photography/Bigstock (Hintergrund),
wikimedia.org/User Häferl (Torte) und depositphotos/evgenyataman
(Messer)
Satz: Da-TeX Gerd Blumenstein, Leipzig
Autorenfoto: Kurt-Michael Westermann

Gedruckt auf umweltfreundlichem,
chlor- und säurefrei gebleichtem Papier.

Peter Wehle

# Mord heilt alle Wunden

Ein Wien-Krimi

Peter Wehle

**Mord heilt alle Wunden**

## Vor Wochen …

Er klammerte sich an den Brief an.
Sein beruflicher Jackpot!
Zehn Millionen?
Fünfzehn Millionen?
Dollar oder Euro?
Egal!
Viel! Unheimlich viel!
Aber viel weniger, wenn er …
Nein!
Ohne sie.
Könnte er das überhaupt?
Wollte er das wirklich?
… er musste es eben tun.

## Sonntag, 25. August 2013, 3 Uhr

„Na, was ist? Wünschen der Herr vielleicht eine Extra-Einladung?“

Andreas Kandler schüttelte nur den Kopf. Zu mehr fehlte ihm die Kraft. Früher hätte er seinen aufmüpfigen Kollegen mit einem einzigen Blick zum Schweigen gebracht.

Aber heute.

Wobei, dieses „Früher“ war erst zwei Wochen her. Vor vierzehn Nächten hatte der Spuk begonnen.

Vor vierzehn Nächten hatte ...

„Soll ich nicht doch deine Runde übernehmen? Das merkt doch niemand, wenn ausnahmsweise du die ganze Nacht vor den Monitoren sitzen bleibst und ich die beiden Kontrollgänge mache.“

„Danke, nein. Zumindest den einen ... den muss ich ...“ Mühevoll stemmte sich Kandler aus seinem Lieblingssessel hoch und schleppte sich in Richtung all der Gemälde, Statuen und sonstigen Exponate, die er während der letzten achtundzwanzig Jahre sorgsam bewacht hatte. Er hatte sie über die Jahrzehnte schätzen, manche von ihnen sogar lieben gelernt. Und einige wenige waren tatsächlich zu einer Art Bezugsperson für ihn geworden. Vor vielen Jahren bereits hatte sich Kandler dabei ertappt, wie er ihnen seine Sorgen geklagt und von seinen Träumen vorgeschwärmt hatte. Bald darauf hatte er beschlossen, sich nicht mehr dafür zu schämen, sondern die Kulturschätze als eine seiner Ersatzfamilien zu akzeptieren. Und wie in jeder Beziehung hatte es engere und losere Zeiten gegeben.

Aber mit keinem seiner „verwandten“ Kunstwerke hatte er je Probleme gehabt.

Bis vor vierzehn Nächten.

Da hatte sein Unglück begonnen.

„Warum hast du nicht auf uns gehört?“

Unwillkürlich begann Kandler zu zucken. Seine Muskeln versuchten offenbar, das Entsetzen, das sich in seinem ganzen Körper breitmachte – sein Hirn, seine Nerven, sein Herz, seinen Magen, einfach alles in ihm durchsetzte –, in einem Kraftakt aus ihm herauszuschütteln.

Aber es funktionierte nicht!

Konnte es auch gar nicht, weil dieser Kraftakt keiner mehr war, keiner mehr hätte sein können.

Er hatte keine Kraft mehr, er war am Ende.

Erschöpft lehnte sich Kandler an einen der Türrahmen zwischen den Sälen. Starr stierte er geradeaus. Es war ihm unmöglich geworden, auch nur einem Einzigen der Prunkstücke einen liebevollen Blick zu schenken. Obwohl sie alle unschuldig waren, hatte er jegliches Vertrauen in sie verloren. Er konnte sich einfach nicht mehr sicher sein, ob ihm nicht plötzlich auch ein anderes Bild drohen würde. Vielleicht würde auch eine der Heiligenstatuen lebendig werden und ihn erschlagen!

Oder ihn aufspießen ... vielleicht der heilige Laurentius mit seinem Rost oder der heilige Sebastian mit seinen Pfeilen?

„Warum hast du nicht auf uns gehört?“

Hysterisch riss er seine Hände hoch und hielt sich die Ohren zu. Aber die unheimliche Stimme blieb in seinem Kopf.

Klar, denn er war im Saal sieben. Erst im nächsten Raum, da ...

Kandler holte tief Luft, stieß sich vom Türrahmen ab und setzte sich in Bewegung. Er bemühte sich, an nichts zu denken, einfach nur einen Fuß vor den anderen zu setzen. Das Gehen klappte ganz gut, nur das mit dem Hirnvakuum gelang ihm nicht ganz. Aber der eine Gedanke, der sich mitten in der Kopfleere explosionsartig ausgebreitet hatte, war ihm gar nicht so unangenehm.

Er befand sich auf dem Weg zum Schafott.

Gleich würde alles vorbei sein.

Der Menge Johlen, das Knarren der Bohlen ... und Gott befohlen!

Wo er diesen Satz gelesen hatte, wusste er nicht mehr. Egal – die Stille um ihn schien zu brüllen und der edle Parkettboden knirschte wie die Stufen zum Richtblock. Ein letztes Mal sah sich Andreas Kandler um, die Köpfe auf den Gemälden wurden zu vertrauten Gesichtern seines Lebens.

Jetzt war er an seinem Ende angekommen.

Saal acht.

Diesmal versuchte er erst gar nicht, sich der gegenüberliegenden Wand entlang durch den Raum zu stehlen. Vielleicht gar noch mit dem Rücken zu seinem Feind.

Nein!

Diesmal stellte er sich mit schweren, aber breiten Beinen vor das riesige Bild, das ihm die letzten zwei Wochen zur Hölle gemacht hatte.

„Die Flucht des Orest".

Wie oft er sich all die Details des sechs mal drei Meter großen Ölgemäldes eingeprägt hatte, hätte er auch in einem anderen Zustand beim besten Willen nicht sagen können. Jetzt starrte er nur auf die Gesichter der drei Erinnyen, der griechischen Rachegöttinnen, die aus der Mitte des Bildes jeden Betrachter mit bösartigen Blicken anfunkelten. Die anderen, größeren und weniger schrecklichen Figuren nahm er in dieser Sekunde nicht wahr.

Nur die Erinnyen ...

Er hatte sich genau überlegt, was er sagen würde. Er hatte zwei Tage lang den Tonfall geübt, in dem er den drei Schreckenswesen den Kampf ansagen würde.

Jetzt war der entscheidende Moment gekommen.

Kandler schluckte noch einmal, um ja nicht mit belegter Kehle den Befreiungsschlag führen zu ...

„Warum hast du nicht auf uns gehört? Törichter Mann! Bald wird es zu spät ..."

Das „sein" bekam Andreas Kandler nicht mehr mit. Er griff noch mit der rechten Hand in seine Jackentasche, um die rettenden Herztropfen herauszufischen, aber dann fiel er um wie ein Sack.

**Sonntag, 25. August 2013, 11 Uhr**

„Au! Das ist doch zu blöd, das muss doch ..." – ein helles Kinderlachen drang durch seine Ohrenschützer und ließ Ludwig Halb sofort verstummen. Vorsichtig robbte er ein paar Zentimeter unter dem Waschbecken hervor, dann legte er die Bohrmaschine links neben sich und schob den Gehörschutz in den Nacken.

„Ja, Flitzi, ich hab dich gar nicht kommen gehört. Wo ist denn der Papa?"

Friedrich Korber kicherte vergnügt, sodass die Antwort nur für Kenner seiner kindlichen Sprechweise verständlich war. „Der Papi, der hat ... das ist aber lustig, Onkel Luzi, wenn du so schimpfst, weil ich darf das ja nie hören und sagen darf ich so böse Pfui-Worte auch nicht, weil die Mami sagt dann immer, dass ich das nicht ... aber auch der Papi findet das nicht lustig, und ... der Papi ist nur kurz eine Eisige holen und weil du diese großen Deckel auf den Ohren gehabt hast und so laut Lärm gemacht hast, hat er gesagt, dass ..."

„Flitzi, was für eine Eisige? Was meinst du denn?"

„Eisensäge, hier bitte. Flitzi, du stehst ein bissi im Weg." Gilles Korber schob seinen Sohn zur Seite, um seinem zukünftigen Vorgesetzten und gegenwärtigen Vermieter das scharf gezahnte Werkzeug reichen zu können.

„Ich weiß zwar nicht, wieso die Eisensäge nicht in der Werkzeugkiste war" – unter dem strengen Seitenblick seines Vaters schien Klein-Friedrich um zehn Zentimeter zu schrumpfen – „aber ich habe sie dann in der Küche gefunden."

„In der Küche?", verwunderte sich Halb.

„Ich hab doch nur ... weil der Onkel Luzi so viel arbeitet ... ein ganz dickes Wurstbrot hab ich ihm schneiden ..."

„Flitzi, das haben wir dir doch schon oft erklärt. Du darfst kein Werkzeug in die Hand nehmen!"

„Aber ... Papi, aber du sagst doch immer: Messer, Gabel, Schere, Licht sind für'n kleinen Flitzi nicht! Und die Eisige da, die ist doch kein Messer oder Gabel oder Schere oder Li-hi..." – der Rest seiner Rechtfertigung ging in einem Strom von Tränen unter.

Bei einem seiner zahllosen Verhöre hätte der Leiter des Referats für Gewaltkriminalität im österreichischen Bundeskriminalamt, Hofrat Magister Ludwig Halb, jetzt wohl widerwillig gegrinst. Als Onkel Luzi aber seufzte er tief ob dieser schlüssigen Argumentation und flüchtete unter das „Sanitär-Ensemble zur problemlosen Selbstmontage", wie es der Baumarkt-Prospekt verheißen hatte. Obwohl er in den letzten Wochen durchaus Gefallen an seiner neuen

Rolle als Reserve-Großvater gefunden hatte, fühlte er sich noch nicht reif genug für die Hardcore-Momente des Wahlopa-Daseins.

In der Höhle unter dem Waschbecken war es zwar auch ohne „Ohrdeckel" noch heiß, dafür drangen Flitzis Schluchzlaute nur gedämpft durch. „Dein Waschbecken-Unterschrank, eine Allegorie des Lebens – er zeigt uns deutlich, dass kein Nachteil ohne Vorteil ist", brummte Halb in seinen Zweitagesbart, als er sich nun nicht mehr den Bohrlöchern, sondern dem renitenten Siphon-Anschluss widmete.

Nein, das hätte er sich vor dreieinhalb Monaten nicht träumen lassen, dass er sein eigenes Zinshaus Wohnung für Wohnung, Raum für Raum renovieren würde. Und das hatte er doch tatsächlich Onkel Alois zu verdanken – am Anfang seines neuen Lebens war das seltsame Erbe von seinem zwielichtigen Onkel gestanden. Aufgrund eines wüsten Zufalls hatte ihn dieser erfreulicherweise nur weitschichtig Verwandte vor Jahrzehnten für einen Zuhälter gehalten. Und dann hatte sich der liebe Onkel Alois ganz plötzlich gezwungen gesehen, Österreich in Richtung eines südamerikanischen Steuerparadieses zu verlassen, weshalb er nie mehr erfahren hatte, dass sein junger Neffe x-ten Grades nicht nur kein Verbrecher, sondern ein Polizist war. Schlimmer noch, Ludwig Halb war zu einem glühenden Kriminalisten geworden, der sich bis zum heutigen Tag voller Überzeugung der Illusion hingab, ein klein wenig die Welt zu verbessern. Aber das hatte Onkel Alois eben nicht gewusst, weshalb er seinem scheinbar „wohlgeratenen Zuhälter-Neffen" ein Zinshaus vererbt hatte.

... und zwar ein vermeintlich ganz besonderes, denn es befand sich inmitten von „Etablissements des Erwachsenen-Entertainments".

... und außerdem stand es leer, weshalb der liebe Erbonkel in einem Brief gemeint hatte, dass sein fleißiger Neffe dieses Prachtstück zimmerweise an die „selbstständigen Damen und deren Beschützer" vermieten könnte.

Trotz der stickigen Hitze unter dem Waschbecken fror Halb noch heute bei dem Gedanken, dass er, der jahrzehntelang das Elend des ältesten Gewerbes der Welt bekämpft hatte, plötzlich die Seiten hätte wechseln sollen. Nein, das war nicht in Frage gekommen!

„Bitte um die Wasserpumpenzange" – da das Weinen fast verklungen war, streckte Halb die rechte Hand aus seinem Verschlag heraus.

„Da, da" – es war offenbar ein Friedensangebot seines Vaters, dass Flitzi die große Zange angreifen und unter vergnügtem Quietschen Onkel Luzi in die schwielige Hand legen durfte.

„Oh, danke, lieber Flitzi!" – obwohl nicht einmal dieses Mordsinstrument die kleinere der beiden Gewindemuffen dazu bewegen konnte, sich endlich aufdrehen zu lassen, bereute Halb nicht, dass er das Haus trotz aller Widrigkeiten behalten und zu einem qualitativ hochwertigen, aber nicht zu teuren Wohnort für sympathische Mitmenschen wie Familie Korber umgestaltet hatte.

... umzugestalten begonnen hatte.

... umgestalten zu wollen begonnen hatte.

„Himmelherrgottnocheinmal" – um das ungeschriebene Gesetz „Kein Fluch vor Flitzis Ohren!" auch diesmal nicht allzu dramatisch zu brechen, versuchte Halb, zumindest das nun aus ihm herausbrechende „Kruzitürken Dreck verdammter" zu einem unverständlichen Gemurmel herunterzumodulieren.

„Kruzitrrrrvadammm" – er genoss die letzten Sekunden der explosiven Entspannung in vollen Zügen.

Gleich würde er sich reumütig rechtfertigen müssen, dass er die Wut nicht mehr zurückhalten hatte können, weil ihn doch diese bösartige Rohrverbindung zur Verzweiflung trieb und er ...

„Armer Onkel Luzi" – Halb hatte mit vielem gerechnet, aber dass seine emotionale Explosion mit einem kindlichen Bedauern belohnt würde, hätte er nicht erwartet.

„Ja, also ... das ist aber sehr lieb von dir, Flitzi" – noch einmal manövrierte Halb seinen massigen Oberkörper vorsichtig zwischen dem „Unterschrank breit mit Wäschekippe" und der „Waschkommode normal mit zwei abschließbaren Schubladen" hindurch, um sich bei seinem jugendlichen Seelentröster zu bedanken.

Obwohl er das Gefühl hatte, jeden Quadratmillimeter seiner Bandscheiben einzeln zu spüren, zelebrierte er seine schlängelnden Bewegungen voller Lust. Denn ziemlich genau vor einem Jahr hatten ihm die Ärzte – durchaus positiv gestimmt – eröffnet, dass er möglicherweise eines fernen Tages wieder alleine auf die Toilette würde gehen können. Wobei, „gehen" dürfe er nicht so wörtlich nehmen, aber mit dem Rollstuhl könne er schon ... also, auf jeden Fall wären sie guter Dinge, dass er doch nicht für alle Zeit von der Halswirbelsäule abwärts gelähmt bleiben würde. Aber natürlich müssten erst die kommenden Wochen zeigen, wie seine Verletzungen verheilen würden. Einen schönen Tag noch!

An diesem Vormittag im Hochsommer 2012 hätte Halb trotz seiner hohen moralischen Ansprüche den Mann, dem er seine totale Hilflosigkeit zu verdanken hatte, mit größter Wonne zu Tode geprügelt.

... wenn er es gekonnt hätte. Aber dank der drei Kugeln, die ihm Uros Mogvan, ein völlig abgedrehter

Dealer, in seine Wirbelsäule gejagt hatte, hatte sich Halb schlimmer als tot gefühlt.

Und heute? Heute krabbelte er rücklings über die Böden seines eigenen Zinshauses und schraubte an Siphons herum.

Doch ... es geschahen noch Zeichen und Wunder!

Selbst in seinem Leben.

„... sehr lieb von dir, Flitzi. Und es tut mir auch leid, dass ich so hässliche Worte gesagt habe, die dich vielleicht erschreckt ...“ – ebenso langsam, wie Halb unter seinem Waschbecken und aus seinen Vergangenheitsbewältigungsgedanken aufgetaucht war, begriff er, dass er irgendetwas verpasst haben musste. Denn Klein-Friedrichs Ausdruck wechselte von klagend-vorwurfsvoll zu strahlend-hoffnungsfroh.

„Ich hab doch nur gehört, dass du schimpfst, aber nix Genaues, weil mir der Papi ganz schnell die Ohren zugehalten hat. Und jetzt musst du mir die hässlichen Worte noch einmal sagen, damit ich weiß, ob ich auch wirklich erschrecktet bin.“

„Erschrocken, Flitzi, nicht erschrecktet. Und nein, der Herr Hofrat wird die Pfui-Worte nicht wiederholen, weil ... mit vollem Mund spricht man nicht.“

Offenbar hatte die „Siphonische Symphonie“ aus Arbeitslärm, deftigen Wortschöpfungen und Kinderstimme Frau Korbers Schritte vollkommen überdeckt.

„Mami!“ – Flitzi sauste zu seiner Mutter und versuchte, einen Blick in eine der zwei futuristischen Taschen zu erhaschen, die seine Mutter vorsichtig durch die Tür manövriert hatte.

„Wart, ich helf dir!“ – Gilles Korber nahm seiner Frau behutsam die andere kapselartige Konstruktion ab und lächelte in ihr Inneres hinein.

„Grüß Gott, Frau Korber ... liebes Füchslein“ – ein Außenstehender hätte beide kofferähnlichen Gebilde für Hightech-Kühltaschen halten können, Halb aber wusste um den existenziellen Unterschied zwischen dem vielfarbigen Faltkorb und der rot-blau marmorierten Plastikschale.

... der sich auch prompt lautstark bemerkbar machte.

„Ja, was hast du denn? Du brauchst doch nicht zu weinen ... mein Füchslein, mein Herzi-Hasi, mein ...“ – wie fast jeder Erwachsene verfiel auch Gilles Korber in einen ganz eigenen Tonfall, als er seinen drei Wochen alten Zweitgeborenen aus dem Baby-Bag hob. Klein-Antoine quittierte diese Zärtlichkeit lediglich mit einem lauteren Quäken, worauf Maria Korber ihrem Mann das weinende Bündel mit einem ungeduldigen „Gib ihn mir, du machst das falsch!“ entzog. Daraufhin begann der dreieinhalbjährige „große Bruder“ mitten in seiner Inspektion der mitgebrachten Köstlichkeiten zu schluchzen, weil er einerseits das Glas mit den Salzgurken nicht öffnen und andererseits nicht ertragen konnte, wenn nur der – seiner Meinung nach – kleine Störenfried geherzt wurde. Diese Mischung aus Salz- und Liebesmangel ließ Klein-Friedrichs leises Weinen jäh in einen Wutanfall kippen, worauf sich Halb genötigt sah, wieder einmal Deus ex machina zu spielen. Noch vor dessen Vater war er bei Flitzi, dem er betont männlich-erwachsen die Hand auf die vor Zorn bebende schmale Schulter legte. „Das Gurkenglas kann man mit einem Werkzeug aufmachen. Wenn du mir die Zange von da drüben bringst“ – einem Mini-Kugelblitz gleich schoss Friedrich unter das Waschbecken und trug die Wasserpumpenzange wie eine kostbare Trophäe zu seinem Onkel Luzi und dem Gurkenglas zurück – „dann können wir uns gleich eine köstliche, dicke, grüne, salzige …"

„Jetzt mag ich aber lieber die Schokolade. Und die Wurst. Und den Käs. Und die Wurst da auch. Und die Limonade da. Und das Fleisch da – nein, das mag ich nicht." Sanft hinderte Halb seinen Wahlenkel daran, alle Köstlichkeiten aus dem Korb zu räumen. Um nicht die nächste Zornattacke heraufzubeschwören, drückte er ihm eine bunte Schachtel in die Hand und sah ihm verschwörerisch in die Augen. „Flitzi, jetzt würden wir alle deine Hilfe brauchen. Könntest du diese Käseschachtel und die … die Senftube hier ins Nebenzimmer zum Tisch tragen? Weil ich schaff das nicht allein. Und wir haben doch jetzt schon großen Hunger. Und der Papi, der muss … ah ja, der muss den Baby-Bag tragen. Und die Mami natürlich das Füchslein. Und wir beide, wir tragen dann das Wichtigste, das Essen. Einverstanden?"

Friedrich Korber richtete sich zu seiner ganzen Größe von hundertunddrei Zentimetern auf. Dann nahm er Käseschachtel und Senftube ehrfürchtig in seine Hände … und legte sie gleich wieder auf den Boden. Mit einem gejauchzten „Du bist mein Lieblings-Luzi-Onkel!" fiel er dem neben ihm Knienden um den Hals.

„Ich komm euch gleich nach." Mühsam rappelte Halb sich auf. Doch, ja – bei allem Ächzen und Ärgern über die Do-it-yourself-Sanierung war es doch die richtige Entscheidung gewesen, als erste Mieter diese Familie anzuwerben. Auch wenn sie nur wenig Miete zahlte, und obwohl der junge Justizwachebeamte Gilles Korber ein viel schlechterer Handwerker war, als er von sich behauptet hatte … es war gut so!

Zufrieden sah Halb sich um … und blieb mit seinem Blick am immer noch funktionslosen Waschbecken hängen. Aber noch bevor in ihm wieder der Groll auf

Muffen, Siphons, Wasserpumpenzangen und Bohrmaschinen hochstieg, machte sich ein anderes, weit wohligeres Gefühl breit. Er war nicht mehr, wie so lange in seinem Leben, darauf angewiesen, jeden Euro zweimal umzudrehen. Auch wenn er es immer noch nicht verinnerlicht hatte – er war wohlhabend. Er konnte sich was leisten! Vielleicht sogar ... – es bedurfte nur eines kleinen inneren Rucks, um am „Nebenzimmer-Picknick" teilzunehmen. Jawohl, er würde schon morgen die Firma „Wondracek und Söhne" anrufen. Immerhin hatte er den Urenkel dieser alteingesessenen Installateursdynastie vor einigen Jahren von einem – verständlicherweise höchst unangenehmen – Mordverdacht entlasten können.

Die würden ihm doch wohl einen guten Preis machen ... für den an und für sich lächerlich-einfachen Anschluss eines einzigen Waschbeckens. Und vielleicht würde er dann auch die abgrundtief hässlichen Armaturen in den anderen Badezimmern auswechseln lassen. Weil ein hauchdünn blattvergoldeter wasserspeiender Schwan mochte ja vielleicht in einem Bordell heimisch sein, aber in das komfortable Bad eines ehrwürdigen Zinshauses gehört so ein seltsames Tier nicht. Und die Küchen, die könnte er dann vielleicht auch gleich ...

Mit einem entsetzten Stöhnen verließ Halb die Stätte seines handwerklichen Versagens.

Der Gedanke, dass er sein Zinshaus wegen horrender Renovierungsschulden eines Tages doch noch einem der Zuhälterbosse verkaufen müsste, die es ihm schon längst liebend gerne abgeluchst hätten, trieb ihm den Angstschweiß auf die Stirn. Lediglich die Aussicht auf ein hervorragendes und sogar kostenloses Mittagessen im Kreise seiner einstweiligen Lieblingsmieter ließ ihn mit freundlichem Gesicht das Nebenzimmer betreten.

Oder auch nicht ... das Klingeln seines ungeliebten Smartphones riss Halb aus seiner Vorfreude, aber ein Blick auf das Display ließ seinen grimmigen Blick sofort weicher werden. „Delia, du bist schon wieder in Wien? Ihr habt euch einen Tagungstag geschenkt? Heute Abend? Ja wunderbar, ich freu mich ... das heißt, nein, leider nicht. Weil ich ... aber nein, ich bin nicht gekränkt wegen letzter Woche. Ich bin aber heute Abend bei Verenas Großvater eingeladen. Was heißt, ‚welche Verena'? Du kennst doch meine Mitarbeiterin Magistra Verena Planner. Na die, die vor drei Monaten ganz wesentlich zu meiner Lebensrettung beigetragen ... also, die einen wesentlichen Beitrag zu meiner ... Himmelherrgottnocheinmal, ich kann das im Moment nicht so formulieren, dass es nicht furchtbar pathetisch klingt. Jedenfalls war sie damals mit von der Partie, die mich gerettet hat. Und eben jene Verena hat mich vor ein paar Tagen gebeten, heute Abend ihren Opa zu besuchen. Der müsste mir irgendeine ganz komische, sogar gespenstische Geschichte erzählen. Und sie bräuchten meinen Rat. Da hab ich natürlich nicht nein sagen können. Und deshalb ... es tut mir wirklich sehr, sehr leid. Aber vielleicht sehen wir uns morgen? Nein? Seminar. Aha. Und übermor... auch nicht. Wie bitte? Erst am Freitag? Willst du mich bestrafen? Nein? Fein! Aber weshalb dann der temporäre Delia-Entzug? Aus Überfluss an Zeitmangel? Toll, ich beginne gerade, mich für eine Karrierefrau zu begeistern! ... und ich bin ein Macho? Von mir aus, aber du sollst wissen, dass ich ein sehr einsamer Macho bin. ... und ein sehr lieber? Oh, danke! Na ja, dann – auf ganz bald wieder-telefonieren! Nein, ich werde mich beim Heimwerken nicht verletzen, ja, ich pass auf mich auf. Versprochen! Ja, dir auch ... bussi, bis bald!"

Vorsichtig schob Halb das nagelneue, in seinen Augen ohnehin unnötige Nobelhandy in die edle Lederhülle, die ihm Delia vor vier Wochen geschenkt hatte. Natürlich hatte er schon etliche Male miterlebt, dass die Hormone Menschen zu den merkwürdigsten, manchmal auch fürchterlichsten Taten zwangen. Aber dass so ein Zustand selbst einem abgebrühten Zyniker in reifen Jahren drohen konnte, das war dem Vernunftmenschen Halb ein Rätsel. ... ein Rätsel, das er aber genoss. Allerdings unter Ausschluss jeglicher Öffentlichkeit. Nicht auszudenken, wenn jemand erführe, dass er ...

„Onkel Luzi, das ist aber sehr lustig, wenn du so rot wirst. Fast so lustig wie Kiki, der Kinder-Clown. Kannst du das für mich noch einmal werden? Weil dann sagt die Mami, dass ich dich holen essen soll."

„Die Mami hat sicher gesagt, dass du mich zum Essen holen sollst. Geh nur vor, jetzt komm ich wirklich gleich. Und ich bin doch nicht so rot wie der Kiki, nein, wirklich nicht! Oder?"

Die letzten Worte hatte Flitzi nicht mehr gehört, nicht mehr hören können. Zum einen war er mit schlenkernden Beinchen wieder ins Nebenzimmer gehoppelt, zum andern hatte Halb sein abschließendes Entsetzen kaum hörbar vor sich hingemurmelt.

Bevor er endgültig den Raum verließ, warf er noch einen Blick in den Spiegel oberhalb des Waschbecken-Ensembles. Nein, kein Rotton mehr, er war erfreulicherweise wieder so bleich wie immer.

Aber Flitzi hatte recht – er musste unbedingt daran arbeiten, nicht zu erröten. Schließlich hatte er es bei seinen Verhören über all die Jahre geschafft, kaum Regungen zu zeigen. Da sollte es ihm doch möglich sein, auch bei Delia ...

Sollte! Aber wollte er das überhaupt?

Egal! Darüber konnte er später nachdenken, jetzt umfing ihn ein Potpourri wunderbarer Düfte. Er konnte frisches Baguette identifizieren, Roastbeef, Räucherkäse, Lachs ... und Salzgurken. Aber die würde er zur Gänze Flitzi überlassen. Vielleicht würde der dann darauf vergessen, seinen Onkel Luzi auf dessen lustige Röte anzusprechen.

## Sonntag, 25. August 2013, 19 Uhr

„Noch ein Bier, Herr Hofrat?"

„Nein danke, Herr Horak. Ich möchte ja noch bei Sinnen sein, wenn Sie mir von diesem Schauermärchen erzählen. Die Verena hat nur Andeutungen gemacht."

„Ja, ich hab sie darum gebeten, Ihnen noch keine Details zu sagen. Weil, im Büro, vor den Kollegen, die hätten sie vielleicht sogar ausgelacht."

„Das kann ich mir nicht vorstellen. Ihre Enkelin hat ihnen doch sicher erzählt, dass wirklich jeder in unserer Ermittlergruppe ein reizender und hilfsbereiter ..."

„Aber gegen ein Stück Sachertorte haben Sie doch sicher nix einzuwenden? Ich find, das schließt den Magen viel besser als Käse. Und dazu natürlich eine frische Tasse Ostfriesenmischung, mit einer Spur Obers? Ich bring's gleich aus der Küche."

Normalerweise wäre Halb spätestens jetzt explodiert, er hasste es, wenn sein Gegenüber sich offensichtlich auf ständiger Gedankenflucht befand. Aber normalerweise hatte er auch nicht gerade vor einer halben Stunde eines der besten Gulaschs seines Lebens gegessen. Und normalerweise hatte er auch nicht zwei – wenn auch nur kleine – Biere intus, bevor er sich mit einem geheimnisvollen potenziellen Fall beschäftigte.

Und normalerweise säße er an einem Sonntagabend entweder zu Hause inmitten seiner geliebten Bücher oder eben mit Delia ... ja, wo eigentlich? Der Seufzer, den Halb gerade noch unterdrücken konnte, schien sich aber auf seinem Gesicht zu verselbstständigen – zumindest deutete das Verenas Lächeln an.

„Ich weiß schon, Chef, du wärst jetzt natürlich viel lieber mit ... also ganz woanders. Umso mehr danke ich dir noch einmal ganz herzlich, dass du dir die Zeit ..."

„Bitte keine Ansprachen, Verena! Ich bin schon gespannt, was mir dein Großvater ..."

„Bitte sehr, die Torte und der Tee. Mit Kandiszucker, wie sich das gehört. Reni, machst du uns bitte zwei kleine Schwarze, also, zwei Espressi, wie das die jungen Leut heut halt so sagen. Herr Hofrat, stört Sie eh nicht der Duft von den frisch gemahlenen Kaffeebohnen? Ich meine, bei Ihrem Teegenuss."

„Nein, nein, Herr Horak" – genüsslich sog Halb den malzig-würzigen Geruch aus Assam- und Sumatra-Tees ein. Andächtig goss er das Obers ringförmig auf die Oberfläche, beim Anblick der kleinen Wolke glitt er endgültig in einen Zustand großer Zufriedenheit und ...

„Und, ist er richtig temperiert? Meine Enkelin hat mir ja von ihrer Vorliebe für eine perfekte Tasse Tee erzählt, selbstverständlich nicht nur das, über ihre brillante Kombinationsfähigkeit hat sie mir natürlich ausführlich ..."

„Herr Horak, jetzt sind S' doch nicht so nervös! Alles – Gulasch, Bier, Gebäck, Torte, Tee – war und ist perfekt. Jetzt beruhigen Sie sich und erzählen mir die unglaubliche Geschichte von Anfang an."

„Also, die Sache ist folgende: Aber bitte, wenn Sie gleich der Meinung sind, dass das nur ein ausgemachter Blödsinn sein kann und unter Ihrer Würde ist, dann bitte unterbrechen Sie mich einfach, weil ich möchte nicht vor dem Chef meiner Enkelin wie ein Idiot dastehen, erst recht nicht, wenn er ein so berühmter Kriminalist ist ... der Chef, also Sie, nicht der Idiot. Wie gesagt, es ist wirklich kein Schwachsinn, weil ich schwöre Ihnen, dass der Andreas, ich meine, der Herr Kandler, weder Alkoholiker noch sonst irgendwie ein wirrer Kopf ist. Es ist halt ein großes Rätsel, noch dazu ein mysteriöses, aber das sind ja Rätsel meistens ..."

Verzweifelt überlegte Halb, wie er den wirren Redefluss stoppen könnte, ohne allzu grob zu werden. Ob vielleicht ein Zeichen mit der Hand ...

„Opa! Offenbar nimmt dich der Herr Hofrat ernst, weil sonst wäre er gar nicht erst gekommen. Also – schön langsam und von Anfang an" – dankbar lächelte Halb seine Mitarbeiterin an.

Einen Moment schien es, als ob Verenas Großvater doch noch einen Rückzieher machen würde, aber dann brachen die „verbalen Dämme" ein zweites Mal.

„Am Anfang war ... der ‚Sparverein'. Nicht, dass Sie sich jetzt was Falsches vorstellen, Herr Hofrat – unser Sparverein war nie eine juristische Gründung so wie eine Genossenschaft. Mehr noch, unser Sparverein hat nie etwas mit Sparen zu tun gehabt. Wir hätten uns auch ‚Verein der Freunde der gepflegten Unterhaltung' nennen können. Oder ‚Verein zur Förderung regelmäßiger Versammlungen zwecks Stärkung altwienerischer Freundschaftsrituale'. Wir haben damals mehrere solcher seltsamer Namen überlegt. Aber die waren uns alle zu lang. Und da hat sich dann eben die herrlich altmodische Bezeichnung ‚Sparverein' angeboten. In Wirklichkeit haben wir nie etwas gespart, im Gegenteil, unser Sparverein war immer dazu da, dass seine Mitglieder Geld ausgeben. Und zwar im ‚Gasthaus

Jungbrunnen'. Also, damals, bei der Gründung, da hat das noch ,Wirtshaus zur kleinen Frohnatur' geheißen. Aber dann ist der alte Wirt gestorben, und sein Nachfolger war der Herbert, Herbert Jung. Deshalb ,Gasthaus Jungbrunnen'. Der Name war auch wirklich Programm, denn der Herr Jung hat dann das Bierangebot enorm vergrößert. Vorher hat's nur zwei Biermarken und davon je drei Sorten gegeben, aber dann ..."

„Opa, bitte komm zur Sache! Wir wollen alle vor fünf Uhr früh in unseren Betten sein."

„Lass nur, Verena, dein Großvater erzählt durchaus amüsant."

„Nein, nein, Herr Hofrat, die Verena hat schon recht. Also, ich komm zur Sache. Wobei, ,zur Sache', das klingt hässlich, weil ,die Sache' sind ja die Mitglieder. Von Anfang an dabei ist der ... nein, falsch, war der Sven. Sven Sulzer, ein herrlicher Mensch. Er war stets lustig, aber niemals lästig. Verstehen Sie, er war zwar fast immer gut gelaunt, aber er war nie einer von denen, die einem mit ihrem Dauer-,Ha-Ha-ich-bin-so-witzig' unheimlich auf die Nerven gehen."

„War?"

„Ja, war, er ist vor einem Jahr bei einem Unfall ums Leben gekommen."

„Das tut mir leid. Und spielt er in der Gruselgeschichte noch eine Rolle?"

„So blöd das klingt – ich weiß es nicht."

„Schade, er war mir schon sympathisch. Und was ist mit den anderen Stammmitgliedern?"

„Die anderen ... also, Gründungsmitglied war – und ist – der Markus. Markus Märzner. Ein origineller Mensch. Und zwar einer von der Sorte, die als Tausendsassa unterwegs ist, aber bei keiner ihrer Aktivitäten so wirklich, also so echt wirklich ... wie soll ich das sagen? Er kann unheimlich viel, und das noch dazu in sehr unterschiedlichen Bereichen, aber er bringt nichts zu einem erfolgreichen Ende."

„Sie mögen ihn wohl nicht sehr?"

„Mögen? Doch, schon. Er ist eindeutig der Kreativkopf unserer Gruppe. Zum Beispiel, die Idee mit dem skurril-unpassenden Namen ‚Sparverein' – die ist von ihm. Oder auch unser Logo ... ja, allen Ernstes, wir haben ein eigenes Logo. Das hat der Markus gestaltet. Gut, wir anderen haben natürlich unseren Senf dazugegeben. Wie auch dann bei der Vereinshymne. Wobei, wenn ich mich recht erinnere, die hat der Karl komponiert. Also, musikalisch zusammengestoppelt halt. Aber sie klingt erstaunlich gut. Vor allem der Refrain, der geht wirklich ins Ohr. Wissen Sie, die Melodie fängt folgendermaßen an ..."

„Opa!"

„Schweif ich schon wieder ab? Na gut ... bei wem war ich? Ah ja, der Karl, Karl Worcinka, der ist der Ungewöhnlichste von uns Sparvereinlern. Luca Managile – der Meister der Taschendiebe. So hat er sich genannt, der Karl. Der hat früher eine sensationelle Karriere gemacht – bis nach Las Vegas war der engagiert. Da hat er Unsummen verdient ... also, ich meine, auf legale Weise. Und dann hat ihn die Reisebranche entdeckt und er ist auf allen großen Kreuzfahrtschiffen dieser Welt aufgetreten. Vor allem bei den Mitternachtsshows war er eine Berühmtheit. Ich nehme an, dass da die meisten Gäste schon etwas ... wie soll ich sagen? ... also nicht mehr allzu aufmerksam waren, sodass sie der Karl mühelos hat ‚ausräumen' können, auch noch, als er schon etwas langsamere Hände gehabt hat. Vor drei Jahren hat er sich dann zur Ruhe gesetzt. Jetzt arbeitet er nur mehr zum Vergnügen ... wobei, Sie könnten ihn kennen. Er hilft nämlich manchmal der Polizei – bei solchen Shows im Kriminalberatungs-Dauer-Dingsda ... wie heißt denn das?"

„Meinen Sie den kriminalpolizeilichen Beratungsdienst?"

„Ja, genau. Und die organisieren ab und zu so Themenshows, zum Beispiel ‚Achtung, Taschendiebe!', und dort tritt der Karl auf und räumt dann zum Gaudium des Publikums einem Freiwilligen die Taschen leer, ohne dass der das in dem Moment merkt. Am lustigsten ist es, wenn er so lange charmant-lästig ist, bis sich ein Kriminalbeamter bereit erklärt, auf die Bühne zu kommen. Ich sag's Ihnen, da jubeln dann die Leute, das ist ..."

„Also, Sven Sulzer, Markus Märzner, Karl Worcinka alias Luca Managile und Sie – hat Ihr Sparverein noch andere Stammmitglieder? Außer dem geheimnisvollen Herrn namens Andreas Kandler?"

„Ja, also da wär noch der Ante. Ante Morinkovic. Der war auch von Anfang an mit dabei. Bis vor einem Jahr."

„Was war da?"

„Er ist dann einfach nicht mehr aufgetaucht. Das war schon sehr seltsam. Wir haben uns alle bemüht, ihn zu erreichen, aber da ist nur mehr ein dürrer Brief gekommen ... er sei endgültig nach Serbien zurückgekehrt. Er würde uns für die vielen wunderbaren Jahre und Vereinssitzungen danken. Er würde uns für unsere ... warten Sie, wie hat er das geschrieben, für unsere ‚Zukünfter' alles Gute wünschen."

„Zukünfter?"

„Der Ante hat sich vom ganz einfachen Gastarbeiter zu einem Reisebürobesitzer hinaufgearbeitet. Er beherrschte natürlich seine Muttersprache perfekt, aber er hat auch fließend Englisch, Französisch, Spanisch und Italienisch gesprochen. Und in den letzten Jahren hat er dann noch Russisch gelernt. Aber Deutsch konnte er nie so richtig. Am Anfang hat er sich darüber grün und blau geärgert, aber dann hat er begonnen, sich über sich selber lustig zu machen. Er hat mit den wüstesten Wortkombinationen und Satzgebilden um sich geworfen. Vor allem hat er das Wort ‚tun' geliebt. Wenn er zum Beispiel fragen wollte, ob ein anderer eine Aufgabe übernimmt, hat er gesagt: ‚Das tust du tun?' Und noch dazu hat er leidenschaftlich gern Fisch gegessen. Wir haben ihn dann nur mehr den ‚Tun-Fisch' genannt."

„Das klingt so, als ob der Herr ..."

„Morinkovic."

„... der Herr Morinkovic eine Art Klassenclown gewesen wäre."

„Nein, nein, für den Klassenkasperl war er viel zu gescheit. Und das haben wir auch gewusst und geachtet. Nein, mit seinen Sprachspielereien wollte er uns nur unterhalten. Und das ist ihm auch wirklich gelungen. Und dann – ein dürrer Brief, sonst nichts."

„Aber wenigstens mit ein paar letzten originellen Verballhornungen ... von wegen ‚Zukünfter'. Und sonst, kein Lebenszeichen mehr?"

„Nein. Der Markus hat dann noch versucht, mehr zu erfahren, aber irgendwie sind seine Bemühungen im Sand verlaufen."

„So, Herr Horak, jetzt aber kommt endlich der große Auftritt des von Geistern gejagten Herrn Kandler! Oder ist er der Geisterjäger?"

„Gleich. Nur noch ganz kurz zum Wastl, also Sebastian Waltenberg. Ein sehr lieber, aber fürchterlich stiller Mensch. Ich weiß von dem nur, dass er Lehrer war, für Deutsch und noch etwas ... glaub ich zumindest. Ah ja, noch etwas – mit dem Sven, dem Unfallopfer, mit dem war er eng befreundet. Aber sonst? Komisch, von dem weiß ich fast nichts. Der redet ganz selten von sich aus."

Beinahe wäre Halb ein „Nein, wie überraschend!" herausgerutscht, aber er schluckte die Ironie gerade noch hinunter.

„Na ja, das wären in etwa die Gründungsmitglieder unseres Sparvereins. Ja, und dann eben noch der Andreas, Andreas Kandler. Ja, der Andreas, der ..." – es war, als ob eine geheimnisvolle Kraft bei Horak plötzlich den Ausschaltknopf gedrückt hätte. Nachdem er die vergangenen vierzig Minuten unentwegt geredet und sich hektisch bewegt hatte, saß der alte Herr nun regungslos da und stierte vor sich hin. Halb kannte solche plötzlichen Erstarrungsanfälle nur allzu gut, vor allem bei Gesprächen mit Opfern von Gewaltverbrechen hatte er damit umzugehen gelernt. Eins, zwei, drei, vier ... üblicherweise ließ er dreißig Sekunden verstreichen, bevor er ...

„Ich schwör's Ihnen noch einmal, Herr Hofrat, der Andreas ist weder ein besoffener Trottel, noch ist er irgendwie anders blöd. Der ist so normal wie Sie und ich. Und wenn er sagt, dass ihn plötzlich eines der Bilder in seinem Museum jede Nacht anspricht und ihm sogar droht, dann ... wie gesagt, ich glaube ihm. Vor vier Tagen, am Mittwoch in der Nacht, da haben wir ihn im Museum besucht. Er hat uns bei einem Seiteneingang hereingelassen und ist mit uns seine Runde gegangen. Es war, wie wenn man zum Zahnarzt geht, also fast so. Weil zuerst ..."

„Herr Horak, ich verstehe kein Wort! Also bitte der Reihe nach. Ihr Freund Andreas Kandler ist offenbar Nachtwächter in einem Museum?"

„Ja, genau. Im ‚Mu-Ku-Were-Wi', also im Museum für Kunstgeschichte der Weltreligionen Wien. Das ist da bei der ..."

„Ich weiß, wo das ist. Immerhin ist es eines der berühmtesten Wiener Museen. Und eines der Bilder dort ... wie haben Sie das formuliert? Es droht ihm?“

„Genau das ist ja das Verrückte! Vor zwei Wochen hat eines der Gemälde begonnen, mit ihm zu reden.“

„Wie bitte?“

„Ja, es war so, wie ich es sag. Wann immer der Andreas auf seinen nächtlichen Kontrollgängen an dem Bild vorbeikommt, spricht es zu ihm.“

„Und es ist immer dasselbe Bild?“

„Ja. Das ist so ein riesiger Ölschinken, so ... na ja, ich bin schlecht im Schätzen, aber das wird drei Meter hoch und sechs Meter breit sein.“

„Und was zeigt es?“

„Ich will ja nix Schlechtes sagen, außerdem bin ich natürlich ein Kunstbanause. Also, mir gefällt der Schinken gar nicht. Es ist eigentlich ein hässliches Bild ... also, es ist selbstverständlich großartig gemalt, aber die Gesichter, die sind so was von pfui Teufel.“

„Wessen Gesichter?“

„Das Ganze zeigt eine Szene aus der griechischen Mythologie. Da kenn ich mich nicht aus, höchstens, dass ich mir den Odysseus gemerkt habe. Der stammt doch aus diesen Sagen, oder?“

„Jaja, stimmt schon. Und das Gemälde zeigt eine Szene mit Odysseus?“

„Nein, nein, da ist ein anderer Held drauf. Wie gesagt, mit den Namen von denen hab ich's nicht so. Das Bild heißt so ähnlich wie ‚Die Flucht des Asbest‘ ... oder so.“

„Vielleicht ‚Die Flucht des Orest‘? Das ist sogar recht bekannt.“

„Ja, genau, so heißt das. Ah so, Sie kennen das?“

„Na ja, kennen ist vielleicht übertrieben, aber ... ja, ich weiß in etwa, wie es aussieht. Und dieses Riesengemälde spricht mit Herrn Kandler? Und was sagt es da?"

„Immer dasselbe. ‚Warum hast du nicht auf uns gehört?' Immer denselben Satz. Also, bis vor vier Tagen. Als wir dort waren, hat es dann noch weitergesprochen."

„Und das haben Sie alle gehört?"

Ganz langsam schüttelte Horak den Kopf. In diesem Moment erinnerte er an eine dieser alten Spielzeugfiguren, die man mit einem Schlüssel aufziehen konnte. Am Anfang ratterten sie auf Hochtouren, am Ende der Federspannung kämpften sie um jeden Bewegungsmillimeter, bis sie vollkommen erstarrten.

Der Gedanke, dass vor vier Tagen offenbar keiner von ihnen – außer Kandler – diese Stimme gehört hatte, und die Schlussfolgerung, dass sein lieber Freund Andreas vielleicht doch schlicht und einfach verrückt geworden sein könnte, schienen aus Horaks innerer Feder jegliche Energie herausgewunden zu haben. Vorsichtig streichelte Verena ihren Großvater am Oberarm – Halb hatte den Eindruck, als ob sie eine kleine Öffnung suchen würde, in die sie den Aufziehschlüssel stecken und durch kräftiges Drehen ...

„Nein, keiner von uns. Da war's ruhig. Vollkommen ruhig. Bis der Andreas aufgebrüllt hat. Und, Herr Hofrat, wissen Sie, was das Schlimmste war – selbst in dem Moment, in dem der Andreas geschrien und dann nur mehr gewimmert hat, war trotzdem eine bleierne Stille. Todesstille!"

Noch einmal schüttelte Horak den Kopf, allerdings schien er nun die Erinnerung an diese Sekunden von sich schleudern zu wollen.

„Herr Horak, auf wen bezieht sich denn dieses ‚uns'? ‚Warum hast du nicht auf uns gehört?' Das wird ja kaum der Orest allein zu Herrn Kandler gesagt haben. Oder spricht der im Majestätsplural?"

„Nein, das waren ..." – mühsam quälte sich der alte Mann zurück in die Gegenwart – „das waren diese bösen Hexen, die den Orest in den Wahnsinn treiben wollen. Die sind auch auf dem Gemälde, links vom Orest ... also, wenn man davor steht, links. Die blicken direkt aus dem Bild, und von dort aus haben die den Andreas angesprochen. Bedroht! Verflucht haben sie ihn! Diese grässlichen Gestalten haben einen Namen, der klingt wie ‚die Inneren'. Oder nein, eher wie ‚erinnern'. ‚Die Inneren', ‚erinnern' ... so irgendwie."

„Meinen Sie die Erinnyen, die Rachegöttinnen der griechischen Mythologie?"

„Schon möglich. Es sind auf jeden Fall böse, böse ..."

„Und wie haben Sie das vorhin gemeint, ‚es war wie beim Zahnarzt'? Wie Sie alle am Mittwoch im Museum waren und der Herr Kandler Sie auf seine Runde mitgenommen hat, da war das wie beim Zahnarzt. Hatten Sie irgendeinen bohrenden Schmerz? Oder der Herr Kandler?"

„Eben nicht ... und dann schon! Was ich meine – gerade wenn man beim Zahnarzt sitzt, hat man oft kein Zahnweh mehr. Und so war das dort auch. Zehn Tage lang hat diese Stimme den Andreas terrorisiert. Dann will er sie uns zeigen ... und prompt war nix zu hören. Also, wie wir in diesen vermaledeiten Saal hineingekommen sind. Nichts! Dann sind wir dort stehen geblieben. Nichts! Keine Stimme, auch der Andreas hat nichts gehört. Aber kaum, dass wir aus dem Raum hinausgehen, bleibt er wie angewurzelt stehen, stutzt eine Sekunde ... und dann der Schrei, und zuletzt sein

Zusammenbruch. Er ist vor unseren Füßen zusammengebrochen. Wir haben sofort sein Herzmedikament aus der Jackentasche geholt und ihm dreißig Tropfen ..."

„Der Herr Kandler hat Herzprobleme?"

„Ja, leider, das macht die Angelegenheit ja noch schlimmer."

„Könnte es nicht vielleicht so sein, dass Ihr Freund Kandler durch seine Herzmedikamente ..."

„Nein, Herr Hofrat! Nein, nein und nochmals nein! Glauben Sie mir, ich bin der Erste, der sich freut, wenn der Andreas psychisch krank wäre. Weil dann könnte man ihm helfen, dann könnten wir ihm helfen, und dann müssten wir nicht mehr gegen Geister und andere Blödheiten ankämpfen."

„Herr Horak, ich bin zwar weder Arzt noch Psychologe, aber ich kann Ihnen aus meiner beruflichen Erfahrung versichern, dass Menschen, die an Wahnvorstellungen leiden, gerade gegenüber ihrer vertrauten Umgebung oft sehr lange den Eindruck von Normalität aufrechterhalten, ja geradezu vortäuschen kön..." – der Versuch, Horak mit einer Belehrungstirade zu beruhigen, scheiterte kläglich. Schlimmer noch, jetzt flackerten nicht nur die Lider des alten Mannes, auch Verena sah ihren Chef aus großen, verstörten Augen an.

„Das wissen wir, Herr Hofrat, das wissen wir nur allzu gut. Was aber Sie nicht wissen können, ist, woher wir das wissen. Und zwar ... aus persönlicher Erfahrung. Zuerst – das war vor vier Jahren – ist meine Tochter, also Verenas Mutter, ganz allmählich etwas ... ja, etwas eigen geworden. Wir haben uns nichts dabei gedacht. Dann wurde sie immer merkwürdiger. ‚Mein Gott, sie ist halt urlaubsreif', haben wir geglaubt. Und dann ist sie zusammengebrochen. Hirntumor lautete die Diagnose. Im fortgeschrittenen Stadium. Knapp vor ihrem Tod hat sie uns noch erzählt, dass sie sich schon ein Jahr lang irgendwie seltsam gefühlt hatte. Aber sie wollte uns auf keinen Fall erschrecken, also hat sie nichts gesagt. Und als sie immer mehr Ausfälle hatte – vor allem die Hände haben kaum mehr etwas halten können, aber es sind ihr auch immer öfter ganze Sätze nicht mehr eingefallen –, da hat sie allerlei Tricks erfunden, um ja nicht zugeben zu müssen, dass mit ihr etwas nicht in Ordnung war. Ein Jahr später hatte dann meine Frau plötzlich massive Erinnerungslücken, aber auch sie hat es grandios überspielt. Dabei wären wir ja extrem sensibilisiert gewesen und sofort mit ihr zu einem Neurologen gegangen. Aber nein, auch sie hat es geschafft, dass die Verena und ich erst etwas bemerkt haben, als gegen die Krankheit nichts mehr auszurichten war. Eine vaskuläre Demenz – die meisten nennen das fälschlicherweise Alzheimer. Und dann ... noch ein halbes Jahr. Verstehen Sie jetzt, Herr Hofrat, warum wir so etwas wie Experten für psychisch Kranke sind?“

Halb hatte im Lauf der Jahre mühsam gelernt, dass er in so einer Situation auf keinen Fall spontan handeln durfte. Jetzt zum Beispiel hätte er Franz Horak am liebsten eine tröstende Hand auf die Schulter gelegt, aber dafür hätte sich der nun lautlos Weinende spätestens in fünf Minuten fürchterlich geniert. Also tat Halb das einzig Richtige ... nichts. Er saß stumm da und wartete darauf, dass ihn Verena und ihr Großvater wieder ansehen und sein pures Mitleid erkennen könnten. Was er allerdings dann machen würde, wusste er in diesen elend langen Sekunden nicht. Aber interessanterweise war ihm das egal – er begriff vielleicht zum ersten Mal, dass Leiden auch eine befreiende Funktion haben konnte.

„Chef, es ist mir sehr peinlich, dass wir dich anheulen!" – noch bevor Halb irgendeine „Verena, ich bitte dich!"-Phrase dreschen musste, wurden sie von einem Wunder erlöst. Das altmodisch-schrille Läuten des Telefons klang wie ein Zauberspruch, der einen Fluch in tausend Stücke zerspringen ließ.

Als Franz Horak von seinem Telefonat im Nebenzimmer zurückkehrte, wirkte er entsetzlich müde, aber die lähmende Trauer war verflogen.

„Unsere Familientragödien, die sind der Grund, warum ich mir sicher bin, dass der Andreas nicht psychisch krank ist. Ich kenne ihn gut und ich sehe ihn oft – ein drittes Mal könnte mich keiner mehr über seinen wahren Gesundheitszustand hinwegtäuschen. Aber, Herr Hofrat, am besten wäre es, wenn Sie sich selber ein Bild von Andreas Kandler machen würden. Er ist letzte Nacht erneut zusammengebrochen, aber er will morgen unbedingt wieder seine nächtlichen Runden drehen. Ich habe ihm gesagt, dass Sie gerade bei uns sind ... er würde sich sehr freuen, sie kennen zu lernen. Er ist noch am Telefon – kann ich ihm sagen, dass Sie ihn morgen Nacht im Museum besuchen?"

Beinahe euphorisch nickte Halb, er war froh, diesen Abend doch noch irgendwie positiv ausklingen lassen zu können.

### Montag, 26. August 2013, 8.15 Uhr

„Guten Morgen, Herr Hofrat, einen wunderschönen Montag, Herr Magister!" Der junge Mann in Uniform tat erst seit Kurzem Dienst im Eingangsbereich des Wiener Bundeskriminalamtes und war noch entsprechend motiviert, alle Vorbeieilenden persönlich zu grüßen. Ursprünglich hatte er den Ehrgeiz gehabt, seine „Schäfchen“ auch mit dem – richtigen – Namen anzusprechen, aber schon an seinem zweiten Diensttag hatte ihn ein älterer Kollege davor gewarnt, da „... es heutzutage kaum mehr möglich ist, immer am aktuellen Stand der Ehen zu bleiben. Wer gerade mit wem verheiratet ist, wer wessen Namen angenommen hat, ob als Einzel- oder Doppelnamen ... und bei den doppelten wird's noch komplizierter, weil wir nie wissen, wie die richtige Reihenfolge lautet – nein, am besten, du merkst dir nur den korrekten Titel der jeweilig Person. Aber den musst du ganz genau wissen, weil wehe dir, wenn du da was verwechselst.“ Und weil er sich diesen Rat zu Herzen genommen hatte, wusste der junge Polizist ganz genau, dass er soeben den Leiter des „Referat 3.2.1 – Gewaltkriminalität“, Hofrat Magister Ludwig Halb, vor sich hatte. Was er allerdings nicht ahnen konnte, war, dass eben jener hochrangige Kriminalist nicht nur Montage im Speziellen, sondern frühmorgendliche Vormittage im Allgemeinen hasste ... und dass er es außerdem verabscheute, quasi hochoffiziell – also mit beiden Titeln – begrüßt zu werden. Zu seinem Glück strahlte der frisch gebackene Bewacher noch so sehr die Freude des zufriedenen Berufsanfängers aus, dass nicht einmal der extreme Montagmorgenmuffel Halb seiner Versuchung nachgab, „Wie heißen Sie? Wer ist ihr Vorgesetzter?“ zu brüllen. Stattdessen durchschritt er mit einem unverständlichen Knurren die Sicherheitsschleuse.

Nach dieser „Neulingsepisode“ kreuzte erfreulicherweise kein weiterer „Morgenstund-Gold-im-Mund“-Verfechter mehr seinen Weg, weshalb Halb etwas entspannter die erste Tür seiner Büroflucht öffnete.

„Guten Morgen, Herr Hofrat“ – Helli Drobatschnig wusste genau, welch diffizile Sprachmelodie sie diesen scheinbar simplen Worten unterlegen musste, um ihren Vorgesetzten nicht zu verärgern. Das „Guten“ war von einem fragenden Tonfall untermalt, wogegen „Morgen“ völlig neutral klingen musste. An der Anrede „Herr Hofrat“ hatte sie lange gearbeitet, inzwischen schaffte sie es aber mühelos, diese Worte beinahe zu verschlucken.

„Guten Morgen, Helli ... für Sie zumindest. Also, ich hoffe doch sehr, dass es für Sie ein guter Morgen ist – nach einem für Sie wunderschönen Wochenende mit Ihren drei hinreißenden Sprösslingen und Ihrem liebevollen Herrn Gemahl. Vielleicht sogar auf einem Ausflug ...“

„War das Waschbecken so widerspenstig? Wenigstens haben Sie sich nicht verletzt, zumindest sehe ich keine Verbände. Soll ich nicht vielleicht doch einen Installateur anrufen? Mein Mann hat erst neulich vor Gericht eine Firma vertreten, die ...“

Halb verbiss sich krampfhaft ein Grinsen, um nicht am Ende doch noch irrtümlich als verkappter Sympathisant des Acht-Uhr-Dienstantritts zu gelten.

„Und Sie wollen mir allen Ernstes ein Unternehmen empfehlen, das von einem erfolgreichen Rechtsanwalt verteidigt werden muss? Was haben die denn angestellt? Waschbecken beraubt? Badewannen erpresst? Oder gar Armaturen ermordet? ... wobei, dafür hätte ich durchaus Verständnis.“

„Nein, nur eine kleine Steuerhinterziehung.“

„Steuerhinterziehung?“

„Steuerhinterziehung? Ludwig, seit wann müssen wir uns auch um solchen kriminalistischen Kleinkram kümmern?“ – wie immer war Hofrat Doktor Straka beinahe unmerklich eingetreten. Worauf – ebenfalls wie immer – sofort ein Wortgefecht losbrach, an dessen ritualisiertem Ablauf die beiden Freunde seit Jungpolizisten- und späteren Jusstudenten-Tagen gefeilt hatten. Und sie hatten diese Streittechniken auch beibehalten, als Ernst Straka zum Leiter des „Büro 3.2 – Allgemeine Kriminalität“ aufgestiegen war, wogegen Halb – auf Bitten Strakas hin – die Führung des um eine Stufe tiefer angesiedelten „Drei-zwei-einser-Referats“ übernommen hatte.

„Auch dir einen guten Morgen, lieber Ernst! Und ich darf gleich meine Enttäuschung zum Ausdruck bringen, dass du ...“

„Ludwig! Es ist Montag in der Früh, und ich muss in einer halben Stunde zu einem Termin bei unserer Ministerin. Also, sollte ich dich enttäuscht haben, wäre das die erste gute Nachricht des Tages. Aber da ich dich seit Ewigkeiten kenne, fürchte ich, dass ich von dir zuletzt etwas Erfreuliches erwarten darf. Ich bin also auf jede Enttäuschung meinerseits aufgrund einer fehlenden Enttäuschung deinerseits gefasst. Daher noch einmal meine Frage: Wieso kochst du hinter meinem Rücken ein Steuerhinterziehungssüppchen?“

„Uns hungert's, edler Ernst!“ – dabei deutete Halb auf sein Team, das inzwischen voller Hoffnungen auf ein vergnügliches Vorgesetztenduell leise den Raum betreten hatte. „Da wir dank niedrig Lohn mehr schlecht als recht durchs Leben krochen – ein niedrig Lohn, der kaum das Wort ‚Gehalt‘ verdient! –, so mussten wir ein dünnes Steuerhinterziehungssüppchen kochen, von dem wir nährten Frau und Kind. Doch, wenn der Ernst des Lebens, ein Mann, der ...“

„Genug, lieber Ludwig! Ich wiederhole – es ist Montagmorgen, daher durchströmt mich bei aller –

ohnedies seltenen – Wertschätzung deiner Vorliebe für satirisch-literarische Umdichtungen diesmal keinerlei Verständnis für ... sollte das übrigens eine Parodie auf Schillers ‚Jungfrau von Orléans' sein?"

„Nein, eher auf ‚Die Räuber'."

„Wie passend für deine Gehaltsforderungen. Aber eigentlich wollte ich euch fragen, wie weit ihr mit dem Preininger-Fall seid?"

„Bitte, Herr Hofrat, das kann ich Ihnen beantworten!", sprang Verena für ihren ahnungslosen Chef ein. „Am Anfang schien das Ganze ein klassischer Fall von Erpressung zu sein. Eine große Supermarktkette erhielt einen – ich möchte fast sagen, üblichen – Brief mit der Drohung, in verschiedenen Filialen zahlreiche Lebensmittel, die ausgewiesen frei von jeglichen Nussrückständen sind, mit Erdnussöl zu kontaminieren. Sollte dann ein entsprechender Allergiker so ein Produkt kaufen, würde sich das nicht nur für den Einzelnen, sondern für die ganze Supermarktkette fatal auswirken. Sie bekäme negative Schlagzeilen ohne Ende, und am Schluss müsste sie massive Einbußen bei den Einnahmen befürchten. Es sei denn, sie würde zwei Millionen Euro zahlen. Das gewöhnliche Drohmuster eben. Aber! Was uns von Anfang an stutzig gemacht hat, war die Wahl der Substanz. Normalerweise droht man mit Zyankali. Oder einem ähnlich tödlichen Gift. Aber mit Nussöl? Ich habe mich dann mit dem Thema nach Jahren wieder einmal beschäftigt – natürlich sind Nahrungsmittelallergien für manche Menschen sehr gefährlich, aber die Zahl potenzieller Opfer ist doch eher gering. Allerdings, gleich nach ein paar Tagen starb ein älterer Herr nach dem Genuss einer präparierten Thunfischdose. Und, wieder ein paar Tage später – Gott sei Dank nur beinahe – ein Kind. Der Lärm in den Medien schien dem Erpresser recht zu geben ... und trotzdem – wir hatten immer noch unsere Zweifel an der Theorie. Deshalb haben wir weiterhin in alle Richtungen ermittelt."

Zufrieden lehnte sich Halb zurück. Er kannte seinen Freund und Vorgesetzten lange genug, um hinter dessen Pokerface seine Freude über die klar strukturierte Zusammenfassung Verenas erkennen zu können. Bis gestern Abend hätte Halb das jüngste Mitglied seiner Ermittlergruppe als die glühendste Verfechterin einer wissenschaftlich-logischen Denkweise gepriesen. Seit der gestrigen Schilderung aber war er sich nicht mehr so sicher, wie er die ausgebildete Pharmazeutin, die erst über einige berufliche Umwege zur Kriminalistik gefunden hatte, beschreiben würde. Hochintelligent – ja, eindeutig. Verbissen – vielleicht manchmal. Sehr kollegial – auf jeden Fall. ... und durchdrungen von der Sehnsucht, dass ihre Arbeit zu einer allumfassenden Gerechtigkeit beitragen würde.

Da waren ihre männlichen Kollegen aus einem anderen Holz geschnitzt. Weder Franz Haschek noch Anton Wilt oder Perikles Mayer waren von dieser Idee beseelt. So unterschiedlich ihre Lebenswege waren, hatten sie schon zu viele Jahre miterleben müssen, dass auch im besten aller bisherigen Strafrechtssysteme ganz selten einer perfekten Gerechtigkeit Genüge getan wurde.

„Wie immer bei solchen Fällen waren wir sehr unter Zeitdruck, noch dazu, da ja die Geldübergabe gescheitert ist. Der vermeintliche Erpresser war gar nicht erst gekommen. Natürlich meinten dann alle, die Polizei sei daran schuld gewesen ... wie immer bei solchen Szenarien. Aber dann – gestern Abend der Triumph. Die Lösung des Falles! Und das war schon eine gewisse Genugtuung, denn ... wir hatten recht mit unseren Zweifeln. Es ging gar nicht um Erpressung. Es war schlicht und einfach Mord. Die Nichte des alten Herrn wollte nicht mehr länger auf ihr Erbe warten. Aber es war ihr klar, dass sie so gut wie verurteilt wäre, wenn ihr Onkel einfach so sterben würde. Noch dazu war er kerngesund, es hätte also möglicherweise eine Obduktion gegeben und die Vergiftung wäre aufgeflogen. Also hat die sympathische junge Erbin die ganze Erpressungsgeschichte um die Tat herum inszeniert. Alle weiteren Details entnehmen Sie bitte meinem Bericht. ... den ich Ihnen selbstverständlich gleich morgen zukommen lasse."

Franz Haschek hatte sich mit den herrschenden Ungerechtigkeiten des Systems auf eher ungewöhnliche Weise arrangiert – er arbeitete gerne dagegen. Diverse Dienstverstöße hatten ihm auch prompt seinen Sitznamen „Schwejk" beschert. Dabei hatten weder Hascheks Prager Herkunft noch die Ähnlichkeit seines Namens mit jenem des tschechischen Anarchisten, Autors und Schwejk-Schöpfers Jaroslav Hašek eine besondere Rolle gespielt – es war vielmehr die spitzbübisch-subversive Lebenssicht des Kriminalbeamten, die ihn – vor allem in den Augen seines im Grunde extrem toleranten Vorgesetzten Halb – als einen modernen Nachfolger des listigen Lebenskünstlers „Švejk Josef" erscheinen ließ.

Solche Wesenszüge waren Anton Wilt gänzlich fremd. Er war das Sinnbild des „Teamgeists", der gerade in entscheidenden Situationen die einzelnen Querköpfe zu einem runden Ganzen formen konnte. Dazu trugen auch seine Gutmütigkeit und Belastbarkeit bei, die für ihn selber allerdings auch negative Konsequenzen hatten. Denn gerade ein so friedlicher und ruhiger Mensch wie Wilt wurde bezüglich seiner Leistung und seiner Fähigkeiten häufig unterschätzt – eine Gefahr, der Halb gerne begegnete, indem er Toni immer öfter wichtige Aufgaben übertrug.

Da war Perikles Mayer ein ganz anderes Kaliber, bei ihm musste man sich keine Sorgen machen, dass er sein Licht unter den Scheffel stellte. Egal, ob er sich mit seinem ungewöhnlichen Vornamen – wie er selber das Ergebnis eines heißen kurzen griechischen Sommerurlaubs seiner Mutter – oder mit seinem Spitznamen „Ingeniöhr“ – eine Wiener Verballhornung seines Ingenieurtitels, die auch auf seinen Lieblingsausruf des Erstaunens „Jöööh!“ Bezug nahm – in Szene setzte, die Mayer'sche „Performance“ überstrahlte fast immer fast jeden. Ironischerweise war das Ergebnis dieser übertriebenen Selbstdarstellung aber ähnlich negativ wie beim zurückhaltenden Toni. Denn auch beim Ingeniöhr musste man zweimal hinsehen, um seine – hinter der blendenden Fassade wohl verborgenen – menschlichen Qualitäten zu erkennen.

„Jetzt hätte ich nur mehr eine Frage, Frau Magistra. Wie viele Dosen hat diese Erbschleicherin denn noch mit Nussöl präpariert – und damit beinahe den Tod eines Kindes in Kauf genommen?“

„Keine, Herr Hofrat. Sie hat – unter Anführungszeichen – ‚nur‘ ihren Onkel vergiftet. Das Kind ... das war wirklich ein Unglück. Seine Eltern haben übersehen, dass sich ihr kleiner Liebling im Vorübergehen einen Schokoriegel eingesteckt hat, den er dann – im Geheimen, weil er genau wusste, dass er das nicht darf – vernascht hat. Die Eltern haben geglaubt, das Kind sei nach einem an und für sich unbedenklichen Essen beinahe erstickt. Und daraus haben sie geschlossen, dass das doch nur ein weiterer Anschlag des Erpressers gewesen sein konnte ... wie es eben auch tagelang in den Medien zu lesen war. Aus der Sicht der Mörderin war das natürlich ein großes Glück. Aber letztlich hat es ihr doch nicht geholfen, mit dem Mord durchzukommen. Wie gesagt, Herr Hofrat, morgen haben Sie den Bericht auf Ihrem Schreibtisch."

„Sehr gut, Frau Magistra, sehr gut. Siehst du, Ludwig, du solltest dir an der Strukturiertheit deiner Mitarbeiterin ein Beispiel nehmen. Dann müsste ich gar nicht erst vorbeikommen, um dich an den Zehn-Uhr-Termin zu erinnern ... so wie jetzt."

„Ernst, was für ein Zehn-Uhr-Termin bitte?"

„Ich habe es befürchtet! Ich rede von dem Zehn-Uhr-Termin, den ich dir vorvorgestern über unser neues COSICOS per SMS geschickt habe."

Beinahe panisch blickte sich Halb um. „Sagt's einmal, ist das ‚Techinesisch' unseres verehrtesten Abteilungsleiters für alle unverständlich oder bin ich hier der Einzige, der leider kein Wort versteht?"

„Na ja, Chef" – Mayers seidenweiche Stimme, mit der er jetzt seinen unmittelbaren Vorgesetzten zu beruhigen versuchte, war kaum wiederzuerkennen – „wir wurden doch vor drei Wochen über unser neues Telefonsystem COSICOS, das ‚comfortable secure intelligent connection system', ausführlich informiert. Diese Umstellung war doch der Grund, warum wir alle die neuen Dienst-Smartphones erhalten haben. Weil die eben COSICOS-kompatibel sind."

„Mein lieber Ingeniöhr, das war eine rein rhetorische Frage! Eine Frage, die eigentlich als Beleidigung ... was sag ich, als verbale Körperverletzung gegen unser aller verehrtesten Abteilungsleiter – jawohl, gegen dich, mein lieber Ernst – gerichtet sein sollte! Erwartest du im Ernst – und das war jetzt kein Wortspiel – von mir, dass ich weiß, wie ich mit diesem komischen COS umgehen soll? Erwartest du allen Ernstes von mir, dass ich mein Taschentelefon öfter als unbedingt notwendig in die Hand nehme? Dann auch noch dieses neue Ding da?“

„Ludwig, aber genau deshalb haben wir doch von Vater Staat diese neuen Krypto-Handys der Abhörsicherheitsstufe drei bekommen, damit wir wenigstens in unserer Kommunikation mit den heutigen Verbrechern konkurrieren können!“

„Du meinst diese kleinen Blechtrottel der ‚Abkehr-Sicherheitsstufe drei‘? Es ist nämlich sicher, dass man sich von so einem Gerät dreimal schneller vor Grauen abkehrt.“

„Chef, da muss ich dem Herrn Hofrat schon recht geben“ – natürlich war es der Ingeniöhr, der sich verpflichtet fühlte, Straka zur Seite zu stehen, um ihre technische Ausstattung zu verteidigen. „In einer Zeit, in der sich jeder Depp von der Straße eine Computerbrille besorgen kann – also eine Brille mit einem Mini-Computer im Rahmen und integrierter Mini-Kamera, die Informationen aus dem Netz auf das Glas beziehungsweise vor das Auge des Brillenträgers projizieren kann. Also in so einer Zeit sollte doch gerade das Bundeskriminalamt …“

„Meinst du das Brillenmodell mit dem 1-Gigahertz-Prozessor, den 256 Megabyte RAM und den 16 Gigabyte Speicher? Oder gibt es da schon ein neueres?“ – Halb hatte es wieder einmal geschafft, seine Umgebung vollkommen zu verblüffen. Mit kaum merkbarem Lächeln fügte er boshaft hinzu – „aber trotzdem bleibe ich dabei – ich finde unser COSICOS längst nicht so ausgereift wie so manches Voicecrypt-System, das unsere deutschen Freunde verwenden. Aber bitte, wenn du, lieber Ernst, unsere Smartphones für einen Fortschritt hältst – ich bin es leid, dir immer widersprechen zu müssen.“

Aus, Schluss, fertig! Es war klar, dass Hofrat Halb diesen Kampf für sich entschieden hatte, dass sein Gegner Hofrat Straka zwar tapfer gekämpft hatte, nun aber in den Seilen hing, dass ...

„Ludwig, kann es sein, dass du dich gerade dann gegen dein Handy sträubst, wenn es dir all die Termine verkündet, gegen die du allergisch bist ... wie zum Beispiel einen Termin in der Polizeidirektion an einem Montag um zehn Uhr Vormittag mit allen deinen Leiter-Kolleginnen und -Kollegen der vergleichbaren europäischen Einrichtungen?“ – nein, Straka war keinesfalls k. o.! Er hatte sich blitzschnell erholt und elegant tänzelnd eine neue Runde eröffnet.

„Wieso muss ich bei diesem Treffen dabei sein?“

„Weil ich zu der Zeit eben bei unserer Ministerin bin!“

„Unserer? Deiner vielleicht ... und wieso muss gerade ich dich vertreten?“

„Ludwig, es ist immer noch Montag in der Früh – jetzt geh mir bitte nicht mehr auf die Nerven, als es unbedingt notwendig ist. Warum, glaubst du, habe ich dich gebeten, die 3.2.1-Referats-Leitung zu übernehmen? Eben! Weil du mich würdig vertreten kannst. Na ja, meistens jedenfalls. Du bist extrem kompetent, hast ein durchaus ehrenhaftes Auftreten ...“

„Durchaus? Ernst, riskiere nicht unsere Freundschaft!“

„Ist ja gut! Ich dachte, ich mache dir mit der Einschränkung eine Freude. Seit wann willst du denn als ganz und gar ehrenhaft gelten? Hab ich da etwas verpasst?“

Ein Außenstehender hätte es übersehen, ein Kenner der Ermittlergruppe Halb merkte aber sofort, wie sich auf Strakas scharfe Ironie hin die Rücken aller Anwesenden versteiften ... was ihn nicht daran hinderte, noch eins draufzusetzen.

„Ah, jetzt verstehe ich! Als Hausbesitzer bist du natürlich über Nacht zu einer hundertprozentig ehrenhaften Erscheinung gereift. Oder irre ich mich da?“

„Nein, Ernst, nicht im Geringsten“ – mit seinen scheinbar beruhigenden Worten erreichte Halb nur eine noch größere Unruhe unter seinen „Teamlingen“. „Im Grunde hast du vollkommen recht, ich habe eben nur ein durchaus ehrenhaftes Auftreten. Und mit meinen zornigen Ausritten bin ich ja manchmal sogar richtig unehrenhaft.“

„Na ja, Ludwig, so drastisch hätte ich das auch wieder nicht formuliert. Aber wenn du es selber so siehst, will ich dir natürlich nicht widersprechen.“

„Schön, aber ...“ – Halbs kindlich-naiver Tonfall bekam einen leicht hämischen Unterton – „... aber so einen unehrenhaften Menschen wie mich wirst du doch nicht als Vertretung haben wollen. Schon gar nicht bei einem so ehrenvollen Termin wie dem heutigen. Also ...“

„Ludwig! Zum dritten Mal – es ist Montag in der Früh und du, du ...“ – es war nur ein ganz kurzer Moment des Entsetzens, das sich auf den fünf „Teamgesichtern“ breitmachte. Denn sie alle wussten um die „Quitessenz“, jene für Vorgesetzte ungewöhnliche Fähigkeit zu spüren, wann die perfekte Harmonie der gegenseitigen Beleidigungen erreicht wäre.

So wie jetzt.

„... du ... du erwartest doch wohl nicht, dass ich dir zu deiner beinahe beamtenbeleidigenden Bemerkung gratuliere? Wobei – wie du deine Argumentationsfalle aufgebaut hast, das ... das hat dir sicher viel Freude gemacht, weshalb du gleich heiter und gelassen zum Zehn-Uhr-Termin gehen wirst. Und das wiederum bedeutet, dass wir die neue Woche endgültig mit einem breiten Lächeln beginnen können. Ist das nicht schön! Auf Wiedersehen, lieber Ludwig! Meine Damen, die Herren – habe die Ehre!“ Den klassischen Altwiener Gruß auf den spöttischen Lippen wandte sich Hofrat Straka zur Tür, bevor er sich in Inspektor-Columbo-Manier noch einmal umdrehte. „Eine Frage noch. Ludwig, von welcher Steuerhinterziehung hast du gesprochen? Vorhin, als ich hereingekommen bin.“

„Ach das, ja. Das ...“ – Halb bemühte sich, sein Lachen hinunterzuschlucken, um Straka mit einem möglichst ernsten Gesichtsausdruck zu verunsichern – „das gehört zu einem sehr wichtigen und geheimnisvollen Fall. Aber davon kann ich dir jetzt nicht mehr berichten, ich muss mich ja auf den Termin vorbereiten. Also dann, ich wünsch dir einen schönen Ministerinnentermin. Grüß dich!“

Kaum, dass Straka kopfschüttelnd die Türe hinter sich geschlossen hatte, hob Schwejk Halbs rechten Arm zu einer improvisierten Siegerpose in die Höhe. „Und hier, meine Damen und Herren, sehen Sie den Gewinner im Schwergewicht der Hofräte! Lud-wiiiig ...“

„Ist schon gut, so triumphal war das auch wieder nicht. Mir wäre lieber, ich hätte gegen mein neues Smartphone gewonnen. Ingeniöhr, du musst mir diese technische Bösartigkeit mindestens noch zehnmal erklären. Aber nicht jetzt, weil ...“ – mit sanfter Gewalt drückte Halb die überraschte Verena auf den freien Stuhl neben sich – „... weil wir haben einen neuen Fall. Verena, du bist dran. Und vergiss bitte kein Detail.“

## Montag, 26. August 2013, 9 Uhr

„Verena, ich hoffe, du bist mir nicht böse, aber ihr beide müsst euch irren! Besser gesagt, ihr drei – also dein Großvater, du und ... na ja, Chef, auch du ...“

„Nein, Toni, nein! Wir irren uns ganz sicher nicht. Ich kann und will dir nicht erklären, warum mein Opa und ich das so genau beurteilen können, aber ... ich schwöre dir, Andreas Kandler hat keine Wahnvorstellungen. Wenn er sagt, dass ihn diese griechischen Rachegöttinnen seit vierzehn Tagen jede Nacht ansprechen, dann glaube ich ihm das. Auch wenn das völlig wahnsinnig klingt, Kandler ist nicht wahnsinnig! Das weiß ich ... also, das wissen wir ganz sicher, mein Opa und ich.“

„Und genau das ist der Punkt. Verena, selbst wenn es sich tatsächlich so verhielte, wie du uns das erzählt hast – weder du noch dein Opa noch du, Chef, keiner von euch könnte wirklich wissen, ob dieser Herr Kandler psychisch krank ist oder nicht. Ihr könnt das nicht beurteilen! Da brauchen wir noch gar nicht über den eigentlichen Sachverhalt streiten, der ja wirklich das Sonderbarste ist, was wir hier je gehört haben.“

„Schwejk, ich glaube, ihr *wollt* mich einfach nicht verstehen! Ich wollt mir nicht ...“

„Aber Verena, es geht nicht darum, ob wir wollen. Wir können es – im Grunde – nicht! Und zwar nicht, weil wir dir nicht glauben, dass dieser Herr Kandler psychisch gestört ist ... oder nicht. Darum geht es nicht. Sondern darum, dass wir einfach nicht glauben können, dass unsere hoch geschätzte Magistra Verena Planner, die ein naturwissenschaftliches Studium absolviert hat, die wir als knallharte Logikerin kennen, als beinharte Denkerin, die uns bisher ...“

„Ingeniöhr, danke für deine Komplimente, aber sie sind jetzt gerade …"

„Verena, ich will sagen, dass wir speziell dir deshalb nicht glauben, weil wir uns einfach nicht vorstellen können, dass gerade du, der Inbegriff der Vernunft, uns mit einer vollkommen unlogischen Gespenstergeschichte kommst. Das ist jetzt einmal das vorrangige Problem … also, für mich zumindest."

„Für mich auch!"

„Und für mich erst recht!"

„Detto!"

„Für mich nicht! Wenn ich noch etwas sagen dürfte? Meine Herrschaften, ihr überseht alle einen wichtigen … nein, falsch, ich korrigiere mich, einen wesentlichen Punkt."

„Welchen?"

„Was predige ich euch seit … na ja, seit ihr bei mir seid?"

„Nur wer die Fakten kennt, weiß zu beweisen!" – stimmlich gesehen war es ein schauriges Ensemble, das seinem verehrten Chef Goethes brutal adaptierte Verse auf einer kaum erkennbaren Schubertmelodie entgegenschmetterte. Trotzdem lächelte Halb seinen „Chorus horribilis" zufrieden an.

„Genau! Für unseren konkreten Fall – nennen wir es jetzt einmal so – heißt das: Ob der Herr Kandler verrückt ist oder nicht, wissen wir nicht … gerade, weil wir keine entsprechenden Fachleute sind. Aber wir wissen auch nicht, warum gerade jetzt nach … wie viele Jahre macht der Kandler schon seinen Job?"

„Achtundzwanzig."

„… gerade jetzt, nach achtundzwanzig Jahren, ein Bild mit ihm zu sprechen beginnt. Also, selbst wenn er psychisch krank geworden sein sollte – warum gerade jetzt? Zufall? Nächste Frage: Was bedeuten die Worte, die das Bild gebetsmühlenartig wiederholt – ‚Warum hast du nicht auf uns gehört?' – Stichwort ‚Die Flucht des Orest'. Über das Gemälde sollten wir uns auch schlaumachen. Wie ist seine Geschichte? In wessen Besitz war es im Lauf der letzten fünfhundert Jahre? Und was es mit dem Sparverein und dessen Mitgliedern auf sich hat ... wir wissen auch davon viel zu wenig. Sven Sulzer – was war mit seinem tödlichen Unfall? Wieso und wohin ist dieser Ante Morinkovic verschwunden? Markus Märzner, Sebastian Waltenberg, Karl Worcinka – ich will Zahlen, Daten, Fakten über diese Leute. Und, der krönende Abschluss, Andreas Kandler höchstselbst. Wer ist der Mann? Wie war sein Leben? Et cetera, et cetera, die ganze Knochenarbeit. Die muss ich euch ja nicht erst erklären. Und – wie immer in solchen Situationen ... kein Wort zu niemandem aus der höheren Etage! Der Ernst darf keinesfalls davon erfahren. Also, an die Arbeit!"

Wie immer ging auch diesmal das Wort „Arbeit" im hässlichen Lärm quietschender Sesselbeine unter, da fast alle schon bei „an die" aufgesprungen waren und ihren Stühlen einen Stoß versetzt hatten. Allerdings war der Missklang heute etwas schwächer, denn Verena war wie versteinert sitzen geblieben.

„Chef, entschuldige, aber du hast bei deiner Aufzählung einen Namen ausgelassen – über den wissen wir im Grunde auch zu wenig. Zumindest haben wir nur sehr subjektive Informationen ... und ich werde mich hüten, die harten Fakten über meinen Opa herauszufinden."

„Nein, Verena, ich habe nicht auf deinen Großvater vergessen. Aber ich ... na ja, ich wollte dich nicht noch mehr irritieren. Vielleicht hat der eine oder andere

Satz etwas missverständlich geklungen. Ich kann dir versichern – wir alle wissen genau um deine uneingeschränkte Professionalität. Also, ich überlasse es dir, ob du dich um deinen Großvater kümmern willst! Vielleicht gemeinsam mit dem Toni oder …“

„Nein, nein, die Recherche soll einer von euch ganz allein übernehmen. Chef, wenn du einverstanden bist, dann möchte ich mich komplett aus der Causa Kandler ausklinken. Ihr habt ja recht, ich bin einfach zu befangen. Also, dann – dann schreibe ich meinen Abschlussbericht zum Preininger-Fall. Und ihr … ihr tut euer Bestes. Wie immer. Aber vielleicht könntet ihr diesmal doch …“

„Nein, Verena!“ – aus Verblüffung über Schwejks harten Tonfall ließ sich Verena beinahe wieder auf ihren Sessel fallen, von dem sie sich nur mühsam erhoben hatte. „Wir werden nicht anders als sonst arbeiten. Wir werden es wie immer machen, wir werden zu hundert Prozent professionell agieren. Und auch du wirst dich wie immer verhalten … und zu hundert Prozent die ermittelten Fakten akzeptieren. Einverstanden?“

„Meine Herrschaften, bitte nicht streiten! Ich meine – ihr könnt das selbstverständlich gerne tun, aber a) nicht an einem Montag, b) nicht in der Früh und c) schon gar nicht an einem Montag in der Früh in meiner Gegenwart. Und da ich, wenn mich nicht alles täuscht, durchaus noch anwesend bin …“

„… müssen wir nur noch einen Moment warten, bevor wir uns nach Herzenslust duellieren können.“ Verena hatte sich offenbar wieder erholt, sie grinste von einem Ohr zum anderen. Nach einer Freudensekunde über die unerwartet rasche Entspannung bemerkte Halb, dass sein ganzes Team synchron ironisch lächelte. Vorsichtig erkundete er das unsichere Terrain.

„Ich glaube, ich stehe auf der Leitung. Wo ist die Pointe?“

„Die Pointe ist, dass du eigentlich vor fünf Minuten hättest wegstürzen müssen, um nicht allzu spät zum Zehn-Uhr-Termin in der Polizeidirektion zu kommen. Daher ...“

„Ach du lieber Gott! Warum sagt mir das denn keiner?“

„Tun wir doch! Soeben, jetzt gerade!“ – die ausgelassene Fröhlichkeit ihres fünfstimmigen Chors war Strafe genug.

„Jaja, ich renne ja schon. Ihr könnt jetzt gleich anfangen, euch voller Freude die Köpfe einzuschlagen. Aber bitte nicht komplett, ihr sollt ja auch noch etwas arbeiten!“

**Montag, 26. August 2013, 19 Uhr**

Ächzend massierte sich Halb seine rechte Hüfte. Das Beste an den vergangenen acht Stunden war sein pochendes Kopfweh gewesen, das die anderen Schmerzen überdeckt hatte. Jetzt aber spürte er jede Bandscheibe einzeln, aber auch die Kreuzbeingelenke und der Schultergürtel machten sich bemerkbar. Halb hasste es, in Nostalgie zu schwelgen, aber im Moment bedauerte er zutiefst, nicht mehr der durchtrainierte Kugelstoßer zu sein, der er noch vor einem Vierteljahrhundert gewesen war. Allerdings hatte er den Eindruck, noch vor neun Stunden um Jahrzehnte jünger gewesen zu sein ... auf jeden Fall hatte er sich vor dieser sterbenslangweiligen und ziemlich sinnlosen Leiter-Konferenz so kraftvoll gefühlt, wie man das an einem Montagmorgen sein konnte. Jetzt hingegen hatte er das Gefühl, am Spätabend seines Lebens angekommen zu sein und nur mehr einen langen Schlaf tun zu wollen.

Schlafen – davor eine heiße Badewanne mit einem Schuss Melissenöl und eine frische Tasse eines würzigen Assam-Tees, das wär's! Aber das war es eben nicht, das durfte nicht sein. Er hatte ja heute ... oder besser gesagt sehr bald morgen ... noch einen Termin – der Zorn auf seine eigene Gutmütigkeit ließ Halb sofort klarer werden. „Geschieht dir schon recht, was bist du auch so blöd und lässt dich zu einem Treffen um halb drei Uhr früh überreden. Zu einem Rendezvous mit den Erinnyen! Meine absoluten Traumfrauen – mit denen wollt ich schon immer eine Montagnacht verbringen. Selber schuld!" Halb hätte sich noch länger wüst-genüsslich beschimpft, wenn ihm nicht der verlockende Gedanke gekommen wäre, wenigstens bis ein Uhr früh zu ruhen. Gleich hier auf seiner Wohnzimmercouch.

Ein Uhr früh – Halb schlurfte ins Schlafzimmer und kehrte mit dem Wecker zurück.

Ein Uhr – das müsste reichen, um halbwegs wach zu werden und mit dem Taxi ins Museum zu Kandler zu fahren.

Ein Uhr – kaum, dass Halb die Zeiger gestellt hatte, war er bereits eingeschlafen.

Er wanderte durch einen endlosen Saal, der von gequälten Kreaturen bevölkert war. Neben ihm schleppte ein alter Mann einen schweren Eisenrost mit sich, vor ihm blutete jemand aus zahlreichen Wunden, in denen Pfeile steckten. All diese Gestalten wankten vor den Wänden auf und ab und unterhielten sich mit kunstvoll drapierten Bildern. Manche der Gemälde sprachen ganz leise, manche flüsterten so laut, dass Halb mühelos die Namen verstehen konnte: Odysseus, Herkules, Orest, Aeneas, Achill und Nero. Plötzlich begann eines der Kunstwerke zu kreischen, der schrille Klang zerriss nicht nur die triste Stille, sondern zertrümmerte den ganzen Saal, der in lauter scharfkantige Scherben zu zerfallen schien.

Halb begann wie wild mit den Armen zu rudern, um nicht in der Flut aus Bruchstücken unterzugehen.

Ein Krachen und ein stechender Schmerz ließen Halb aus seinem Schlaf aufschrecken. Er war mit der linken Hand gegen den Couchtisch gedonnert und hatte dabei den Wecker hinuntergeworfen. Und obwohl dieser wie ein hilfloser Käfer auf dem Rücken liegend keinen Ton von sich gab, hörte das hässliche Geräusch nicht auf. Mühsam kämpfte sich Halb auf und durchwühlte die Taschen seines Sakkos, bis er endlich den Störenfried herausbefördert hatte. Weitere acht nervöse Sekunden vergingen, bis er endlich den „Gespräch annehmen"-Knopf gefunden hatte.

„Wer stört zu so später Stunde?" Halb hörte mit Befriedigung, wie der Anrufer beleidigt zurückfuhr.

„Herr Hofrat Halb?"

„Gezwungenermaßen! Oder gehen Sie davon aus, dass mir eine hilfsbereite Seele mein Smartphone gestohlen hat, dann aber so blöd ist, auf diesem Gerät ein Gespräch anzunehmen?"

Das kurze Schweigen signalisierte Halb, dass es sich um keinen Notfall handeln konnte – in so einer Situation hätte er selbst mit seinem Wutanfall keine Chance gehabt, gegen die „Hilfe!"-Rufe am anderen Ende der Leitung durchzukommen.

„Aber es hätte ja auch Ihre Sekretärin das Gespräch annehmen können."

„Ach Gott, da ist ja jemand besonders klug heute Abend. Glauben Sie wirklich, dass ich eine Mitarbeiterin zwinge, um diese nachtschlafende Zeit noch über mein Handy ...“

„Ich verbinde mit Herrn Stadthauptmann Lukinowski.“

Die Sekunden bis zum unvermeidlichen „Grüß dich, Ludwig!“ überlegte Halb, was sein alter Freund Kurt Lukinowski so Dringendes mit ihm zu besprechen haben könnte, dass er ihn an einem Montagabend um neunzehn Uhr dreißig anrief.

„Grüß dich, Ludwig! Wie geht's dir? Ich hab gehört, du bist seit Kurzem unter die Hausbesitzer gegangen und ...“

„Kurt! Was immer du gehört hast, ja, es stimmt, allerdings ist es maßlos übertrieben. Du kennst doch unsere Gerüchteküche. Die würzt immer viel zu scharf. Also, was kann ich für dich tun?“

„Nichts. Aber wir vielleicht für dich.“

„Für mich?“ – mühsam unterdrückte Halb ein erstauntes „Du?“.

„Ja. Ich weiß zwar nicht, warum sich deine Abteilung plötzlich mit einem stinknormalen Verkehrsunfall und einem offensichtlich Verrückten beschäftigt, aber ich könnte euch, wie's so schön heißt, mit sachdienlichen Hinweisen, die zur Lösung des Falles dienlich sind, dienen.“

„Wenn du jetzt was von ‚dinieren‘ gesagt hättest, wäre ich sofort gekommen.“

„Ludwig, ich mach dir einen Vorschlag. Du kommst zu mir und wir lassen uns was vom Nobel-Chinesen zwei Häuser weiter kommen.“

„Könnten wir uns nicht was vom ‚Himmelsbeisl‘ kommen lassen?“

„Oder so. Du bist kein Freund fernöstlicher Köstlichkeiten, sondern nach wie vor ein Verehrer heimischer Hausmannskost?“

„Wie hast du das erraten?“

„Kriminalistisches Feingefühl. Wann könntest du kommen? Und was soll ich für uns bestellen?“

„Du wirst lachen, ich muss um halb drei in der Nacht im Museum für Kunstgeschichte der Weltreligionen sein. Wie lange bist du denn heute überhaupt noch im Dienst?“

„Wir haben derzeit Sonderschichten. Wegen dieser internationalen Konferenz in der Hofburg. Aber um ... na ja, weil du's bist, bleibe ich etwas länger hier, und zwar bis ... sagen wir, um dreiundzwanzig Uhr würd ich schon ganz gerne an den häuslichen Herd heimkehren.“

„Na, dann um zweiundzwanzig Uhr bei dir im Kommissariat? Wär dir das recht? Und, was würdest du empfehlen? Bitte kein Gulasch, das habe ich gestern Abend genossen.“

„Zweiundzwanzig Uhr, gut. Sag mir nur noch schnell – auf einer Hungrigkeitsskala von eins bis zehn ... wo wirst du dich um zweiundzwanzig Uhr fühlen?“

„Bei 10,1!“

„Gut, dann werd ich uns ein Vier-Stern-fünf-Gang-Menü zusammenstellen lassen. Dann bis später. Servus Ludwig!“

„Servus Kurt. Freu mich!“

Halb hatte zwar keine Ahnung, von welchem – angeblich für ihn interessanten – Hinweis Lukinowski gesprochen haben könnte, aber angesichts eines „Himmelsbeisl“-Menüs war ihm das ziemlich egal.

**Montag, 26. August 2013, 21.45 Uhr**

„Darf der denn das?“ Wann immer Halb durch den Torbogen auf den Michaelerplatz ging, musste er an das Zitat denken, das Kaiser Franz Joseph seit über hundert Jahren in dessen herrschaftliche Schuhe geschoben wurde. Als der greise Monarch 1909 den revolutionär schmucklosen Neubau gegenüber seiner Hofburg gesehen hatte, soll er so erbost gewesen sein, dass er die „vom Anblick beleidigten Fenster“ vernageln ließ.

Im Gegensatz zum Habsburger Herrscher liebte Halb diesen Blick. Für ihn war die Achse, die von den ehemaligen Hofstallungen über den Platz zwischen den beiden großen Museen, den Heldenplatz, den inneren Burghof bis zum Michaelerplatz führte, eine der schönsten in seiner Heimatstadt. Hier, am einen Ende dieser Strecke, schien sich Österreichs Vergangenheit ihr Freiluftmuseum errichtet zu haben. Von der römischen Vergangenheit über die „rest-romanische“ und „teil-gotische“ Michaelerkirche und den Barockbauten bis zum kaiserlichen „Aufreger“, dem Loos-Haus – allein durch sanftes Drehen seines Kopfes konnte er hier eine Ahnung von zweitausend Jahren Geschichte bekommen.

Und inmitten der geballten Historie hatte auch er … ja, was?

Seine beruflichen Spuren hinterlassen?

Als kleines Rädchen an der großen Entwicklung mitgewirkt?

Halb schüttelte sich wie ein nasser Hund – nein, so viel Pathos konnte er nicht einmal an einem Montagabend um zehn Uhr vertragen. Er hatte sich hier im Polizeikommissariat Michaelerplatz vor über dreißig Jahren seine ersten beruflichen Sporen verdient. Nicht mehr und nicht weniger. Als Halb die Diensträume betrat, musste er lächeln. Dieser Tisch rechts vom Eingang, er war sich sicher, dass der ihm bereits vor Jahrzehnten abgenützt vorgekommen war. Oder die Sessel in der Wartezone, auch sie ließen in ihm lebhafte Erinnerungen an seine Jugend aufsteigen. Und der Kollege hinter dem Empfang, der ...

„Servus, Ludwig! Herzlich willkommen – wie lange warst du nicht mehr in deiner alten Wirkungsstätte? Deinem Aussehen nach höchstens drei Jahre?“

Halb hatte mit einem solchen Versuch eines Kompliments gerechnet, weshalb er jetzt mühelos ein halbwegs natürliches Lächeln herbeizaubern konnte.

„Kurt, du hast dich auch kaum verändert. Du warst immer schon ein charmanter Schwindler. Also, was gibt's ... und was gibt's?“

Stadthauptmann Lukinowski stutzte nur kurz. „Jaja, die Halb'sche Spitzfindigkeit. Was gibt's ... das Wichtige zuerst. Ich weiß ja, dass du Rindfleisch liebst. Daher – ein Hauch Beef Tatar zum Anfang. Dann eine Rindssuppe mit Frittaten. Als Hauptspeise Tafelspitz mit Schnittlauchsauce, Semmelkren und Erdäpfelschmarrn. Danach Äpfel im Schlafrock. Und – ich kenn dich doch – zum Magen-Schließen eine kleine Käseplatte. Dazu ... leider nur Mineralwasser, weil wir beide ja noch im Dienst sind. Und da wir erst nach neunzehn Uhr telefoniert haben, konnte ich dir leider keinen Tee mehr kaufen. Also zumindest keinen, den du nicht mit tödlicher Verachtung strafen würdest. Ah ja, was es sonst noch gibt, erzähle ich dir nach dem Essen. Nimm Platz!“

## Montag, 26. August 2013, 22.30 Uhr

Genüsslich lehnte sich Halb zurück. Nichts passte hier zusammen – was ihm sehr behagte. Die Möblierung in Lukinowskis Büro war immer noch so hässlich wie vor dreißig Jahren. Das Essen hingegen war ein Gedicht gewesen. Die – erfreulicherweise nur gedämpft heraufklingende – Berieselungsmusik war scheußlich, offenbar hatte sich der Geschmack der jungen Polizisten während der vergangenen Jahrzehnte kaum geändert. Die Lage ihres „Speiseraums" war wiederum traumhaft. Da Lukinowskis Büro im Stockwerk über den öffentlich zugänglichen Räumen lag, eröffneten ihnen die alten, zugigen, im August aber idealen großen Fenster einen wunderschönen Ausblick auf das touristische Treiben.

Schweren Herzens wandte sich Halb wieder seinem Gastgeber zu. „Danke, Kurt, es war köstlich! Zur Rechnung – hat sie dir das ‚Himmelsbeisl' wie üblich da gelassen? ... du gestattest, dass ich sie übernehme. Dafür spannst du mich auch nicht mehr länger auf die Folter. Was für ein Verkehrsunfall? Welcher offensichtlich Verrückte? Und, vor allem, was haben meine Leute und ich damit zu tun?"

„Das fragst du mich? Die Rundfrage ist doch von euch ausgegangen. Und, im Übrigen, nein! Nein, ich gestatte dir nicht, zu zahlen. Du bist natürlich mein Gast."

„Danke vielmals. Welche Rundfrage?"

„Moment, ich hab sie doch hier irgendwo liegen ... ja, hier. Absender Perikles Mayer. Das ist doch der Ingeniöhr?"

„Jaja, das ist er, da hast du schon ..." – der Rest seines höflichen, aber geistesabwesenden Gemurmels fiel Halbs konzentriertem Lesen zum Opfer. Der Ingeniöhr hatte inzwischen offenbar alle Namen der Sparvereinsmitglieder durch den Computer gejagt. Dabei war interessanterweise in den Berichten dieses Kommissariats ein Name mehrfach aufgetaucht. Und zwar gerade der – laut Schilderung von Verenas Großvater – unauffälligste der Runde: Sebastian Waltenberg.

„Schau an, der fürchterlich stille Mensch."

„Was meinst du, Ludwig?"

„Nichts Besonderes. Erklär mir bitte, wieso taucht dieser Herr Waltenberg mehrfach in euren Protokollen auf? Und zwar immer als ‚... offenbar geistig Verwirrter'?"

„Du weißt ja, Ludwig, wie oft wir es hier – quasi direkt an der Front – mit Spinnern zu tun haben. Aber dieser Waltenberg, der ist schon jemand ganz Eigenartiger. Vor drei Wochen taucht er bei uns zum ersten Mal auf. Er möchte sich stellen, er habe einen Mord begangen. Du kannst dir vorstellen, wie die jungen Kolleginnen und Kollegen reagiert haben – ein bisserl hektisch halt. Wie heißen Sie? Wo wohnen Sie? Wo liegt die Leiche? Wen haben Sie getötet? Darauf antwortet er völlig ruhig, Sebastian Waltenberg, Am Fürstenpark 17, Nationalfriedhof Arlington, John Fitzgerald Kennedy. Dann haben sie mich gerufen. Ich konnte mit Müh und Not verhindern, dass einige der unerfahrenen und ziemlich aggressiven Kollegen diesen Herrn Waltenberg gleich wegen Irreführung festnehmen. Nach einem kurzen Gespräch war er bereit, zu gehen. Er war dann sogar sehr freundlich, hat uns allen einen schönen Tag gewünscht und sich bei mir für die – wart, an die Formulierung kann ich mich noch wörtlich erinnern – ‚äußerst zuvorkommende Behandlung und die sehr anregende Unterhaltung' bedankt. Eine Woche später dasselbe Theater. Er hätte Martin Luther King auf dem

Gewissen. Er wollte unbedingt verhaftet werden, er war richtig lästig. Aber Gott sei Dank hatte ein älterer Kollege Dienst, der hat ihn gleich zu mir gebracht, weil ... ein so gefährlicher Attentäter müsse natürlich direkt zum Chef. Ich hab dann wieder Psychologe spielen dürfen. Prompt wurde es ein längeres Gespräch. Ich war offenbar so einfühlsam, dass er mir nach ein paar Minuten schon erzählt hat, wie entsetzlich schuldig er sich fühle. Wenn er damals seinen Freund Sven daran gehindert hätte, betrunken ins Auto zu steigen, dann wäre der noch am Leben. Nachdem er weg war, habe ich nachgesehen ... und tatsächlich inmitten unserer Datenmengen Waltenbergs Aussage und den Unfallbericht von diesem Sven Sulzer gefunden. Der hat sich das offensichtlich so zu Herzen genommen, dass er zu spinnen begonnen hat. Na ja, da hatte ich dann schon etwas Mitleid. Und deshalb hab ich ihn auch nicht hinauswerfen lassen, als er heute zum dritten Mal dagestanden ist. Nicht Nathuram Godse hätte Mahatma Gandhi erschossen, nein, das sei er gewesen. Er allein, Sebastian Waltenberg. Ich hab mir noch gedacht, oh Gott, das kostet mich schon wieder eine halbe Stunde. Gerade heute, wo ich doch so überhaupt keine Zeit habe. Aber erfreulicherweise ist er schon nach dreimaligem Beteuern, er, Sebastian Waltenberg, habe Mahatma Gandhi ermordet, abgezogen."

„Hat er das genau so gesagt?"

„Ich versteh dich nicht?"

„Na, hat er das wirklich so formuliert, er, Sebastian Waltenberg, habe Gandhi erschossen? Hat er tatsächlich mehrmals hintereinander über sich in der dritten Person gesprochen und dabei seinen Namen genannt?"

„Ja, Ludwig, genau so hat er sich ausgedrückt. Aber, bei einem, der Woche für Woche abstruse Geständnisse ablegt, bei dem wunderst du dich dann weder über eine merkwürdige Ausdrucksweise noch über das eher seltsame Aussehen."

„Wieso seltsam? Wie sieht er denn aus?"

„Er ist eher ein Allerweltstyp. Und dass er immer eine Sonnenbrille auf der Nase hat, kann man ihm im August ja nicht verdenken. Aber ..."

„Du hast nie seine Augen gesehen?"

„Doch, Ludwig, das hab ich. Grünlich-blau. Beim Luther-King-Geständnis haben wir länger gesprochen, da hat er seine Brille abgesetzt. Nein, ich glaube, du bist jetzt zu sehr Kriminalist, wenn du annimmst, dass ..."

„Du hast recht, ich bin schon richtig neurotisch. Ich seh hinter jeder Sonnenbrille einen Bösewicht."

„Ich bin mir sicher, dass du in dem Fall falsch liegst. Nein, Ludwig, dieser Waltenberg ist schlicht und einfach ein ganz ein armer Hund, der nicht verkraftet hat, dass er ..."

„Und zu welchem Psycho-Fachmann hast du ihn geschickt?"

„Zu keinem bestimmten. Ich hab ihm aber sehr zugeredet, dass er professionelle Hilfe brauche, dass ihm ein Arzt oder ein Psychologe helfen könne, sein Trauma zu überwinden. ... der übliche Schmus eben."

„Du hast vorhin gesagt, der Waltenberg hätte ein seltsames Aussehen. Die Sonnenbrille war's ja wohl nicht, oder?"

„Jein. Irgendwie schon auch. Und dann auch wieder nicht, weil ... also, was ich sagen will – dieser Waltenberg scheint in den späten sechziger Jahren hängen geblieben zu sein. Und zwar in der schrillsten Form. New York, Greenwich Village, Swinging London, Soho, Carnaby Street, make love not war!"

„Und das findest du schlecht?"

„Nein, an sich nicht. Aber wenn heute ein über Sechzigjähriger in Wien mit megacoolen Riesen-Sonnenbrillen, Glockenjeans, schreiend-bunten Polyesterhemden und wallenden, sehr blonden Haaren herumspaziert, wirkt das eben seltsam. Und bevor du mir ins Gesicht springst – nein, lieber Ludwig, ich finde Männer mit langen Locken nicht prinzipiell merkwürdig, aber ..."

„Oh, danke!" – lächelnd fuhr sich Halb durch sein nach wie vor dicht gelocktes Haar, das letzte Andenken an seine eigenen Flowerpower-Jahre.

„... aber meine Meinung bezüglich ewig jung gebliebener Dauer-Hippies ..."

„Das scheint mir aber nicht ein reiner Hippie-Stil zu sein. Das klingt so ein bisschen nach einer von sonnigen Erinnerungen getrübten Mischung verschiedener Stile."

„... von mir aus auch das. Auf jeden Fall ist mir das alles im Grund ziemlich egal. Was mich aber schon sehr interessieren würde – wieso kommt aus deinem Referat eine Anfrage, in der sowohl dieses Unfallopfer Sulzer als auch der Waltenberg genannt werden? Ganz im Vertrauen, Ludwig – steckt hinter diesem scheinbar armen Verrückten doch mehr, als man glauben könnte?"

„Ganz im Vertrauen, Kurt – wir wissen es nicht. Aber wir wissen nicht einmal, ob irgendetwas irgendwann irgendwie an der Sache dran ist."

„An welcher Sache?"

„Na ja, das ist ... wie soll ich das erklären?" – Halb überlegte, ob er Lukinowski von der Gespenstergeschichte erzählen sollte. Er hatte Kurt als neugierigen und offenen Kollegen in Erinnerung, aber dreißig Dienstjahre hatten ihn vielleicht zu einem Fakten-Fanatiker und Zyniker werden lassen.

„Kurt, glaubst du an paranormale Phänomene?"

„Du meinst Ufos, Geister und so ein Zeug?“

„Ja.“ Halb seufzte innerlich laut auf. Gut, dass er nicht gleich mit den sprechenden Rachegöttinnen herausgerückt war.

„Wessen Antwort willst du jetzt hören?“

„Wie bitte?“

„Als Privatmann glaube ich natürlich nicht an einen solchen Blödsinn, aber als Jurist sag ich dir ganz offen und ehrlich – ich habe schon Dinge erlebt, die mich an meiner Privatmeinung massiv zweifeln lassen.“

„Na dann, dann ... schenk uns bitte noch ein Glas dieses köstlichen ‚2013er-Château-de-Gipfel-Bergquelle‘ ein und höre und staune.“

**Montag, 26. August 2013, 23.30 Uhr**

„So, jetzt kennst du die ganze Geschichte. Ich überlasse es dem Kollegen Lukinowski, wie er es dem Privatmann Kurt erklärt. Und ob er überhaupt daran glaubt. Auf jeden Fall ist es ...“

„... ist es schon viel später, als ich eigentlich geplant hatte. Ludwig, bist du mir sehr böse, wenn ich mich doch schon knapp vor Mitternacht auf den Nachhauseweg mache? Meine Frau gibt sonst am Ende noch eine Vermisstenmeldung auf.“

„Nein, nein, Kurt, mir ist das jetzt sehr peinlich, dass ich dich so lange aufgehalten habe. Lass uns schnell den Tisch abdecken und ...“

„Das geht in einer Minute. Weil das da“ – Lukinowski deutete auf die Behältnisse, in denen die Köstlichkeiten geliefert worden waren, „holt das ‚Himmelsbeisl‘ morgen im Lauf des Vormittags ab. Und die paar Teller und die zwei Gläser sind schnell in den Geschirrspüler eingeräumt. Die Gemeinschaftsküche ist ja nach wie vor gleich am Ende des Ganges. Auf jeden Fall vielen Dank für dein Kommen und die Aufklärung."

„Es war mir ein Vergnügen! Danke auch für deine Informationen und die herrliche Bewirtung. Beim nächsten Mal gehen Speis und Trank auf meine Rechnung. Aber ... Kurt, es ist mir zwar unangenehm, aber ich hätte noch eine Bitte. Allerdings eine, die dich nur zwanzig Sekunden kostet."

„Die sei dir gerne gewährt. Deine Zeit läuft ... ab jetzt." Zwar bemühte sich Lukinowski, die letzten Worte wie einen gelungenen Scherz klingen zu lassen, ein „feinohriger" Mensch wie Halb hörte aber trotzdem den leicht genervten Tonfall.

„Wie gesagt, ich treffe den Herrn Kandler gleich hier ums Eck, aber erst um halb drei in der Nacht ... oder in der Früh. Heimgehen und wieder herkommen zahlt sich fast nicht mehr aus, aber zweieinhalb Stunden spazieren gehen würde mich jetzt auch nicht so wirklich reizen. Könnte ich mich bei euch in den unteren Räumen irgendwo in ein stilles Eck drücken und ..."

„Da habe ich eine bessere Idee! Du kommst in die ehemalige Dreier-Ausnüchterungszelle. Für die habe ich – selbstverständlich aus meinem Privatbudget – erst vor Kurzem eine neue Matratze gekauft. Ich hoffe, du schläfst gerne auf Rosshaar und Kokosfasern?"

**Dienstag, 27. August 2013, 2.15 Uhr**

Halb liebte diesen Blick!

Er liebte ihn so sehr, dass er sogar die Melodie vergaß, die ihn in den letzten zwei Stunden leise, aber lästig beim Dösen gestört hatte. In diesem Augenblick war das aber egal. Er war trotz der späten – oder frühen – Stunde so gut gelaunt, dass er versucht war, wie ein junges Reh herumzuspringen. Lediglich die Aussicht auf zahlreiche, im Mondschein gut getarnte Hundehinterlassenschaften ließ ihn von diesem kindischen Ausdruck purer Lebensfreude Abstand nehmen.

Zu seiner Linken der Festsaaltrakt, vor sich die „Neue Burg“ – beide Teile waren zwar erst vor rund hundert Jahren errichtet worden, wirkten aber dennoch altehrwürdig und respekteinflößend.

Erst recht um diese Uhrzeit! Punkt halb drei – ganz so, wie er es mit Kandler vereinbart hatte – öffnete sich der Lieferanteneingang wie von Geisterhand. Allerdings waren es nicht die griechischen Rachegöttinnen, die dahinter sichtbar wurden, sondern ... Rübezahl. Obwohl sich Halb den ganzen Tag darauf eingestellt hatte, auf keinen Fall an irgendetwas Mystisches zu glauben, fuhr er doch erschrocken zurück.

„Herr Hofrat, herzlichen Dank, dass Sie gekommen sind!“ Die leise, vor Furcht zitternde Stimme passte überhaupt nicht zu der riesigen Gestalt mit ihrem wallenden Bart, die Halb eine mächtige Pranke entgegenhielt.

„Herr Kandler, nehme ich an?“

„Ja ... ach so, hat Sie der Franz nicht vorgewarnt?“

„Nein, der Herr Horak hat nicht erwähnt, was für eine beeindruckende Erscheinung Sie sind. – genauso wenig, wie er von der Hippie-Leidenschaft des Herrn Waltenberg erzählt hat“, setzte Halb murmelnd fort. Er beschloss, Verenas Großvater in die Rubrik „unzuverlässiger Zeuge“ einzureihen.

„Glauben Sie mir, Herr Hofrat, ich habe mich schon oft über mein Äußeres geärgert. Aber seit drei Wochen verfluche ich meine zwei Meter jedes Mal, wenn ich meinen Rundgang mache.“

„Wieso? Das verstehe ich nicht ganz. Ich mein, Sie müssten sich doch sicherer fühlen ... bei Ihrer Größe und Schulterbreite?“

„Keineswegs! Offensichtlich lassen sich diese Rachegöttinnen nicht im Geringsten von meinen Hünenmaßen abschrecken. Glauben Sie mir, ich wäre jetzt viel lieber ein winziges Mauserl, das sich immer, wenn es diese Stimmen hört, in seinem Loch verkriecht.“

„Na na, Herr Kandler, wir sind doch davon überzeugt, dass es keinen geisterhaften Grund für diese ...“

„Für diesen Spuk gibt. Sprechen Sie es doch aus, Herr Hofrat. Es nützt ja nichts, wenn wir um den heißen Brei herumreden. Entweder es gibt tatsächlich eine übernatürliche Erklärung für diese Attacken aus dem Geisterreich, oder aber ...“ – die ohnedies leise Stimme Kandlers verkam zu einem flüsternden Schluchzen, in dem die Worte „ich“ und „geisteskrank“ gerade noch auszumachen waren.

„Herr Kandler, mir ist schon klar, wie Sie sich fühlen. Und mir ist auch klar, dass es Ihnen in diesem Moment nicht viel hilft, wenn ich Sie beruhige. Aber jetzt lassen Sie mich beziehungsweise uns Kriminalisten doch erst unsere Arbeit machen. Nachher können Sie immer noch einen Trupp Geisterjäger holen, oder Exorzisten, das ginge auch, oder ... ja, oder sich eben in einer entsprechenden Einrichtung untersuchen lassen.“

„Irrenanstalt, Herr Hofrat! Irrenanstalt – das ist das richtige Wort für das, was mich erwartet. Oder eben ...“

„Herr Kandler, bevor Sie mir jetzt ganz zusammenbrechen – zeigen Sie mir doch bitte den Monitorraum und erzählen Sie mir möglichst genau, was sich in den letzten Wochen ereignet hat. Wenn ich schon um halb drei in der Nacht hier bin, dann ...“

„Jaja, natürlich, Herr Hofrat. Bitte, hier entlang." Mit einer gewissen Befriedigung stellte Halb fest, dass sein etwas gröberer Tonfall mehr Wirkung zeigte als die „Oje, Sie Armer!"-Masche.

„Herr Hofrat, darf ich Ihnen einen meiner Kollegen, Lionel Jastic, vorstellen."

„Es ist mir eine große Ehre, einen so berühmten Vertreter der österreichischen Polizei ..."

„Ist schon gut, Herr Jastic. Guten Abend. Oder eher guten Morgen." Halb wusste nicht, ob er sich ärgern oder grinsen sollte. Auf der einen Seite hasste er jegliche Komplimente, und dann noch so übertriebene, auf der anderen Seite musste er über die deutlich sichtbare Enttäuschung auf Jastics Gesicht lächeln. Offenbar hatte dieser an seinem Begrüßungssatz für den „so berühmten Vertreter" gefeilt und ihn brav auswendig gelernt, um den wichtigen Gast nur nicht zur verärgern.

Und jetzt hatte ihm Halb seinen schönen Auftritt ruiniert.

Versöhnlich deutete Halb auf die acht Monitore, die vor ihnen wie eine kleine Überwachungsarmee in Reih und Glied standen.

„Ich habe Leute wie Sie beide immer bewundert. Ich stelle mir das sehr schwer vor, stundenlang konzentriert zu bleiben, obwohl sich auf den Bildern ja nichts bewegt. Erzählen Sie mir bitte kurz, was wir hier sehen."

Dankend nahm Jastic das „Friedensangebot" an.

„Also, hier auf dem Einser-Schirm, das ist der Eingangsbereich. Hier rechts mit der Garderobe, links ist die Theke mit den Audioguides, die man sich ausborgen kann. Und da in der Mitte, also der Gang, der führt ..."

„Ist schon klar. Und im Bereich vor den Toiletten haben Sie keine Videoüberwachung?"

„Nein, weil da war noch nie was, und deshalb hat der Herr Direktor gemeint, wir bräuchten das nicht."

„Und nach dem Eingangsbereich kommen Ihre Besucher dann ..."

„Ja, hier auf dem Zweier-Schirm sehen wir den Einser-Saal. Das Museum ist ja entlang einer Zeitachse aufgebaut, das heißt, wir bemühen uns, Kunstwerke derselben Epoche, aber verschiedener Religionen einander gegenüberzustellen und dadurch den Betrachterinnen und Betrachtern völlig neue Blickwinkel und damit vielleicht auch neue Sichtweisen auf die unterschiedlichen Gottesbilder zu eröffnen."

Nein, lange hatte Jastic an seinem Begrüßungssatz von vorhin wohl nicht feilen müssen. Er schien ein Verehrer gedrechselter Formulierungen zu sein. „Oder aber er hat den Klappentext vom Besucherfolder ordentlich auswendig gelernt", murmelte Halb vor sich hin, während er auf dem Monitor etwas zu erkennen versuchte.

„Wie bitte, Herr Hofrat?"

„Beeindruckend, Herr Jastic, was dieses Museum sich zu leisten vorgenommen hat. Und welche faszinierenden Kunstwerk-Paarungen könnte ich auf diesem Schirm erkennen, wenn nicht alles so winzig erscheinen würde?"

„Da gibt es drei Möglichkeiten. Erstens ... entschuldigen Sie, wenn ich das ansprech, aber vielleicht sind Sie ja schon ein wenig altersweitsichtig. Vielleicht geht's so besser?" – Kandler nahm seine Brille ab und hielt Halb das zu seiner Statur und seinem Gesicht passende riesige Gestell hin. „Ich bin zwar kurz- und auch schon altersweitsichtig, aber als Lupe funktioniert sie ganz gut."

„Nein danke. Und zweitens?" – Halb wies lächelnd das Ungetüm „Modell Krankenkasse fünfziger Jahre" zurück.

„Zweitens könnte der Lionel, also der Herr Jastic, natürlich zoomen, aber drittens ...“ – noch während das Bild größer und größer wurde, drehte sich Halb erwartungsvoll zu Kandler um.

„Drittens würde ich Ihnen schlicht und einfach unsere aktuelle Ausstellung zeigen. Auf dem Rundgang könnte ich auch die ganze Geschichte erzählen. Und dann, in Saal acht, da ...“ – es war beeindruckend, wie sich die gegensätzlichen Gefühle in Kandlers Gesicht stritten. Zuerst schien die Verzweiflung zu siegen, aber dann setzte sich doch der Galgenhumor durch. „... da können Sie entweder einen heroischen Museumswärtertod miterleben oder aber ... wer weiß, vielleicht zeigen sich heute angesichts eines so würdigen Besuchers die griechischen Rachegöttinnen höchstpersönlich. Und wenn sie dann aus dem Gemälde gestiegen sind, können Sie sie ja gleich verhaften. Haben Sie Ihre Geisterhandschellen mit? Drei Paar der Größe extralarge?“

„Die brauch ich nicht. Wie Ihr Kollege so treffend gesagt hat, bin ich doch ein allseits bekannter Vertreter der Wiener Polizei ...“

„Berühmt, Herr Hofrat! Ich habe ‚berühmt‘ gesagt.“

„Noch schlimmer. Oder besser. Weil einem so berühmten Vertreter der Polizei, dem werden sich ein paar dahergelaufene Sagengestalten sicher freiwillig ergeben. Da brauch ich doch keine Handschellen oder sonst ein Brimborium. Also, gehen wir.“

**Dienstag, 27. August 2013, 2.55 Uhr**

Halb brummte der Schädel. So viel Kunstgeschichte in so kurzer Zeit hatte er sich noch nie angehört ... anhören müssen.

„Herr Kandler, ich bewundere Ihr enormes kunsthistorisches Wissen, aber könnten Sie jetzt nicht ...? Natürlich, ich weiß schon, es fällt Ihnen nicht leicht, aber Sie sollten mir jetzt doch von den vergangenen zwei Wochen ...“

„Drei Wochen, es sind fast schon drei Wochen.“

„... drei Wochen erzählen. Es nützt nichts, wenn Sie noch so ausführlich über Ihre geliebten Bilder und Statuen referieren – so packend das auch ist. Also, wann haben diese Zuflüsterungen begonnen? Wie klingen die? Kommen die immer vom selben Bild? Immer zur selben Zeit?“

„Ja, also, was die Zeit anlangt. Aber ich fang am besten vor drei Wochen an. Vor zwei Wochen und vier Nächten, um genau zu sein. In der Nacht von Samstag auf Sonntag, von zehnten auf den elften August. Das Datum werd ich nie vergessen.“

„Wollen wir uns setzen?“

„Nein, Herr Hofrat, mir ist es lieber, wenn wir langsam weitergehen. Weil zum einen tut das meinem Herz ganz gut. Ich hab da nämlich so meine Probleme. Und zum anderen, es ist ja gleich drei Uhr. Und wir sind erst im Saal sechs. Also, zwei Säle noch. Aber ... aber vielleicht bleibt diese grässliche Stimme ja heute stumm. Bei einem so berühmten ...“

„Stimme oder Stimmen?“

„Ich glaube, dass es ... nein, ich kann es nicht genau sagen. Am Anfang habe ich nicht richtig zugehört, und dann später habe ich mich jedes Mal viel zu sehr aufgeregt, um genau hinzuhören.“

„Aber den Text haben Sie schon verstanden?“

„Ja, den schon. ‚Warum hast du nicht auf uns gehört.‘ Eigentlich seltsam.“

„Was ist seltsam?“

„Wie Sie mich gefragt haben gerade eben – ich war mir sicher, dass es Stimmen waren. Mehrere. Aber jetzt glaube ich, dass es doch nur eine Stimme ist. Allerdings hört die sich wie durch einen Nebel an, außerdem singt sie mehr, als dass sie spricht – deshalb klingt's nach mehreren Stimmen. Und weil die eben immer ‚uns' sagt – deshalb habe ich automatisch angenommen, dass es mehrere Stimmen sind. Aber jetzt, wenn Sie mich so fragen ... nein, es ist nur eine Stimme. Eine einzelne. Aber die ... ich darf gar nicht daran denken."

Erstaunt stellte Halb fest, dass er es jetzt wirklich mit der Angst zu tun bekam. Die Erinnyen waren ihm zwar nach wie vor egal, aber die immer schwerer werdenden Atemzüge Kandlers trieben ihm vereinzelte Schweißperlen auf die Stirn.

„Jetzt sollten wir uns aber wirklich setzen" – es war erstaunlich, wie rasch eine Stimmung kippen konnte. Noch vor drei Minuten hatte Halb seine Privatführung trotz der Situation durchaus als angenehm empfunden. Aber das stoßweise, gequälte Atmen neben ihm ließ den Saal plötzlich bedrohlich wirken. Die Gemälde, die bis soeben still und erhaben von den Wänden heruntergeblickt hatten, schienen plötzlich näher zu kommen und den Raum bedrohlich enger werden zu lassen. Selbst die Statuen erwachten zum Leben. Göttinnen und Götter verschiedener antiker Hochkulturen begannen die beiden zu umkreisen, gleich würden sie sie mit ihren marmornen Körpern zerquetschen.

„Soll ich die Rettung holen?" – der Klang der eigenen Stimme ließ Halb sofort wieder ruhiger werden. Und die Bilder und Plastiken auf ihren Plätzen reglos verharren.

„Nein, nein, es geht gleich wieder. Es ist nur, weil – da vorne ist der Achter." Halb folgte Kandlers mühsam ausgestrecktem Zeigefinger und sah durch den Türrahmen eine Halle, die scheinbar alle bisherigen Säle an Größe und Pracht übertrumpfte. Er war nach wie vor sicher, dass sich die Spukgeschichte als eine unglückliche Verkettung logisch erklärbarer Einzelteile herausstellen würde. Aber wenn er an parapsychologische Phänomene glauben würde ... was er eben nicht tat, aber wenn doch, dann wäre er davon überzeugt, dass diese sich keinen besseren Platz als Saal acht aussuchen könnten.

Dunkel, mächtig, arrogant – dieser von den Wänden kaum zu bändigende Raum strahlte eine ähnliche Furcht gebietende Einsamkeit aus, wie sie Halb sonst nur von Schwurgerichtssälen und alten Gefängnissen kannte. Dazu trug auch der starke Nachhall ihrer Schritte bei, der die Leere noch unheimlicher wirken ließ.

„Das ist es. ‚Die Flucht des Orest' von Adrian van Sprookje aus dem Jahre 1522. Und in der Mitte über dem Boot ..." – mit dem rechten Arm zeigte Kandler auf die drei Erinnyen, während er sein linkes Handgelenk ganz nah vor seine Augen führte, um die Uhrzeit erkennen zu können. „Jetzt ist es schon nach drei Uhr! Vielleicht hört der Spuk heute wirklich auf? Vielleicht lassen die mich ab jetzt in Ruhe? Vielleicht haben der Franz und die Verena ja wirklich recht gehabt – Sie, Herr Hofrat, sind der richtige Mann, um dem Ganzen ein Ende zu bereiten. Vielleicht ..." – Halb tat es leid, das hoffnungsfrohe Strahlen hinter Kandlers dicken Augengläsern jäh beenden zu müssen, aber es blieb ihm nichts anderes übrig.

„Vielleicht sind das jetzt zu viele ‚Vielleichts'! Nur, weil es jetzt acht Minuten nach drei ist, würde ich mir noch keine – falschen – Hoffnungen machen. Aber in einem Punkt haben Sie recht. Vielleicht spricht das

Bild nur dann zu Ihnen, wenn Sie alleine sind. Möglicherweise können wir auch ein bisschen tricksen. Wir gehen die paar Meter zurück in den Saal sieben, ich bleibe dann dort stehen ... selbstverständlich in Sichtweite. Sie benehmen sich wie immer, also, als ob Sie alleine wären. Und dann werden wir ja sehen. Bringen Sie das zusammen?"

Er hatte es nicht geschafft, Kandlers verfrühten Optimismus ganz zu bändigen. Dessen „Ja, natürlich!" strahlte noch immer vor intensiver Hoffnung auf ein unmittelbares Ende der unheimlichen Begegnungen.

Halb bezog gleich hinter dem Türrahmen zwischen den Sälen seinen Beobachtungsposten.

Nichts! Er sah im schummrigen Licht der Überwachungsbeleuchtung, wie Kandler tief Luft holte, bevor er seinen Rundgang fortsetzte. Dann begann er auch noch zu pfeifen – erstaunlicherweise sehr schön, Mozarts „Der Vogelfänger bin ich ja" war gut zu erkennen.

„Der Vogelfä-hän-ge-her" ... dann hörte Halb einen weiteren schweren Schritt Kandlers, „bin ich ja", wieder ein Schritt. „Stets lustig, heissa, hopp..." – beim „...sassa" war Kandler unmittelbar vor der „Flucht des Orest" stehen geblieben.

Und dann ging alles ganz schnell.

Der nächste gepfiffene Ton blieb Kandler buchstäblich in der Kehle stecken. Gleichzeitig wandte er sich dem Bild zu, sodass er den Erinnyen direkt in die böse blitzenden Augen sehen konnte. Dann hob er den rechten Arm, als ob er den Rachegöttinnen einen Hieb versetzen wollte. Aber anstatt diese Drohgebärde zu Ende zu führen, stürzte seine Hand von rechts oben nach links unten und landete auf seiner Brust. Sie verkrallte sich derart im Hemd, als würde Kandler sich sein Herz herausreißen wollen. Mit seiner linken Hand hatte er inzwischen sein Ohr zugehalten, als ob er dadurch einen schrecklichen Lärm fernhalten könnte. Aber nur einen Augenblick – dann versuchten die Finger, irgendetwas aus seiner linken Sakkotasche herauszuklauben. Dazu kam es jedoch nicht mehr, einem Felssturz gleich fiel Kandler in sich zusammen, noch bevor Halb ihn erreichen und auffangen konnte. Genau in jenem Bruchteil einer Sekunde, in dem Halb sich zu Kandler hinunterbeugte, glaubte er, einen Lufthauch zu hören. „Bald ist es zu spät, du törichter Mann.“ Als Halb einige Minuten später wieder vernünftig denken konnte, war er sich halbwegs sicher, einer Sinnestäuschung erlegen zu sein ... erlegen sein zu müssen.

Aber jetzt war nicht die Zeit, über Sinn und Unsinn mysteriöser Wahrnehmungen zu philosophieren.

„Herr Kandler, hören Sie mich?“ – Halb hob mühsam den massiven Schädel des Riesen. „Haben Sie Ihr Herzmedikament in der linken Tasche? Moment, gleich haben wir's, und dann wird es Ihnen sofort besser ge...“ – erschrocken fuhr Halb zur Seite, als sich Jastic neben ihm niederkniete.

„Dreißig Tropfen, in so einer Situation muss er dreißig Tropfen nehmen. Es wäre gut, wenn Sie seinen Kopf leicht nach hinten überstrecken würden. Ja, wunderbar. Wenn Sie ihm jetzt noch das Kinn etwas herunterziehen könnten, um den Mund zu öffnen. Genau so, perfekt. Eins, zwei, drei ...“ – mit jedem der Tropfen schien etwas Leben in Kandlers schlaffen Körper zurückzukehren.

„... und dreißig. Jetzt können wir ihn mit gemeinsamen Kräften vielleicht schon aufsetzen. Langsam, Andreas, ganz langsam.“ Es war schwere körperliche Arbeit, Andreas Kandler auf die Beine zu kriegen und ihn von beiden Seiten gestützt aus Saal acht wegzubringen.

Als sie ihn auf die Couch an der Rückwand des Monitorraumes gewuchtet hatten, waren sie alle drei schweißgebadet.

„Herr Hofrat – es tut mir leid, dass ich ... so lange gebraucht habe, bis ich ... bei Ihnen war, aber ...“ – Jastic atmete tief durch – „... aber die Strecke von hier bis zum Achter-Saal, die ist ganz schön lang.“

„Wem sagen Sie das!“ – Halb ruderte mit den Armen, um seine schmerzenden Schultern zu lockern.

„Danke, Lionel, danke, Herr Hofrat! Es tut mir so leid, dass ich ...“ – der Rest ging in einer Mischung aus Husten und Schluchzen unter.

„Herr Kandler, ich ruf jetzt die Rettung an.“

„Nein! Bitte nicht!“ Kandler bäumte sich entsetzt auf, fiel aber gleich wieder stöhnend zurück.

„Ja, warum denn nicht?“ Halb erkannte am „Farbenspiel“ in Kandlers Gesicht – die Tönung wechselte von leichenblass zu hochrot –, dass sich der Hüne in Grund und Boden schämte. „Ich verstehe Sie nicht, warum ist es Ihnen peinlich, sich nach einer Herzattacke vom Notarzt ...“

„Ich will nicht auf die Psychiatrie!“

„Ja, sowieso nicht! Sie kommen doch auf die Kardiolo... ach du lieber Himmel, jetzt begreif ich erst. Sie fürchten sich davor, dass die im Spital draufkommen, wieso Sie den Herzanfall gehabt haben? Aber Sie müssen doch nichts von den Rachegöttinnen erzählen. Dann halten die Sie auch nicht für verrückt.“

„Trotzdem, ich will nicht ins Spital! Wer weiß, ob ich nicht vielleicht im Schlaf rede oder mich sonst irgendwie verrate. Außerdem geht es mir ohnehin schon wieder viel besser und ...“

„Du bleibst, wo du bist“ – mit sanfter Gewalt drückte Jastic seinen Kollegen zurück auf die Couch, die im normalen Nachtwächteralltag offenbar für „Aktivierungsruhepausen“ genützt wurde. „Ich mach uns erst einmal einen Tee und dann sehen wir weiter.“

Tee – Halbs abwehrende Reaktion auf dieses Stichwort war so deutlich, dass sich Jastic sofort bemüßigt fühlte, nachzufragen. „Oder trinken Sie keinen Tee, Herr Hofrat?“

„Nein, nein, ist schon in Ordnung“ – der Gedanke, eine von einem Teesäckchen entweihte Tasse einer heißen, im besten Fall nach nichts schmeckenden Flüssigkeit trinken zu müssen, machte es Halb schwer, ein höflich-belangloses Gesicht zu machen.

„Das freut mich. Weil ich bin ein großer Teeverehrer, weshalb ich immer einige recht exquisite Sorten hier habe. Andreas, dich interessiert das zwar nicht sehr, aber ich frag dich trotzdem – wäre ein nepalesischer Annapurna o.k.?“

„Haben Sie den zart-blumigen Flugtee oder die vollmundige Sommerernte?“

„Die vollmundige ... ah, ich verstehe.“ Mit verschwörerischem Lächeln wandte sich Jastic noch einmal Halb zu, bevor er den Raum verließ.

Ob Kandler vielleicht lieber einen anderen Tee gehabt hätte, war nicht zu eruieren. Die Aufregung der letzten Minuten hatte den von Rachegöttinnen geplagten Riesen in das friedliche Reich der Schlaf- und Traumgötter entführt.

**Dienstag, 27. August, 3.30 Uhr**

Ob man die Erinnyen mit einer Tasse dieses herrlichen Tees besänftigen könnte? Dafür hätte Halb den bequemen Sessel verlassen, in Saal acht gehen, vor das Bild treten und das wunderbar duftende Elixier den drei Schrecklichen unter die wütenden Nasen halten müssen – es wäre aber einen Versuch wert gewesen. Das hieße allerdings, dass er an dieses ganze Gespenstergetöse glauben würde. Und das ging beim besten Willen nicht! Also blieb er sitzen, lehnte sich genüsslich zurück und versuchte, das vorhin Erlebte in vernünftige Gedankenbahnen zu lenken. Seltsamerweise war ihm gerade während dieser dramatischen Minuten klar geworden, dass es hier nicht im Geringsten um die Erinnyen oder sonstige mythologische Gestalten ging. Die zentrale Figur dieses scheinbar übernatürlichen Spiels war einzig und allein Andreas Kandler.

„Ja, Chef! Das mag schon sein, aber ..." – Halb konnte Schwejks Stimme in seinem inneren Ohr hören ... was kein Wunder war, da dieser es doch besonders gern mochte, bei Halbs Argumentationen den Advocatus diaboli zu spielen – „ja, Chef! Das mag schon sein, aber warum sollten es dann nicht trotzdem die Erinnyen sein, die Kandler töten wollen? Ich meine, die Tatsache, dass Kandler im Mittelpunkt der Geschichte steht, bedeutet ja nicht zwangsweise, dass es deshalb keinen metaphysisch-mythologischen Hintergrund gibt. Vielleicht treiben diese schrecklichen Damen nach wie vor ihr Unwesen, und Kandler hat sie blöderweise irgendwann einmal so gegen sich aufgebracht, dass sie es ihm jetzt heimzahlen wollen. Wobei ... Chef, wieso nimmst du automatisch an, dass sie Kandler töten wollen? ‚Warum hast du nicht auf uns gehört?' – der Satz könnte doch auch als das Gegenteil einer Drohung, nämlich als Warnung verstanden werden. Vielleicht haben es sich diese ehemaligen Rächerinnen in ihrer Pension anders überlegt und haben auf wohlmeinende

Helferinnen der Menschheit umgesattelt. Könnte es nicht auch so sein?“

„Zweimal ‚Nein!‘, mein lieber Schwejk!“ – am überraschten Gesicht von Jastic, der sich von seinen Monitoren weg und zu ihm hingedreht hatte, erkannte Halb, dass auch er nicht mehr ganz wach gewesen sein dürfte. Vermutlich aber hatte er nicht so tief wie Kandler geschlafen – immerhin hielt er nach wie vor eine halbvolle Teetasse in den Händen.

„Was haben Sie gesagt, Herr Hofrat?“

„Nichts, Herr Jastic, ich habe nur viel zu laut gedacht.“

„Gedacht? Woran gedacht?“ – Kandler hatte seine Augen zwar noch geschlossen, aber seine Stimme klang sehr munter. „Hoffentlich nicht wieder an die Rettung, damit die mich ...“

„Nein, Herr Kandler, ganz sicher nicht daran. Hab ich Sie jetzt aufgeweckt? Das täte mir leid.“

„Und wenn ... auch gut. Ich kann ja schließlich nicht die ganze Nacht hier auf der Couch verschlafen.“

„Warum nicht? Wenn es dir guttut!“

„Lionel, bitte hilf mir auf. Ich werde jetzt noch einmal meine Runde drehen – und diesmal bis zum Ende. Es wäre doch gelacht, wenn ich mich von Sagengestalten von meiner Arbeit abhalten lassen würde. Nein, das kommt gar nicht in Frage!“ Kandler schob das eine, dann das andere Bein von der Couch, dann hob er wie in Zeitlupe seinen Oberkörper.

„Andreas, du bleibst, wo du bist! Sieh dich doch an, du kommst nicht einmal bis zum Saal fünf, geschweige denn in den Achter.“

„Lionel, du bist ein sehr netter Kollege, aber ich lass mir von dir nicht verbieten, schon gar nicht vor dem Herrn Hofrat ...“

„Schluss! Aus! Genau dieser Herr Hofrat ...“ – Halb bemühte sich, trotz seiner Müdigkeit etwas Muskelspannung aufzubauen, um nicht nur wie eine Respektsperson zu klingen, sondern auch eine entsprechende Figur zu machen – „gibt dem Herrn Jastic recht. Herr Kandler, Sie sind noch nicht in der Verfassung für einen Museumsdurchmarsch. Vielleicht mit neuerlicher Erinnyen-Kollision? Nein, sicher nicht! Aber! Sie haben andererseits auch wieder recht. Es kommt gar nicht in Frage, dass Sie sich von einem ominösen Satz zwingen lassen ...“

„Zwei!“

„Zwei?“

„Zwei! Es waren zwei Sätze.“

„... von zwei ominösen Sätzen zwingen lassen, Ihr geliebtes Museum zu vernachlässigen. Daher nützen wir die Zeit, und Sie erzählen mir endlich alles über ... den Fluch der Rachegöttinnen.“

**Dienstag, 27. August, 4 Uhr**

Halbs kleine psychologische Finte erfüllte voll und ganz ihren Zweck. Die Pause vor den letzten Worten und die Wahl eines griffigen Gruseltitels zwangen Kandler in die Rolle des konzentrierten Erzählers.

„Begonnen hat das Ganze ... eigentlich vor achtundzwanzig Jahren, als ich hier als Nachtwächter angefangen habe. Wobei – nein, das stimmt insofern nicht, weil ‚Die Flucht des Orest‘ haben wir erst vor ... na ja, ich kann mich nicht mehr genau erinnern. Sagen wir, vor siebzehn oder achtzehn Jahren bekommen. Das war damals eine etwas merkwürdige Geschichte.“

„Wieso?“

„Weil der edle Spender absolut anonym bleiben wollte. Normalerweise ist es genau umgekehrt, die meisten spenden irgendein völlig unbedeutendes Bild oder die fünfundzwanzigste Kopie einer kunsthistorisch uninteressanten Statue, dafür wollen sie aber dann, dass mindestens eine Marmortafel von zehn mal zehn Metern verkündet, wie großzügig sie unser Museum bedacht hätten. Und diese Tafel sollen dann natürlich auch noch wir zahlen. Typische egomanische Geizkrägen eben. Aber damals, bei diesem Gemälde, da war das ganz anders. Alles blieb im Dunklen. Wer der Besitzer war, warum er oder sie es dem Museum geschenkt hat, warum das gerade damals geschehen ist? Nichts davon haben wir erfahren. Na ja, wir haben uns natürlich so unsere Gedanken gemacht."

„Die da waren?"

„Vielleicht hat das Bild ja was mit so einer hässlichen Enteignungsgeschichte zu tun. Von den Nazis geraubt ... so etwas halt. Und dann kam das Bild – vielleicht sogar auf Irrwegen – zu einem neuen Besitzer, der oder die mit diesem ganzen historischen Ballast, mit den Grausamkeiten, die damals geschehen sind, nichts zu tun haben wollte. Daher die Spende. Oder aber es gab materielle Gründe, das Bild quasi legal verschwinden zu lassen. Vielleicht wäre es sonst von irgendeiner Steuerbehörde konfisziert worden. Und da hat es eben der oder die lieber gleich hergeschenkt. Oder aber ..."

„Ja?"

„Oder aber ... ich schwöre Ihnen, Herr Hofrat, dass ich diesen Gedanken schon damals gehabt habe. Dass ich mir den nicht erst in den letzten drei Wochen zusammengereimt habe, weil ich ein hysterischer Psychopath oder Ähnliches bin."

„Ich glaube es Ihnen aufs Wort, Herr Kandler."

„Danke! Ich hab mich wirklich damals schon gefragt, ob nicht ein Fluch hinter der Schenkung steckt. Ich mein, ein Fluch, der auf dem Bild lastet. Es hätte doch sein können, dass dieses Gemälde im Lauf der Jahrhunderte allen seinen Besitzern nur Pech gebracht hat, und dass der damalige Eigentümer eben diesen Fluch durchbrechen wollte, indem er das Bild unserem Museum geschenkt hat."

„Und, sind Sie je drauf gekommen, ob eine Ihrer Hypothesen nicht doch ein Körnchen Wahrheit enthalten könnte?"

„Nein, das nicht. Die Herkunft der ‚Flucht' blieb uns allen bis heute ein Rätsel. Aber das ist bei mehreren Kunstwerken hier im Haus der Fall, das macht mir kein Kopfzerbrechen. Außerdem ist das Ungetüm relativ bald, nachdem es bei uns aufgetaucht ist, auch wieder verschwunden."

„Wohin?"

„Ins Depot. Zumindest zuerst einmal. Dann hing es in einem spanischen Klostermuseum als Leihgabe. Das hat was mit Papst Hadrian VI. zu tun. Der wiederum war quasi das Ziel dieses Bildes."

„Wie bitte?"

„Na ja, das Gemälde wurde von einem niederländischen Maler als Huldigung für Hadrian VI., einen Papst aus Holland, gemalt. Und das ist auch der Grund, warum dieses Riesending seit einiger Zeit wieder bei uns hängt."

„Weil sie hier etwas mit den Niederlanden zu tun haben? ... ich versteh nicht ganz."

„Herr Hofrat, haben Sie nicht von unserer sensationellen Ausstellung gehört? Oder in den Zeitungen gelesen? Oder wenigstens die Plakate gesehen? Da, direkt vor dem Museum."

„Es tut mir leid, ich weiß jetzt nicht, wo genau ... und wie ich vorhin hergekommen bin, da war es schon ganz dunkel."

„Ist schon gut, Herr Hofrat, wir wollten uns ja nur lustig machen .Vor allem über unseren eigenen Herrn Direktor, weil der wird derzeit nicht müde, jedem zu erzählen, dass wir hier ... wie sagt er das immer ... ‚einen der wichtigsten Beiträge zur Rezeption der Kunst seit Beginn unseres Zeitalters leisten'. Er meint damit die letzten fünfhundert Jahre."

„Ah ja. Und was leisten Sie derzeit so Besonderes?"

„Das ist eine gute Frage, ob wir uns etwas leisten oder ob wir was leisten. Auf jeden Fall heißt unsere Ausstellung ‚EntHuldigen Sie vielmals! Von der Huldigung als Motor der Kunst'."

„Ach Gott! Ich bin ein Idiot! Ja, natürlich, davon habe ich wirklich was gelesen. Außerdem wurde mir nahe gelegt, mich darüber zu informieren."

„Von wem, Herr Hofrat?"

„Ach, von ..." – das war wieder einer jener Momente, in denen sich Halb als mittel-alter Esel vorkam; zu alt, um luftig-locker „von meiner Freundin" über die Lippen zu bringen, aber zu jung, um nicht doch auf sein Delia-Glück stolz zu sein – „... von einer lieben Freundin. Ich muss gestehen, ich hab gar nicht gewusst, dass diese Ausstellung hier stattfindet, ich hätte sie viel eher im Kunsthistorischen oder im Diözesanmuseum vermutet."

„Sehen Sie, Herr Hofrat, so kommt man zu seinen Informationen. Und ich verspreche Ihnen, wir verraten niemandem, dass Sie nicht einmal während meiner großartigen Führung von vorhin bemerkt haben, dass diese wunderbare Ausstellung eben gerade gezeigt wird. Niemandem, nicht einmal ihrer ... lieben Freundin."

Jetzt wurde Halb wirklich rot. „Ich bitte vielmals um Entschuldigung, dass ich tatsächlich ein wenig unkonzentriert gewesen bin. Ich war schon zu gespannt auf den Saal acht und ..."

„Herr Hofrat, Sie brauchen sich doch nicht zu entschuldigen! Das wär ja noch schöner, wenn Sie sich dafür rechtfertigen müssten, mir zu helfen. Ich möchte mich übrigens noch einmal ganz herzlich für Ihr Hier-Sein und Ihre Hilfe bedanken!"

Halbs Röte verwandelte sich nahtlos in ein Grinsen. „Sie sollten sich nicht allzu früh bei mir bedanken. Weil offensichtlich erfülle ich nicht einmal die Grundvoraussetzung für einen guten Kriminalisten – ich habe anscheinend das Zuhören verlernt. Zumindest bei kunsthistorischen Ausführungen. Das, was Sie mir jetzt eben erzählt haben, das hab ich mir allerdings schon gemerkt. Und wegen dieses ‚... wichtigsten Beitrags zur Rezeption der Kunst' ist ‚Die Flucht des Orest' aus dem spanischen Klostermuseum wieder hier ins Haus zurückgekehrt. Und wie ist es dann weitergegangen? Die Ausstellung hat doch vor mehr als drei Wochen, also schon vor den Spukattacken, begonnen?"

„Ja, wir haben die laufende Ausstellung vor neun Wochen eröffnet. Stimmt, dann war wochenlang nichts los. Also, nichts Ungewöhnliches. Und dann, am 11. August ... das werd ich nie vergessen!"

Kandlers Blick schien Jahrhunderte zurückzuschauen, obwohl er vom Samstag vorvorletzter Woche sprach. „Da hat's begonnen. Bei der Hinrunde. Um drei Uhr früh. ‚Warum hast du nicht auf uns gehört?' Ich hab's einfach ignoriert. Ich weiß noch, dass ich das eher lustig gefunden habe. Da geh ich zum hunderttausendsten Mal durch den Saal, und plötzlich hör ich eine Stimme. Ja, es war nur eine Stimme. Aber sie hat schon beim ersten Mal so gehallt. Nein, falsch ... eher wie ein Hauch, ja, sie hat wie ein Geisterhauch geklungen. Wie ein Stöhnen aus dem Jenseits. Wie gesagt, zuerst hab ich's ignoriert. Auf der Rückrunde dann hab ich mich im Saal umgesehen. Ich könnt nicht genau sagen, was ich mir damals gedacht habe. Dass sich wer einen Streich erlaubt vielleicht. Aber es war nichts anders als sonst. Außer eben ... na ja. Ich hab's dann sogar wieder vergessen. Erst, als ich zwei Tage später im Siebenersaal war, hab ich wieder daran gedacht. Gegrinst hab ich sogar. Wenn ich damals schon gewusst hätte, was mich noch erwartet! Hab ich aber nicht. Deshalb hab ich mich noch über mich selber lustig gemacht. Es wäre ja die Nacht auf Dienstag, den dreizehnten August! Noch dazu Wolfsstunde ... drei Uhr früh. Uaaah, jetzt kommen die Gespenster! Und sie kamen wirklich! ‚Warum hast du nicht auf uns gehört?' Jetzt wollt ich's wissen. Ich hab mich in die Mitte gestellt und mich betont langsam einmal um die eigene Achse gedreht. Wie eine Art menschlicher Leuchtturm. 360 Grad scharfer Blick auf alle Bilder. Ich weiß noch, ich hab mir bitter-ironisch vorgesagt: Vielleicht beginnt jetzt jedes Bild mit mir zu sprechen, wenn ich es lang genug anvisiere? Und dann hab ich mich gleich korrigiert – das wär nicht logisch, weil ich hab ja auch nicht ‚Die Flucht des Orest' angestarrt. Ich bin daran vorbeigegangen, als es ... sie ..., wie auch immer, zu sprechen begonnen hat. Oder haben. Nein, doch nur hat. Als ich mit der Zeitlupen-Pirouette fertig war, war ich total verspannt, vor allem in der Hüftmuskulatur, aber natürlich gab es keine weiteren Meldungen mehr."

„Darf ich Sie unterbrechen? Wenn Sie nur daran vorbeigegangen sind – wieso sind Sie sich eigentlich so sicher, dass gerade dieses Gemälde zu Ihnen gesprochen hat? Es hätte die Stimme ja auch von einer anderen Wand kommen können. Oder von über Ihnen. Oder aus dem Boden. Oder sogar aus der Luft."

„Oder aus meinem Kopf? Das wollen Sie doch elegant herausfinden, nicht wahr, Herr Hofrat? Ob ich vielleicht nicht doch paranoid bin? Nein, es tut mir leid, aber die Freude kann ich Ihnen nicht machen! Die Stimme kam eindeutig von außen. Und eindeutig von der dem Bild zugewandten Seite."

„Herr Kandler, ich betone es noch einmal. Die Tatsache, dass ich überhaupt hier bin, zeigt doch, dass ich Sie nicht von vornherein für wahnsinnig halte. Aber es hätte ja trotzdem – oder gerade deshalb – sein können, dass die Stimme von ganz woanders kommt."

„Ja, stimmt schon – entschuldigen Sie bitte meine Grobheit. Ich ... na ja, ich hab eben wirklich die Panik, dass in meinem Kopf nicht mehr alles am richtigen Platz ist. Aber bezüglich der Stimme, da bin ich mir ganz sicher. Deshalb hab ich ja diese seltsame Drehung um die eigene Achse gemacht, die hat mir aber auch nichts gebracht. Dann hab ich meinen Kontrollgang vollendet. Auf dem Rückweg durch Saal acht bin ich ganz bewusst in der Mitte des Raumes gegangen. Das war eine seltsame Situation. Auf der einen Seite war ich mir ja immer noch nicht ganz sicher ... das heißt, wollte ich mir ja immer noch nicht ganz so sicher sein, ob ich diesen mysteriösen Satz auch wirklich gehört hätte. Ich hab mir immer noch gesagt, dass es Einbildung gewesen ist, vielleicht gab es dort einen Luftzug, der sich zufällig so anhört. Auf der anderen Seite war ich hochkonzentriert, für den Fall, dass die Stimme wiederkommt. Das war ein ziemlicher Streit in mir – genau hinhören, gar nicht dran glauben, doch wieder lauschen, leugnen, et cetera. Die Stimmen haben mir dann die Entscheidung abgenommen. Warum hast du nicht auf uns ..."

„Waren es an dem Abend doch mehrere Stimmen und nicht nur eine?"

„Es waren mehrere! Oder? Nein, doch nur eine ... also, das weiß ich wirklich nicht mehr. Ich weiß nur mehr, dass ich in dem Moment wusste, dass der Satz von links – von der Wand, an der das Gemälde hängt – kam. Aber sie klang seltsamerweise viel näher, doch nicht direkt von der Bildfläche her, sondern so, als ob sie irgendwo seitlich von meinem Kopf her gehaucht würde. Aber, ich schwöre es, sie war nicht in meinem Kopf! Nicht drinnen! Weder damals noch ... Himmelfixnocheinmal!" Erbost riss sich Kandler sein Brillenungetüm von der Nase und massierte sich oberhalb seines linken Ohrs.

„Was haben Sie denn? Ich glaub Ihnen schon, dass sowohl Ihr Kopf als auch Ihr Ohr in Ordnung sind."

„Aber nein, das ist es ja gar nicht!" – vorsichtig schob Kandler das riesige Gestell auf seine Nase. „Mir ist einer der beiden Brillenbügel gebrochen. Aber erfreulicherweise hat der Markus ... Märzner ... noch einen alten bei sich zu Hause herumliegen gehabt. Der hat bis vor ein paar Jahren so altmodische Krankenkassenbrillen wie meine gesammelt und sogar restauriert. Die seien ein Relikt aus einer untergegangenen Epoche, hat er immer gesagt. Na ja, jedem Tierchen sein Pläsierchen. Auf jeden Fall hat er deshalb so einen Bügel bei sich daheim gehabt und hat ihn mir dankenswerterweise montiert. Und jetzt drückt der genau da oben hinter dem Ohr, aber ich trau mich nicht, ihn zurechtzubiegen, weil sonst ist der auch hin. Wo war ich? Ah ja, weiß schon ... bei dem entfernteren Klang. Ich hab dann ganz automatisch mit der linken Hand nach dem Klang geschnappt. Einfach so in die Luft gegriffen. Blöd, nicht wahr? Aber es war quasi ein Reflex. Interessanterweise habe ich mich in dem Moment nicht gefürchtet. Ich war schlicht und einfach wütend. Was erlauben sich diese elenden Kreaturen! Wie können diese griechischen Furien es wagen, mich so zu ärgern? Daraufhin hab ich etwas noch Dümmeres gemacht. Ich hab mich circa zwei Meter vor dem Bild aufgebaut, die Arme hab ich richtig beschwörend gehoben ... so wie der Hohepriester bei einem alten Ritual. Und dann habe ich meinen ganzen Zorn herausgebrüllt. ‚Ihr feigen und hinterhältigen Bestien – so sagt mir doch, wenn ihr euch traut! Worauf hätte ich denn hören sollen? Worauf?‘ Dann bin ich mit erhobenen Armen stehen geblieben. Und hab die Sekunden gezählt. Einundzwanzig, zweiundzwanzig, dreiundzw...“

„Na und?“

„Nix und! Nichts ist geschehen. Gar nichts. Nach dreißig Sekunden habe ich ein richtiges Reißen in den Schultern gespürt, außerdem bin ich mir so blöd vorgekommen, dass ich die Hände vorsichtig heruntergenommen habe und nach wie vor heftig vor mich hinschimpfend aus dem Saal gestapft bin. Lustigerweise hat mir das geholfen, mich dann zwei Tage auf andere Dinge zu konzentrieren und kaum mehr an diesen Satz denken zu müssen. Erst am Mittwoch am Nachmittag, kurz vor Dienstbeginn, da war er wieder da, dieser ekelhafte Klang. Da hat auch der Lionel Dienst gehabt. Ich habe dann meine Taktik geändert. Anstatt schnell durch den Saal zu gehen oder gar zu rennen, bin ich forsch direkt bis zum Bild gegangen. Dort bin ich stehen geblieben und habe gewartet. Einfach still gewartet. An dem Abend habe ich nicht die Sekunden gezählt, weshalb ich keine Ahnung habe, wie lange ich dort festgewachsen war.

Ich hab mir schon gedacht: So, wunderbar, erledigt! Aber kaum, dass ich mich zum Weitergehen umgedreht habe, war wieder dasselbe unheimliche Theater. ‚Warum hast du nicht auf uns gehört?' Ich bin einfach weitermarschiert. Und hab mir geschworen, dass ich keinen Schluck Alkohol mehr trinke. Und bevor Sie fragen, Herr Hofrat. Nein, ich hab auch vorher nicht viel getrunken. Höchstens zwei Bier am Tag. Höchstens! Aber sogar die hab ich mir ab dann abgeschminkt. Ich wollte mit jeder Faser meines Körpers diesen Spuk beenden! Und ich war bereit, bis zum Äußersten zu gehen."

„Das bedeutet aber, dass Sie zumindest zu diesem Zeitpunkt noch vermutet haben, dass der ominöse Satz sehr wohl ... wie soll ich sagen ..."

„... sehr wohl in meinem Kopf existieren könnte? Nein, ich habe das wirklich nicht mehr geglaubt, oder glauben wollen. Und auch nicht glauben können. Weil das hätte ja geheißen, gegen die innere Überlegung, das innere Wissen zu handeln. Weil ich wusste ja, dass ich mir diesen Satz nicht einbilde. Natürlich könnten Sie jetzt behaupten, dass genau das für einen beginnenden Wahnsinn sprechen würde – sich absolut sicher zu sein, dass man nicht dem Wahnsinn verfallen ist."

„Ich könnte, aber ich tu's nicht."

„Warum, wenn ich fragen darf? Weil sich die Verena für mich eingesetzt hat?"

„Nein, Herr Kandler, weil – und jetzt begebe ich mich auf dieselbe unlogische Ebene, auf der Sie argumentieren: weil ich überzeugt bin, dass da mehr dahinter ist! Ich hasse dieses Wort, aber nennen Sie es von mir aus Instinkt. Bauchgefühl. In Wahrheit ist es genauso unbeweisbar wie Ihre Überzeugung, nicht paranoid zu sein, aber warum soll nicht auch ich solche Momente haben? Eines möchte ich aber klarstellen. Ich bin nach wie vor felsenfest davon überzeugt, dass es keine übernatürlichen Ereignisse gibt! Nicht in dieser Welt. Daher stellt sich die Frage, ob ..."

„... ob ich nicht vielleicht lüge?"

„Nein! Nein, ich habe gesehen, wie Sie zusammengebrochen sind. Also, wenn Sie nicht der größte verkannte Hollywoodstar aller Zeiten sind, dann ... nein, das war nicht gespielt. Aber auch deshalb stellt sich die Frage, ob es nicht eine andere, logische Erklärung für die Ereignisse gibt. Anhand von Beweisen, die für jedermann nachvollziehbar sind. Der Gedanke reizt mich, deshalb bin ich hier. Und wie ging es dann weiter? Oder, besser gesagt, wie gingen Sie dann weiter?"

„Wacklig! Aber garantiert nicht, weil ich betrunken war. An dem Tag hatte ich weder zu Mittag noch am Abend auch nur einen Tropfen Alkohol getrunken. Das weiß ich, weil es hat Reisauflauf gegeben. Und zum Nachtmahl dann noch die Reste von diesem herrlich süßen Zeug. Da passt kein Bier dazu. Und Wein mag ich nicht. Und dann, bei der Rückrunde, da ... na ja, da ..."

„Ja?"

„Da hatte er seinen ersten Herzanfall", mischte sich Jastic nach langem Schweigen wieder ins Gespräch, „also den ersten, den er wegen dieses metaphysischen Blödsinns erlitten hat."

„Leider! Da hat mir der Lionel, so wie heute Sie beide, hierher zurückgeholfen. Und wie Sie sehen, Herr Hofrat, bin ich an dieser Herzattacke nicht verstorben. Und Rettung war auch keine hier. Ganz so wie heute."

„Aber dabei ist es ja nicht geblieben, sonst hätte mich die Verena nicht alarmiert. Da muss doch noch etwas viel Dramatischeres geschehen sein. Was war das?"

Kandler starrte Halb zuerst an, dann durch ihn hindurch.

„Zuerst nichts! Dann wieder nichts! Das war auch scheußlich. Irgendwie war ich dann fast froh, als die Stimme wieder ..."

„Herr Kandler, bitte, ich verstehe kein Wort."

Mühsam wanderte Kandlers Blick zurück zu Halb. „Also, nach diesem ersten Zusammenbruch, da habe ich Lionel – notgedrungen – alles erzählen müssen."

„Und, Herr Jastic" – Halb hatte sich etwas zu schwungvoll von Kandler weggedreht, sodass er um neunzig Grad zurückrudern musste – „wie haben Sie reagiert?"

„Nicht so professionell wie Sie, Herr Hofrat."

„Herr Jastic, können wir uns darauf einigen, dass Sie mir keine Komplimente mehr machen?"

„Selbstverständlich, Herr Hofrat! Aber ich habe tatsächlich nicht so ... so ruhig und überlegt gehandelt. Oder ist diese Wortwahl auch noch zu nahe an einem Kompliment?"

„Nein, nein, bitte, erzählen Sie weiter."

„In derselben Nacht wollte Andreas partout nicht mehr in Saal acht zurück ... was ja irgendwie nachvollziehbar war. Erst dann am darauffolgenden Samstag, da hatten wieder wir beide Dienst. Ich habe natürlich darauf bestanden, Andreas auf seiner Runde zu begleiten. Er hat sich zwar dagegen gesträubt, sogar richtig gewehrt, aber ... ja, dann ..."

„Sehr vernünftig! Und weiter?"

„... wie gesagt, trotz seines Widerstandes habe ich darauf beharrt, ihn ... es war dann also so, dass ..."

„Ja, und, weiter?"

„Lionel, der Herr Hofrat will wissen, was wir auf unserer gemeinsamen Runde erlebt haben. Du kannst es ihm von mir aus gerne erzählen!"

Halbs dankbarer Blick ließ Kandler lächelnd und Jastic noch beleidigter fortfahren. „Nichts! Es war schlicht nichts! Keine Stimme, kein Hauch, kein Fluch. Nada, niente, nothing!“

„An dem Abend war also wieder Ruhe? Genau eine Woche, nachdem der Spuk begonnen ...“

„Nein, leider nicht! Ich war so dumm und habe ... wie soll ich sagen ... Andreas gewissermaßen gehorcht. Mit anderen Worten – nachdem der Spuk aufgehört zu haben schien, bin ich wieder in den Monitorraum gegangen und habe ihn seinen Kontrollgang allein fertig machen lassen.“

„Und jetzt lassen Sie mich raten, bei der Rückrunde waren die Rachedamen wieder gut bei Stimme? Nicht wahr, Herr Kandler?“

„Schlimmer, viel schlimmer! Die Standardwarnung hat denen nicht mehr gereicht. Sie haben noch eins drauf gesetzt. ‚Nur du allein kannst uns hören. Warum hast du nicht auf uns gehört?‘ Die können uns also beobachten! Die müssen tatsächlich gesehen haben, dass ich auf der Hinrunde nicht alleine war. Anders ist das ja nicht erklärbar.“

„Wie man’s nimmt. Das wirft auf jeden Fall zwei Fragen auf. Erstens ...“

„Nein, Herr Hofrat.“

Halb starrte Jastic erstaunt an. „Sind Sie jetzt auch unter die mystisch begabten Wesen gegangen? Sind Sie plötzlich Hellseher geworden?“

„Nein, das nicht, aber ich glaube Ihre Frage zu kennen. Zumindest die erste. Nein, es gibt keine versteckten technischen Einrichtungen, mit denen uns – sozusagen das Bild beobachten kann. Ich habe einen Cousin, der ist für eine Sicherheitsfirma tätig und ...“

Halb verzog angewidert das Gesicht. Es war wahrlich kein Futterneid, der ihn den „privatwirtschaftlich organisierten Kolleginnen und Kollegen aus dem

Sicherheitsbereich“ meist ablehnend begegnen ließ. Es war die Art mancher dieser „Privatsheriffs“, die ihm widerstrebte.

„... nein, nein, das ist keine Ansammlung wild gewordener Law-and-Order-Typen ...“ – Jastic hatte offenbar Halbs Mienenspiel richtig interpretiert – „... sondern ein Unternehmen, das sich auf die Abwehr elektronischer Spionagemethoden spezialisiert hat. Das sind quasi ‚Auch-die-Guten‘. Die werden dann engagiert, wenn jemand den Eindruck hat, dass er abgehört wird oder dass seine Bankkonten und Passwörter gehackt wurden. So in der Art. Und mein Cousin ist Leiter einer der Abteilungen dort. Und weil ich ihn gebeten habe, ist er dann am Montag ... ja, das war vor einer Woche, da war er hier im Museum und hat von einem seiner Spezialisten den ganzen Saal acht kontrollieren lassen, ob da nicht irgendwo ein geheimes Mikrofon oder eine Minikamera versteckt wurde. Nichts! Gar nichts. Außer natürlich unseren eigenen Überwachungskameras.“

„Aber vielleicht ...“

„Nein, Herr Hofrat, wir haben auch daran gedacht und überprüfen lassen, ob jemand in unser Sicherheitssystem eingedrungen ist. Ob jemand unsere Kameras von außen angezapft hat. Wieder nichts. Und zuletzt haben die auch nachgesehen, ob am Ende gar einer von uns, also einer vom Museumspersonal, irgendetwas angestellt hätte. Und, glauben Sie mir, die Mitarbeiter meines Cousins, die sind auf Zack.“ Schwungvoll reichte Jastic Halb eine dunkelblaue Mappe mit einem goldenen Logo, das den „berühmten Kriminalbeamten“ sogleich freundlich lächeln ließ. Mit der „YD!ES“, der „Your Data! Electronic Security“, hatten sie tatsächlich schon öfters sehr gute Erfahrungen gemacht. Die ersten drei Seiten des Berichts – vor allem Grafiken und technische Kennzahlen – waren für Halb spanische Dörfer, aber die Zusammenfassung, und was diese für Kandlers Situation bedeutete, verstand er nur allzu gut. „Nach Prüfung aller relevanten technischen Möglichkeiten kann zum gegenwärtigen Zeitpunkt ausgeschlossen werden, dass das ‚Museum für Kunstgeschichte der Weltreligionen' in Wien von einem Unbekannten überwacht wird oder dass es zu irgendwelchen technischen Beeinflussungen durch Dritte kommt."

„Wann am Montag war Ihr Cousin hier?"

„Gleich in der Früh. Es wäre also nur am Sonntag möglich gewesen, etwaige versteckte Kameras oder Mikrofone wieder verschwinden zu lassen. Das ist aber sehr unwahrscheinlich, weil es waren fast nur ausländische Reisegruppen hier. Warum sollte einer von denen dem Andreas etwas antun wollen?"

„Dann wäre da noch meine zweite Frage. Herr Kandler, klang das wieder nur nach einer einzelnen Stimme? Dieses ‚Nur du allein kannst uns hören. Warum hast du nicht auf uns gehört?' Wirklich nur eine? Trotz des zweifachen ‚uns'?"

„Ja, Herr Hofrat, das war ... na ja, es war wieder so eine verzerrte Stimme. Mit viel Hall. So, wie man sich eben eine Stimme aus dem Reich der Toten und der Geister vorstellt. Aber ... ja, ich bin mir ziemlich sicher, dass es nur eine einzige Stimme war."

„Gut. Erzählen Sie bitte weiter. Montag am Vormittag dann der Sicherheitscheck, und dann?"

„Ich bin schon am Sonntagnachmittag ausgiebig spazieren gegangen. Das hat mir wirklich gut getan. Und so nach zwei Stunden, mitten im Sonnenschein oben am Leopoldsberg, da habe ich mir gedacht, dass ich ... ich, also, dass ich zwar nicht krank, also nicht krank im Hirn, aber vielleicht doch zu angespannt bin. Burn-out ... so nennt man das doch heute? Vielleicht habe ich in der letzten Zeit auch zu ungesund gelebt? Wie gesagt, da hatte ich drei Tage völliger Alkoholabstinenz hinter mir. Nicht einmal einen Schluck alkoholfreien Biers habe ich mehr getrunken. Und mir dann eingebildet, dass sogar meine Herzprobleme besser geworden sind. Also habe ich in dem Moment beschlossen, mein Leben umzustellen. Weiterhin kein Alkohol, mehr Spaziergänge, weniger essen und – jetzt werden Sie mich vielleicht auslachen – keine Krimis mehr. Also, keine von den besonders brutalen Krimis im Fernsehen. Ich hab mir dann nur mehr Tierdokumentationen angesehen."

„Und die waren weniger grausam?"

„Herr Hofrat, sein S' doch nicht so zynisch."

„Bei meinem Beruf? Wie soll das bitte gehen? Egal – ich befürchte, dass auch diese Umstellungen nichts gebracht haben, oder?"

„Doch ... die nächste Herzattacke!"

„Und da sagen Sie, ich wäre ein Zyniker?"

Statt eine direkte Antwort zu geben, zuckte Kandler resigniert mit den Schultern. „Herr Hofrat, dabei war ich mir so sicher, dass diese ganze Misere vorbei sein würde. Aber nein, alles war wieder genauso wie vorher. Dieselbe ... na ja, Sie wissen schon."

„Genau dieselbe?"

„Ja. Das heißt nein. Die fürchterlichen Frauen hatten einen neuen Satz im Repertoire. Wieder das altbekannte ‚Warum hast du nicht auf uns gehört?' Aber dann, eine Premiere! ‚Bald ist es zu spät!' Da habe ich mich mitten in den Saal gestellt und meine ganze Wut und Angst herausgebrüllt: ‚Das ist mir völlig egal! Wenn ihr elenden Kreaturen mir nicht verraten wollt, weshalb ich auf euch hätte hören sollen, dann ...' – und dann wurde ich ziemlich deftig."

„Und, sind die Rachegöttinnen wenigstens rot geworden? Im Ernst, gab es irgendeine Reaktion?"

„Wie üblich, nein. Also nicht vom Bild. Von mir gab es eine Reaktion ... wenn man das so nennen will. Ich war so verzweifelt, dass ich alles gleich am nächsten Abend im Sparverein erzählt habe. Ohne Rücksicht auf Verluste. Mir war es egal, ob die mich für verrückt halten. Seltsamerweise waren die Reaktionen durchaus unterschiedlich. Nur der Markus, also der Herr Märzner, der hat mir einen Arzt empfohlen. Oder zumindest eine Telefonhotline. Die anderen haben mich alle getröstet. Und der Franz, der hat mir versprochen, dass er den ‚besten Spezialisten für mysteriöse Fälle' kennt. ... der Rest ist Geschichte."

„Das war alles?"

„Ja, also, was die unmittelbaren Meldungen betrifft. Der Höhepunkt des Abends, der kam dann erst viel später. So gegen Mitternacht. Aber die Geschichte kennen Sie schon, die muss ich Ihnen nicht noch einmal erzählen."

„Doch, bitte. Ich hätte gerne Ihre Version gehört. Zumindest eine Kurzfassung."

Seufzend nahm Kandler einen Schluck Tee und warf einen versonnenen Blick durch eines der riesigen Museumsfenster.

Wer auf die Idee gekommen war, dass sie alle, der ganze Sparverein, ihn im Museum besuchen könnten, wusste er nicht mehr. Aber plötzlich waren sie Feuer und Flamme gewesen. Nur – ob er nicht seinen Kontrollgang mit seinem Kollegen tauschen könnte? Weil, um drei Uhr früh, da lägen sie doch alle lieber in ihren Betten. Aber bei der ersten Tour um dreiundzwanzig Uhr, da wären sie schon gerne dabei. Und diesen hässlichen griechischen Gruselfiguren, denen würden sie es gemeinsam schon zeigen.

Noch einmal zelebrierte Kandler die Trias aus Seufzer, Schluck Tee und Blick.

„Ich hab noch versucht, denen den Blödsinn auszureden, aber vergeblich. Im Gegenteil, die sind immer euphorischer geworden. Die haben das richtig als Abenteuer empfunden. Das Museum als Geisterbahn, juhu! Vermutlich hat auch dazu beigetragen, dass der Pegel immer höher wurde, je später der Abend war. Wie gesagt, ich habe ja keinen Schluck Alkohol getrunken, aber ich hatte den Eindruck, dass die an dem Abend für mich mittrinken würden. Vor allem der Karl, der Worcinka ... das ist der Varieté-Taschendieb, und der Franz, also Verenas Großvater, die beiden wurden immer lustiger. Ich hab mir noch gedacht, so ähnlich muss es damals zugegangen sein, als die Kreuzzüge begonnen haben. Vielleicht nicht so lustig, aber so begeistert. Fast schon besessen. Mir ist nichts anderes übrig geblieben, als hoch und heilig zu schwören, dass ich sie am nächsten Abend um zweiundzwanzig Uhr dreißig beim Seiteneingang hereinlasse ... so wie Sie heute. Und außerdem musste ich versprechen, dass ich meine Runde tauschen würde. Ich hab nur widerwillig zugestimmt, schließlich ist es seit Jahrzehnten Tradition, dass ich den Drei-Uhr-Kontrollgang mache. Herr Hofrat, Sie werden mich jetzt für kindisch halten, aber ... da war noch etwas. Ich wollte dem Gemälde eigentlich nicht den Triumph gönnen, seinetwegen meinen Rhythmus zu ändern. Aber letztlich hatte ich keine andere Wahl. Der Sebastian – also der Herr Waltenberg –, der hat mich sehr lieb zu trösten versucht. Dass besondere Zeiten eben besondere Maßnahmen erfordern würden. Und besondere Menschen – wie mich. So in der Art. Der ist überhaupt ein äußerst netter Mensch.“

In diesem Moment schien Kandlers Blick nicht nur bis zum Parlament jenseits des Wiener Rings zu schweifen, sondern bis in ferne Galaxien zu reichen. Seine Augen schienen so sehr auf ein jenseitiges Ziel gerichtet, dass sich Halb beinahe zu fürchten begann. Offenbar nicht nur er ...

„Andreas?“ Jastic versuchte mit sanfter Stimme, in das ferne Land vorzudringen, in dem sich sein Kollege und Freund wohl gerade befand.

„Ja? Ach so, bitte um Entschuldigung. Ich bin gerade wieder in der vorigen Woche gewesen.“

„Wie bitte?“

„Ich meine, ich habe soeben noch einmal ganz intensiv die Nacht von Mittwoch auf Donnerstag durchlebt. Sie waren alle hier, Märzner, Worcinka, Waltenberg, Horak. dreiundzwanzig Uhr zehn, Saal acht. Alle sind sie mitten im Raum stehen geblieben. Alle haben sie mich erwartungsvoll angestarrt. Alle haben sie mir fünf Minuten später auf die Schulter geklopft, mir stürmisch gratuliert. Aus sei es mit dem Spuk! Sie hätten ihn vertrieben! Sie alle! Keiner hat mich gefragt, ob ich mich überhaupt freue. Keiner hat daran gedacht, dass ich jetzt vielleicht als Lügner oder als Hysteriker dastehen könnte. Keiner hat gemeint, dass es vielleicht nur mit der ‚falschen Uhrzeit‘ zu tun hatte. Keiner hat gewartet, ob es so bleibt.

Alle haben sich nur gefreut. Für mich. Aber nicht mit mir.“

„Herr Kandler, jetzt sind Sie aber ungerecht. Der Herr Horak hat dann immerhin seine Enkelin gebeten, dass sie mich ...“

„Der Franz ist ein lieber Kerl. Aber vergangenen Mittwoch um dreiundzwanzig Uhr fünfzehn, da war er genauso keine Hilfe wie die anderen drei auch.“

„Keine Hilfe wobei?"

„Fünf Minuten später. Als ich das erste Mal gestorben bin."

„Ein erstes Mal? Üben Sie sterben?"

„Ja, aber ich bin noch ein Anfänger. Ein Anfänger ohne Publikum. ... nein, schlimmer noch! Ein Anfänger, der sein Publikum enttäuscht. Erster Akt, das Publikum wartet sehnsüchtig auf den Auftritt der drei Rachegöttinnen. Zweiter Akt, der Lockvogel-Held versagt auf der ganzen Linie, die Geister bleiben aus. Dritter Akt, das Publikum sucht sich ein Ersatzvergnügen, es freut sich mit dem Protagonisten. Der Spuk ist besiegt! Hurra, hurra! Vierter Akt, der schöne Ausklang eines nicht ganz gelungenen Theaterabends, ein Museumsspaziergang knapp vor Mitternacht. Fünfter Akt, das große Finale – der Hauptdarsteller wird doch noch vom Schrecken heimgesucht, er bricht zusammen. Sechster Akt, das große Bedauern – wir haben nichts davon mitbekommen."

„Damit ich das auch verstehe – als Ihre Sparvereinsfreunde hier waren, hat Sie die Stimme nicht gleich beim Betreten des Saals, aber kurz darauf angesprochen?"

„Ja, genau, in dem Moment, in dem die anderen in den Neuner-Saal vorausgegangen sind."

„Und es war wieder derselbe Satz? Warum hast du nicht auf uns gehört?"

„Nein, deshalb bin ich ja zusammengebrochen. Es war schlimmer."

„Wieso?" Halb bemühte sich, so neutral wie möglich zu klingen, um der beginnenden Hysterie in Kandlers Tonfall entgegenzuwirken.

„Die Geister waren wieder da! Es müssen ja Gespenster gewesen sein, weil der Cousin vom Lionel, der hat doch nichts gefunden. Da war nichts und da ist nichts. Nur das Bild und ich."

„Und was genau war schlimmer, was genau hat die Stimme gesagt?" Vorsichtig beugte sich Halb vor, um eventuelle Wortfetzen zwischen den Schluchzlauten heraushören zu können.

„Sie haben mich gewarnt. ‚Niemand hilft dir, solange du nicht auf uns hörst! Warum hast du nicht auf uns gehört?' Es war schrecklich." Kandler warf wie wild den Kopf hin und her, als ob er seine Hände abschütteln wollte, die er sich schützend vors Gesicht hielt.

„Nur das Bild und ich. Nur das Bild und ... was immer da jetzt in meinem Kopf ist."

„Da, Andreas." Jastic hielt Kandler eine frische Tasse Tee hin, in der Hoffnung, wenigstens den Weinkrampf beenden zu können. ... was auch gelang, Kandler griff mit der rechten Hand nach dem Henkel, während er sich mit der linken die Tränen abwischte.

Halb fluchte in sich hinein. Eigentlich war er nur hier, weil er Verena nicht brüskieren wollte. Er hatte gehofft, dass sich die ganze Geschichte in Luft auflösen würde, wenn er Kandler kennen lernte. „Verena, sei mir bitte nicht böse – und ich habe nicht vergessen, dass dein Großvater und du tragischerweise besondere Erfahrungen im Umgang mit Wahnsinnigen ..." – nein, so hätte er es nicht formulieren können – „... im Umgang mit psychischen Erkrankungen habt. Aber trotzdem, also, meiner Meinung nach ist dieser Kandler ein Fall für die Psychiatrie, aber nicht für uns."

Ja, so hätte er es Verena beigebracht.

Beizubringen gehofft.

Beibringen zu können gehofft! Aber das tat er nicht, denn er war sich sicher, dass Kandler nicht einfach nur irr war. Oder ihnen – und möglicherweise auch sich – alles vorspielte.

Dabei gab es keinen einzigen logischen Grund, warum an der Geschichte auch nur ein Funken Realität dran sein sollte.

Halb hatte es schon in jungen Jahren lächerlich gefunden, wenn sich einer seiner damaligen Vorgesetzten auf seinen Instinkt oder sein „Bauchgefühl" berufen hatte. „Kräuterlikör" hatte er sich damals gedacht – gegen solche nebulösen Gefühle im Magen würde ein Schnaps am besten helfen.

Und jetzt spürte er dieses Ziehen am eigenen Leib ...

„Entschuldigen Sie vielmals, Herr Hofrat, dass ich meine Nerven verloren habe. Ich wollte Sie nicht anheulen. Ich nehme an, dass auch Sie mich jetzt für verrückt halten?"

„Auch?"

„Das ist ja die Tragödie! Bis zu diesem Abend war ich absolut überzeugt davon, dass es eine – wenigstens irgendwie – logische Erklärung gibt, aber seit damals ..."

„Letzten Mittwoch war also der große Zusammenbruch. Und trotzdem haben Sie vor zwei Nächten noch einmal Dienst gemacht? Mit einem abermaligen Kollaps? Und heute wieder? Warum? Wollen Sie sich umbringen?"

„Es ist, weil ... also, ich will ja nicht, dass ..."

„Weil einerseits seine letzte Selbstachtung davon abhängt, dass er diesen Erinnyen nicht den Triumph gönnt, ihn verjagt zu haben. Und weil der Andreas andererseits fürchtet, seine Arbeit zu verlieren! Deshalb darf auch niemand etwas erfahren. Niemand ... außer uns drei hier. Und noch ein weiterer Kollege, Robert Birker. Der weiß es natürlich auch. Ah ja, und die Freunde vom Sparverein. Aber für alle anderen gilt ... topsecret!" Jastic beendete Kandlers Gestotter und erntete dafür einen Blick zwischen Erleichterung und Gekränktheit.

„Ach, du lieber Himmel!", entfuhr es Halb, dem gleich mehrere der sprichwörtlichen Kronluster auf einmal aufgingen, „jetzt versteh ich erst – Sie haben ja eine ‚Vierfach-Angst' vor diesem Spuk. Erstens, weil Sie sich vor der Erscheinung an sich fürchten. Zweitens, weil Sie sich in den dunkelsten Farben ausmalen, geisteskrank zu sein. Drittens, weil Sie sich davor fürchten, dass wer davon erfährt und Sie dann noch dazu sozial isoliert sind. Und viertens, weil Sie davor zittern, gekündigt zu werden. Jetzt ist mir auch klar, warum Sie derart panisch reagieren."

„Herr Hofrat, sind Sie am Ende auch noch ein berühmter Psychologe?"

„Gott behüte! Nein, das überlass ich gerne den Fachleuten. Apropos – Herr Kandler, bei allem Verständnis für Ihre Abneigung gegen Ärzte und Psychologen, Sie müssen das unbedingt abklären lassen. Kennen Sie wen, dem Sie vertrauen? Oder soll ich Ihnen einen Fachmann vorschlagen?" Halb ließ Kandler gerade Zeit für ein Kopfschütteln, bevor er fortfuhr. „Wenn Sie einverstanden sind, werde ich mit einem sehr fähigen und netten klinischen Psychologen einen Termin ausmachen. Ich ruf Sie dann morgen ... das heißt, heute am späten Nachmittag an, wo und wann die Untersuchung stattfindet. Ist das o.k. für Sie?"

Das Nicken kam sehr zögerlich, wurde etwas flüssiger ... und stockte wieder.

„Herr Hofrat, kennt sich dieser Psychologe auch mit Nervengiften aus?"

„Meinen Sie die Frage ernst?"

„Sehr ernst! Also lautet die Antwort nein?"

„Jein. Das kann ich Ihnen nicht sagen. Soviel ich weiß, ist der Mann ganz besonders naturwissenschaftlich interessiert. So gesehen ... aber, was bitte haben Nervengifte mit einer geheimnisvollen Stimme zu tun? Oder am Ende sogar mit der fidelen Sparvereins-Geisterjäger-Truppe?"

„Mit denen gar nichts. Aber möglicherweise ist unsere Gaskammer, also unsere Entwesungskammer, dran schuld."

Halb merkte, dass er endgültig zu müde war, um noch klar zu hören. „Herr Kandler, ich muss ins Bett, ich beginne schon zu halluzinieren. Ich hab nämlich gerade das Wort ‚Gaskammer' verstanden und ..."

„Das stimmt schon. Ich hab Ihnen doch erzählt, dass ‚Die Flucht des Orest' an ein spanisches Kloster ausgeliehen war. Und als das Bild dann zurückgekommen ist, waren wir ... also, das Museum, nicht sicher, ob sich nicht vielleicht der eine oder andere Holzwurm im Rahmen eingenistet hat. Und in so einem Fall kommt das Gemälde in einen eigens dafür konstruierten Container, so eine Art sehr großer Behälter, in den dann ein Gas gepumpt wird. Wenn das Bild beziehungsweise der Rahmen lange genug da drin sind, überlebt das keine einzige Holzwurmlarve. Und jetzt denk ich mir halt, dass das ganze Gemälde immer noch so viel von dem Gas ausdünstet, dass ich mich vergiftet haben könnte."

„Indem Sie an dem Bild drei Mal pro Woche je zwei Mal vorübergehen? Oder sind Sie irgendwann einmal extra lange davor stehen geblieben? Weil am Rahmen geschnüffelt werden Sie ja wohl kaum haben!"

„Nein, natürlich nicht. Also ... nicht geschnüffelt. Und nein, mir hat dieser riesige Ölschinken nie gefallen, ich bin immer recht flott daran vorbeimarschiert."

„Dann kann ich mir nur schwer vorstellen, dass Sie sich vergiftet haben. Und – mit Verlaub –, da müssten ja auch der Herr Jastic und der Herr ...“

„Birker, Robert Birker.“

„... der Herr Birker irgendwelche Symptome zeigen.“

„Na ja, vielleicht bin ich besonders sensibel.“

„Ja und nein, Herr Kandler. Sie sind sicher sehr empfindlich, aber ob sich das auch auf vermutlich nicht mehr vorhandenen Holzwurm-Schutz bezieht? Wie gesagt, ich kenn mich damit nicht aus. Aber das kann Ihnen vielleicht der Psychologe beantworten. Jetzt aber ...“

„Soll ich Ihnen ein Taxi rufen? Oder lassen Sie sich von einer Funkstreife nach Hause fahren?“

„Soweit kommt's noch. Nein, bitte um ein Taxi. Das heißt ... nein, noch nicht. Herr Kandler, könnten Sie mir einen kurzen Bericht über all die Ereignisse zusammenstellen?“

„Hier bitte, Herr Hofrat.“ Jastic hielt Halb ein kleines Stück Plastik hin, auf dem in bunten Buchstaben „MuKuWeReWi“ stand.

„Ja, danke ... und was soll ich damit?“ Am Lächeln der beiden Museumswärter erkannte Halb, dass er sich wieder einmal als heillos altmodischer Mensch geoutet hatte.

„Das ist ein USB-Stick. Auf dem sind die Aufnahmen der Überwachungskameras gespeichert ... natürlich nur die, die den Andreas bei seinen Rundgängen in den letzten zweieinhalb Wochen zeigen. Vielleicht hilft Ihnen das mehr als ein Bericht?“

„Vermutlich, danke! Meine Mitarbeiter wissen, wie man dieses Ding hier benützen kann. Aber jetzt ... ich will ein Taxi, am besten eines mit einer schönen breiten Couch im Kofferraum.“

## Dienstag, 27. August 2013, 13 Uhr

„Und, fällt euch irgendetwas Besonderes auf?“ Selten hatte Halb sein Team so einträchtig gesehen, alle schüttelten sie ihre Köpfe und zuckten mit den Schultern. „Seit wann seid ihr so einträchtig ‚nein-trächtig‘? Haben euch diese Videoaufzeichnungen so sehr die Sprache verschlagen? Ihr seid doch wahrlich brutalere Bilder gewöhnt. Oder habt ihr am Ende doch mehr Respekt vor übernatürlichen Phänomenen, als ihr es zugeben wollt?“

„Respekt? Ja, Chef, großer Respekt – aber nicht vor irgendwelchen Topmodels aus der griechischen Götterwelt, sondern vor dir. Und deshalb ...“

„Schwejk! Deine Kritik in Ehren, aber darf ich dich an einen deiner letzten Sätze von gestern erinnern. Also der eine, an den ich mich erinnern kann.“

Schwejk sah seinen Chef verblüfft an. „Ich weiß ja, dass du dir jedes Wort aus einem Verhör merkst, aber dass du auch uns so genau zuhörst, das beunruhigt mich jetzt ein wenig. Was hab ich angestellt, dass du mich wie einen Verdächtigen behandelst?“

„Aber nein, nicht wie einen Verdächtigen. Eher wie einen intelligenten Menschen ... weil das, was du gestern gesagt hast, das war wirklich sehr klug. So was bleibt mir im Gedächtnis ... Schwejk, hat's dir die Rede verschlagen? Na, dann darf ich deinen Satz wiederholen. ‚Wir werden es wie immer machen. Wir werden zu hundert Prozent professionell recherchieren.‘ Daher meine ...“

„Agieren, Chef, nicht recherchieren. Ich kann mich genau erinnern, ich habe ‚agieren‘ gesagt.“

„Ist mir auch recht. Und?“

„Wir geben uns geschlagen! Ja, natürlich haben wir wie immer gearbeitet. Und folgendes herausgefunden ... – aber vorher würde ich mir gerne noch einmal die Aufnahmen ansehen. Also, wenn ihr nichts dagegen habt?"

„Warum? Was glaubst du, übersehen zu haben?"

Schwejk zögerte einen Moment, bevor er in betont sachlichem Tonfall fortfuhr. „Ich will jetzt wirklich nicht ätzen, aber ich habe auch auf den Museumsaufnahmen keinen Grund erkennen können, warum diese seltsame Geschichte überhaupt ein Fall sein soll. Ich weiß schon, dass du dich der Verena gegenüber verpflichtet fühlst, aber das ist doch kein ausreichender Grund, um ..."

„Stimmt! Ihr habt mich im Lauf der Jahre soweit kennen gelernt, um zu wissen, dass ich bei der Arbeit vor allem zwei Sachen hasse: leere Kilometer und lausige Rechercheergebnisse. Ich wäre wirklich der Erste, der – auch der Verena! – sagen würde: Tut mir leid, aber diese Geistervisionen sind kein Fall für uns, sondern bestenfalls etwas für Parapsychologie-Fuzzis. Oder Psychiater und Psychologen. Aber! Nach gestern Nacht bin ich vom Gegenteil überzeugt. Wenn ihr mich fragt, wieso, so müsste ich euch antworten – ich weiß es nicht. Ich kann nach wie vor nur sehr vage Gründe nennen, warum ... und jetzt merke ich mit Schrecken, dass ich ja schon wie in einem Shakespeare-Drama klinge. Also, Mitstreiter, Kriminalisten, Zweifler – ich kann's nicht wirklich begründen, aber ich bin mir sicher, dass sich dort ein durchaus reales Verbrechen ankündigt."

„Gut, dann ..." – Schwejk drückte auf die Starttaste – „... dann sehen wir uns ‚Das lautlose Sprechen der Erinnyen' eben noch einmal an."

Und wieder hatte Halb das ungute Gefühl, etwas Wesentliches gesehen, aber nicht verarbeitet zu haben. Sein Verstand hinkte seiner Aufmerksamkeit nach, sodass nur das Gefühl eines lästigen „Gedankenzwickens“ übrig blieb.

Trotz ihrer tiefen Skepsis starrten Toni, Schwejk und der Ingeniöhr so gebannt auf den Computerschirm, dass sie Verenas samtpfotenartige Schritte überhörten. Lediglich Halb nickte ihr lächelnd zu und deutete auf den Sessel neben sich.

Noch während der letzten Bilder, die Halb und Jastic rechts und links des ohnmächtigen Kandler zeigten, ließ Halb seiner Ungeduld freien Lauf. „Noch einmal meine vorherige Frage – ist euch irgendetwas aufgefallen? Und zwar das, was mir leider nicht einfällt, was mir auffallen müsste?“

Ein paar Blicke genügten für synchrones Kopfschütteln. „Schade! Nächste Frage – Verena, so sehr ich mich freue, dich zu sehen ... aber wieso bist du überhaupt hier? Wolltest du dich nicht ausklinken?“

„Schon, ja, Chef, doch, aber ...“ – die drei anderen nickten ihr aufmunternd zu – „ich habe es dann doch nicht ausgehalten, gar nichts zu tun. Also hab ich mit den dreien ausgemacht, dass ich einen Bereich recherchiere, bei dem meine Voreingenommenheit keine Rolle spielen sollte.“

„Und der wäre?“

„Orest. Und natürlich die Erinnyen. Und Hadrian VI. und van Sprookje.“

Als sie Halbs ratlosen Blick sah, fügte sie rasch hinzu: „Das ist der Maler, der mit diesem Gemälde Papst Hadrian VI. gehuldigt hat. Also, er wollte einen Job als päpstlicher Hofmaler, und so hat er versucht, sich damit einzuschleimen ... sich lieb Kind zu machen. Das erklärt auch ...“

„Sehr gut, sehr gut.“ Halb beeilte sich, Verena zu unterbrechen. Ihm steckten noch die kunsthistorischen

Ausführungen Kandlers in den Knochen, eine weitere Lektion hätte er jetzt nur ungern über sich ergehen lassen. „Ich freue mich, dass du dabei bist. Und natürlich bin ich gespannt auf deine Ergebnisse ... später dann. Aber zuerst hätte ich gerne alle anderen Informationen gehört. Wer will beginnen?"

„Du, Chef!" – der Ingeniöhr hatte sein treuherzigstes Lächeln aufgesetzt, um nicht den legendären Jähzorn seines Vorgesetzten auf sich zu ziehen. „Was hältst du von Kandler? Diese Aufnahmen allein, die vermitteln doch nur einen sehr bruchstückhaften Eindruck der ganzen Geschichte. Wenn wir uns auf den Fall einlassen sollen ... was wir natürlich sehr gerne machen ... dann brauchen wir jedes noch so kleine Informationsstückerl. Und da ist gerade ein so routinierter und scharfäugiger Beobachter wie du eine ..."

„Ingeniöhr! Ich bitte dich, hör mit dem Charmieren auf. Das ist ja nicht zum Aushalten! Ich mach dir beziehungsweise euch folgenden Vorschlag – ihr erwähnt mit keinem Wort mehr, dass ihr diesen Fall nur für ein Hirngespinst haltet, dafür erzähle ich euch, was ich gestern für ein herrliches Nachtmahl zelebriert habe. Und mit wem ich es geteilt habe. Und wo. Einverstanden?"

Doch, ja – Halb war immer noch ein exzellenter Manipulator. Er hatte die Neugier seiner Mitarbeiter richtig eingeschätzt. Für die Auskunft, mit wem und wo ihr verehrter Chef ein – noch dazu exquisites – Abendessen genossen hatte, wären sie zu jeder Ermittlung bereit gewesen.

Versuchte Kindesentführung ... verdächtigt wird Rumpelstilzchen! „Ja, Chef. Gern, Chef."

Freiheitsberaubung und Mord an einer alten Frau ... der Tat dringend verdächtig sind Hänsel und Gretel. Fahndung! „Sofort, Chef. Schon erledigt, Chef."

Genüsslich lehnte sich Halb zurück. „Beef Tatar. Und dann …" – die Spannung stieg merklich an – „… eine köstliche, wirklich unverfälschte …" – und stieg und stieg – „… Frittatensuppe." Es war fast ein Schauer der Erleichterung, der durch das kleine Publikum vor ihm ging. „Und dann, der Höhepunkt, ein …" – die Sache fing an, ihm tatsächlich Spaß zu machen – „ein Tafelspitz mit Schnittlauchsauce, Semmelkren und Erdäpfelschmarrn!" Offenbar beherrschte er dieses Spiel ziemlich gut. Vielleicht sollte er doch noch auf Politiker umsatteln? Oder auf einen anderen Beruf, bei dem man Menschen manipulieren musste. Tyrann vielleicht? „Die krönende Nachspeise war …"

„Äpfel im Schlafrock. Und nachher eine kleine Käseplatte. Dazu gab's nur Mineralwasser." Toni, Schwejk und der Ingeniöhr bemühten sich redlich, ihren Chef mit möglichst schlaffen Gesichtsmuskeln anzusehen. Kleine Zuckungen um die Augenwinkel ließen aber keinen Zweifel daran, dass sie sich hinter ihrem coolen Mienenspiel diebisch über ihren Überraschungserfolg freuten.

„Mir scheint, auch ihr habt parapsychologische Begabungen. Der eine hört griechische Sagenfiguren sprechen, die anderen können hellsehen. Soll mir recht sein – dann muss ich euch wenigstens nicht mehr erzählen, mit wem ich diese wunderbare Speisenfolge eingenommen habe und …"

„Du warst Gast beim und vom Herrn Stadthauptmann Lukinowski."

„… und warum ich dort war und was mir der Kurt erzählt hat."

Von wegen großer Manipulator!

Er hatte keine Ahnung, wieso die drei von seinen lukullischen Abenteuern wussten, aber sie hatten ihn elegant in seine eigene Eitelkeitsfalle tappen lassen.

„Doch, bitte, sag es uns! Großes Ehrenwort, wir wissen nur von eurem Gelage, aber weshalb du dort warst, hat der Kollege Lukinowski der Helli nicht verraten."

„Der Kurt hat die Helli angerufen? Und warum bitte? Warum bitte hat er nicht mich angerufen, wenn er mir noch etwas mitteilen wollte?" Jetzt war Halb nahe dran an einem seiner legendären wie gefürchteten Jähzorn-Ausbrüche. Er schätzte sich zwar sehr glücklich, eine so tüchtige und loyal-verschwiegene Halbtagssekretärin wie Helli Drobatschnig zu haben, aber warum ihn sein alter Freund Kurt in dem Fall einfach überging, war ihm ein Rätsel!

„Chef, bitte reg dich nicht auf. Der Herr Stadthauptmann hat deshalb bei der Helli angerufen, weil er dir sagen wollte ... na ja, dass er dich eben nicht anrufen kann. Du hast nämlich dein Handy im Kommissariat Michaelerplatz liegen gelassen."

Halbs heraufkriechender Zorn fiel sofort in sich zusammen ... um allerdings gleich wieder aufs Neue aufzuflammen. Denn jetzt ärgerte er sich über sich selber, und das war erfahrungsgemäß der Funke, der ihn am leichtesten zum Explodieren brachte. Mühsam knirschte er die nächsten Worte zwischen seinen Zähnen hervor.

„Und? Hat er dieses blöde Taschentelefon herbringen lassen? Oder soll ich noch einmal auf den Michaelerplatz pilgern ... wo ich doch nichts anderes zu tun habe?"

Mit einem Beruhigungslächeln zog Toni das Handy aus einer Schublade und reichte es Halb. „Und, erzählst du uns jetzt, weshalb du gestern noch in die Innenstadt gepilgert bist?"

Mit vollendeter Verachtung steckte Halb das verhasste Gerät in das geliebte Etui und schüttelte grimmig seinen Kopf, bevor er mit freundlicherer Stimme ansetzte. „Vorerst – danke, Ingeniöhr, dass du noch gestern alle Namen aus unserem Fall – und so nennen wir die mysteriöse Geschichte fürs Erste einmal – durch den Computer gejagt hast. Einer dieser Herrschaften ist nämlich seit drei Wochen ein häufiger Kunde in unserer Filiale, eben am Michaelerplatz."

„Wer? ... entschuldige, eigentlich wollt ich mich ja doch etwas heraushalten, aber ..."

„Ist schon in Ordnung, Verena. Nicht nur du wirst jetzt überrascht sein. Es ist nämlich ... der Herr Waltenberg. Ja, genau der, den dein Großvater als fürchterlich stillen Menschen beschrieben hat – der kommt seit drei Wochen immer wieder ins Kommissariat, um einen Mord zu gestehen. Er hätte John F. Kennedy, Mahatma Gandhi und Martin Luther King erschossen. Die Kollegen am Schalter haben Gott sei Dank gleich den Kurt gerufen. Und der hat ja ein Herz für solche Spinner, weshalb er Waltenberg jedes Mal motivieren konnte, wieder nach Haus zu gehen. Was der daraufhin auch tatsächlich gemacht hat – er soll sich sogar für die höfliche Behandlung bedankt haben und ist dann friedlich abgezogen."

„Und hat der Kollege Lukinowski eine Erklärung, warum sich dieser Kerl so seltsam verhält?"

„Ja, Schwejk – und das hat wiederum mit einem weiteren Namen auf unserer Liste zu tun. Sven Sulzer."

„Das ist doch der, der ..."

„... der bei einem Verkehrsunfall ums Leben gekommen ist. Einem Unfall, für den sich dieser Waltenberg die Schuld gibt."

„Chef, warum lässt du mich mühsam ermitteln, wenn du schon alles weißt?"

„Gemach, mein lieber Ingeniöhr, gemach. Außerdem – du hast sicher viel mehr herausgefunden. Nur noch ein Detail – der Waltenberg fühlt sich deshalb für Sulzers Tod verantwortlich, weil er seiner Meinung nach hätte verhindern können, ja verhindern müssen, dass sich der Sulzer hinters Lenkrad setzt. Der war nämlich ziemlich angesäuselt an dem Abend, was ja auch der Obduktionsbefund bestätigt hat. Über 1,2 Promille. Zugegebenermaßen war das nicht sehr verantwortungsvoll von den Sparvereinlern, den Sulzer fahren zu lassen. Und der Waltenberg scheint sich das eben am meisten ...“ – Halb benötigte einen Moment, um die beschwörenden Blicke seiner drei Mitarbeiter richtig zu interpretieren – „ach so, nein! Aber danke für eure Warnung. Nein, ich nehme keine Rücksicht auf die Verena, weil ...“ – er brauchte nur eine Vierteldrehung, um seinem „Teamküken“ in die trotzigen Augen zu schauen – „weil ich mir sicher bin, dass du jetzt als Kriminalistin und nicht als Enkelin behandelt werden willst. Also tu ich dir den Gefallen und bin zu dir genauso grob wie zu den anderen ... diesmal womöglich noch gröber.“

Ein zartes Lächeln glitt über ihr Gesicht. „Ja, das halt ich schon aus. Aber ... und das sagt jetzt nicht die wackere Verteidigerin etwaiger Großvater-Ehren, sondern diejenige, die die damalige Tragödie aus verschiedenen Quellen erzählt bekommen hat – das, was der Onkel Sebastian da sagt, ist falsch. Ich verstehe nicht, warum er sich solche Vorwürfe macht, denn alle – Waltenberg, Märzner, Kandler, Worcinka, mein Großvater und sogar der Wirt, der Herr Jung – haben sie den Onkel Sven bekniet, doch mit den öffentlichen Verkehrsmitteln nach Hause zu fahren. Und – und das ist das Erstaunliche an der Geschichte – alle haben mir bestätigt, dass der Onkel Sven nach längerer, dann schon etwas zu lauter Diskussion nachgegeben hat.

Der Herr Jung wollte sogar noch ein Taxi bestellen, aber das hat der Onkel Sven im letzten Moment abgelehnt. Nein, er würde eben brav sein und die U-Bahn nehmen. Es war erst gegen dreiundzwanzig Uhr, er hätte mühelos ohne Auto heimkommen können. Er hat sogar noch Stein und Bein geschworen, das zu tun. Zuletzt hat er behauptet, dass das überhaupt kein Problem wäre – er sei ja ohnedies ein Morgenmensch, er stehe gerne früh auf und könne sein Auto am nächsten Tag holen, noch bevor die Kurzparkzone ab neun Uhr beginnen würde. Warum er dann doch noch ins Auto eingestiegen ist ... ich weiß es nicht. Niemand weiß es. Aber es war auf keinen Fall so, dass sich irgendeiner aus der Runde berechtigte Vorwürfe machen müsste, an Onkel Svens Tod schuld zu sein. Ich versteh den Onkel Sebastian nicht."

„Vielleicht ist dieser Waltenberg ein besonderes Sensibelchen? Dass er sich deshalb trotzdem solche Vorwürfe macht?"

„Na ja, Toni, so gut kenn ich ihn auch wieder nicht. Wie du, Chef, schon so treffend bemerkt hast, hat mein Opa nicht gerade den intensivsten Kontakt zum Herrn Waltenberg. Er war ihm immer zu sanft, zu leise. Ich bin mir sicher, dass Waltenberg dafür meinen Großvater als viel zu laut, ja sogar als zu derb empfunden hat."

„Apropos ‚so gut kennen'. Oder eben nicht so gut kennen. Verena, wieso habt ihr mir nichts von Waltenbergs Spleen erzählt? Ich mein, es ist doch nicht normal, wenn jemand heute noch wie ein Hardcore-Anhänger der Flowerpower-Generation herumrennt. Das tut nämlich dieser Waltenberg, das hab ich euch noch gar nicht erzählt."

Bei seinen letzten Worten hatte sich Halb zu Toni, Schwejk und dem Ingeniöhr gewandt, weshalb sich auch Verena umdrehte, bevor sie in etwas pathetischem Ton ihrem kleinen Publikum antwortete.

„Ist das wirklich nicht normal? Findest du oder du oder du oder du ...“ – mit der letzten Drehung sah sie wieder ihrem Chef in die Augen – „das unbedingt erwähnenswert? Ja, zugegeben – dass ein ehemaliger Mittelschullehrer für Deutsch und Musik in den wilden sechziger Jahren hängen geblieben ist, ist schon etwas ... na ja, von mir aus, ungewöhnlich. Aber der Grund, warum weder mein Opa noch ich etwas erwähnt haben, ist ... eigentlich sind es zwei Gründe. Ich glaube, zum einen passt diese Epoche ganz wunderbar zum künstlerischen Gemüt vom Sebastian. Und zum anderen – ja, das ist jetzt vermutlich eine blöde Begründung. Für uns ist sein Retro-Look völlig normal, weil wir ihn gar nicht anders kennen als in seinen schwingenden Jeans, seinen grellbunten Hemden und seiner Lockenpracht. ... nichts gegen ein volle Haarpracht bei Männern im fortgeschrittenen Alter, nicht wahr, Chef.“

„Im fortgeschrittenen Alter? Verena?“ – Halb drohte mit streng erhobenem Zeigefinger seiner Teamjüngsten, die ihm doch tatsächlich die Freude machte, leicht zu erröten.

„Nein, ich hab gemeint ... also, ich wollte sagen ...“

„... und du hast ja recht damit. Zumindest bei Herrn Waltenberg! Aber da ist noch etwas, das mich an diesem ewigen Blumenkind wundert – neben seiner Mimosenhaftigkeit und seinem gewöhnungsbedürftigen Äußeren. Wieso macht sich ein Anhänger dieser Friedensideologie gerade dadurch wichtig, dass er Morde gesteht? Es wäre doch logischer, wenn er ... was weiß ich ... eine neue Friedensbewegung oder eine Sekte der allumfassenden Menschenliebe gründen würde. Oder wenn er wenigstens den amerikanischen Präsidenten und die halbe restliche Welt mit Briefen bombardieren würde, alle Atomwaffen zu verschrotten. So was in der Art. Aber doch nicht, indem er Morde gesteht – das passt doch nicht zu so einem friedensbeseelten Flowerpower-Typen!“

„Bombardieren, Chef.“

„Schwejk, was meinst du?“

„Du bist doch auch ein friedliebender Mensch. Wobei ich damit natürlich nicht andeuten will, dass du ebenfalls so ein Retro-Spinner bist – nein, nein, wirklich nicht. Aber du bist auch ein Mensch, der Gewalt und Ungerechtigkeiten verabscheut. Und trotzdem hast du gerade gesagt, dass Waltenberg ‚... wenigstens den amerikanischen Präsidenten und noch andere mit Briefen bombardieren‘ sollte. Auch du verwendest solche militärischen Begriffe, ohne dass du es merkst. Also, wenn selbst ein Mensch, der im Umgang mit Gewalt so geschult ist wie du, ganz automatisch solche Ausdrücke verwendet, warum soll dann nicht der Herr Waltenberg Morde gestehen? Gewalt ist heutzutage leider dermaßen präsent – in den Medien, in der Sprache –, dass selbst ganz nette und sensible Menschen nicht mehr anders können, als ...“

„Jaja, schon gut, Schwejk, ich hab verstanden.“

„Außerdem könnte Waltenberg genau umgekehrt argumentieren, warum er Morde – noch dazu an Idealen der Friedensbewegung – gesteht.“

„Toni, auch du sprichst in Rätseln. Könntest du bitte einem armen, alten Mann mit einer zu großen Lockenpracht erklären, was du gerade gemeint hast? Bitte in einfachen Worten, damit es auch ...“

„Dein Wunsch ist mir Befehl! Also, im Klartext – ich argumentiere diametral entgegengesetzt zu Schwejk. Er sagt, dass die heutige Zeit dermaßen gewaltverseucht ist, dass selbst ein betont friedlicher Mensch gar nicht merkt, wie gewaltvoll seine Sprache ist. Ich meine aber, dass Waltenberg die Morde an Kennedy et cetera gestanden hat, gerade weil er Brutalität verabscheut und daher die schlimmsten Verbrechen zugibt, die er sich vorstellen kann."

„Ja, aber dann verstehe ich erst recht nicht, warum er das tun sollte?"

„Um sich zu bestrafen! Es ist sicher richtig, dass an Sulzers Tod niemand schuld war ... außer Sulzer. Wenn Verena das so erzählt, dann hat es sich bestimmt so abgespielt – aber wenn der Waltenberg nun besonders dünnhäutig ist und vielleicht sogar zu einer Depression neigt, dann wäre mein Gedankengang absolut logisch, dass er sich nämlich selbst der schlimmsten Tat beschuldigt, die er sich vorstellen kann, um sich zu bestrafen. Der Morde an Kennedy, Gandhi und King."

Völlig konsterniert starrte Halb in die Runde. Offenbar hatte dieser parapsychologische Schwachsinn insofern sehr wohl eine Wirkung, als er wie eine Seuche um sich griff und gerade die größten Skeptiker unter ihnen zu frisch gebackenen Hobby-Psychologen degenerieren ließ.

„Also – Schwejk, Toni, und wer immer noch solche ‚meta-para-physio-psycho-und-sonst-wie-vor-allem-un'-logische Erklärungen parat hat ... für mich bleibt dieser Waltenberg eine seltsame Figur! Und ich beziehe mich jetzt nicht auf seine Kleidung oder gar auf seine Frisur. Nein! Ich meine sein Verhalten, da passt einiges nicht zusammen. Aber – egal, das wollen wir jetzt nicht mehr weiter diskutieren. Meine Ergebnisse der vergangenen Nacht kennt ihr nun bitte um die eurigen."

„Chef, willst du wirklich die Ergebnisse meiner vergangenen Nacht hören?" Unter dem Gelächter seiner Kollegen hatte der Ingeniöhr die Augen weit aufgerissen und Halb mit seinem unschuldigsten Blick angeblinzelt.

„Falls du auch während dieser Zeit wie wild recherchiert haben solltest ... gerne. Ansonsten interessiert mich euer Privatleben nur so weit, dass ich verblüfft bin, davon zu hören. Ihr habt tatsächlich ein Leben außerhalb des Dienstes? Das wirft kein gutes Licht auf meine Chefqualitäten, ich bin viel zu gutmütig. Umso mehr muss ich jetzt den Peitschenknaller spielen – also hopp, los, dalli. Ingeniöhr, was hast du herausgefunden?"

„Leider nichts Besonderes. Über den Herrn Waltenberg muss ich nichts mehr sagen ... pensionierter Mittelschullehrer, ein Leben lang begeisterter Fan der sechziger Jahre. Hat ein – nicht nur in Fachkreisen – anerkanntes Buch über Woodstock geschrieben. Über sein Privatleben ist so gut wie nichts bekannt. Was ich so gelesen habe, scheint er ein ziemlich zurückgezogener und angenehmer Zeitgenosse zu sein. Auf jeden Fall hat es in seinem ganzen Leben keine Anzeigen, nicht einmal einen Strafzettel, gegeben. Bis vor drei Wochen zumindest."

„Das kann ich nur bestätigen. Ich hab gestern am frühen Nachmittag sein ehemaliges Gymnasium besucht und die älteren Lehrer nach ihm befragt."

„Und, wie hast du deine Neugier begründet? ‚Grüß Gott, ich bin Kriminalbeamter, meine Freunde nennen mich Schwejk, ich bin im Grunde ein herzensguter Zyniker und wollte deshalb etwas über den Herrn Waltenberg wissen' ... so in der Art?"

„Vielleicht wäre das auch eine gute Idee gewesen. Nein, ich habe mich ganz offiziell gegeben ... ich sei wegen der Selbstanzeigen gekommen. Wir hätten die

Sorge, dass er sich vielleicht zu sehr unter seelischem Druck befinden könnte. Und bevor noch etwas Ernstes geschähe, würden wir eben mehr über den Menschen hinter dem Lehrer erfahren wollen und ..."

„Und den Schmus haben sie dir abgekauft?"

„Chef, sie sind an meinen Lippen gehangen! Nein, wie verständnisvoll die heutige Polizei agieren würde. Ja, Prävention sei ja viel klüger als nachher die Trümmer wegräumen. Auf jeden Fall waren die Herrschaften sehr auskunftsfreudig, nur ... es gibt über Waltenberg wirklich nichts zu erzählen."

„Ist der Tote, dieser Sulzer, ergiebiger?"

„Nein, nicht wirklich. 1943 geboren. Brav, bieder, beständig. Sein Leben lang war er bei den Österreichischen Bundesbahnen angestellt und hat sich dort bis in die Zentrale hinaufgedient. Dort war er allerdings auf keinem besonderen Posten. In der Pension ist er gerne gereist. Erst recht, als er schon mit einundsechzig Jahren Witwer wurde – seine Frau ist an Krebs verstorben. Wieder so einer, bei dem ich nicht einmal ein Strafmandat gefunden habe. ... bis zu seinem tödlichen Verkehrsunfall eben."

„Lauter brave Menschen! Oder doch nicht? Schwejk, du lächelst so lüstern, als ob du doch etwas Besonderes herausgefunden hättest."

„In der Tat, das habe ich. Denn Sulzer ..."

„Hat der Ingeniöhr was übersehen? Ist der doch nicht so harmlos?"

„... denn Sulzer hat eine Tochter, und die sollten wir uns näher ansehen. Blandine Sulzer ... geboren am 17. Jänner 1974 in Wien ... bla bla bla ... ah ja, da kommt's. Sie hat eine Namensänderung beantragt."

„Lass mich raten. Sie ist transsexuell und wollte ein Mann sein namens ..."

„Falsch! Sie ist immer noch eine Frau – und noch dazu eine sehr weibliche, wie ich mich davon überzeugen konnte. Dazu gleich mehr ... sie ist und bleibt weiblichen Geschlechts, aber sie heißt jetzt nicht mehr Blandine Sulzer, sondern Abhayankari Devi. Und weil ihr alle doch sicher wissen wollt, was das heißt, habe ...“

„Dringend! Ich sehne mich danach.“

„Chef! Jetzt sei doch nicht so. Abhayankari heißt ‚wer die Angst vertreibt‘. Und Devi hat sie sich nach einer berühmten indischen Theosophin genannt.“

„Die Dame hat also eine besondere Bindung zu Indien?“

„Chef, du kennst offenbar ‚Abhayankari‘ nicht. Die Sendung ist wirklich cool.“

„Cool, Verena? Ich und cool? Meinst du nicht, dass ich dafür schon etwas – um geschätzte zweihundertfünfzig Jahre – zu alt bin? Aber danke, dass du mich vor dieser coolen Sendung gewarnt hast. Um welche Uhrzeit soll ich welchen Sender meiden?“

„Chef, jetzt tu nicht so, als ob du der Epoche der deutschen Klassik entspringen würdest. Natürlich bist du ein Klassiker ... heute schon, aber trotzdem bist du jung genug, von der Sendung gehört zu haben. Selbst, wenn du sie dir nicht ansiehst.“

„Und was geschieht bei dieser ehemaligen Blandine? Ich nehme an, die ist im Fernsehen und nicht im Radio?“

„Genau. Freitag, dreiundzwanzig Uhr dreißig, auf dem Hyper Channel. Eigentlich ist es eine typische Ratgeber-und-Hilfe-Sendung, aber neu verpackt. Diese Abhayankari ist wirklich firm in diversen indischen Philosophien – also, soweit ich es beurteilen kann – und hat sowohl geladene Gäste als auch spontane Anrufe in ihrer Sendung. Es ist immer ein Thema vorgegeben, das meist nicht zu speziell ist, sodass sich viele damit identifizieren können."

„Das klingt nach dieser Nachmittagsmassenware. ‚Hilfe, mein Dackel wäre gerne ein Papagei ... wie kann ich ihm helfen?' So was in der Art? Nur halt in indischer Verkleidung?"

„Nein. Weil die Dame zum einen wirklich klug ist, gebildet und witzig, und zum anderen recht diktatorisch. Wenn sie jemandem einen Ratschlag gibt, dann duldet sie keinen Widerspruch. Und das kommt auch sehr gut an."

„Aha. Und diese Dame ist wirklich Sven Sulzers Tochter?"

„Ja, aber mehr noch ..." – Schwejk war eine leichte Gekränktheit anzumerken, er hatte nicht erwartet, dass ihm Verena die Show stehlen würde – „... sie ist angeblich ziemlich wohlhabend. Vermutlich sogar reich. Zum einen produziert sie nicht nur ihre eigene Sendung, ihre Firma ‚BS – Best Solutions' zeichnet auch für andere Erfolge verantwortlich. Abgesehen davon betreibt sie ein recht geschicktes Merchandising, verkauft diverse – natürlich äußerst gesunde – Produkte unter dem Label ‚Abhayankari'."

„Und, was könnte das mit unseren griechischen Rachegöttinnen zu tun haben?"

„Es ist kein direkter Zusammenhang, aber wer tief genug gräbt, findet sogar in einer Lifestyle-Ratgeber-Sendung das Gold der Erinnyen – oder so ähnlich. Also ..." – mit einer theatralischen Geste öffnete Schwejk sein Notebook – „ich hab auf der Abhayankari-Homepage im Archiv der Sendungen folgenden Ausschnitt gefunden."

Auf Knopfdruck erschien eine sehr attraktive Frau, die ihren besonderen Reiz vor allem der ungewöhnlichen

Kombination strohblonder Haare und strahlend blauer Augen mit einem indischen Sari und einem blitzroten „dritten Auge“ zwischen den Brauen verdankte. Sie saß in einer futuristischen Dekoration auf einem gläsernen Sofa mit weißen Pölstern, ihr gegenüber lungerten drei junge Menschen, deren Geschlecht weder an der Kleidung noch an sonstigen üblichen Attributen zu erkennen war. Alle drei waren stark geschminkt und trugen minimalistische Kleidungsstücke in den Farben schwarz und weiß. Der Fünfte im Bunde vertrat offenbar das konservativ-akademische Lager, was durch seinen dunkelblauen Anzug mit Gilet und Krawatte suggeriert wurde.

„Ach ja, das Thema der Sendung lautete: ‚Die Rache ist mein ... wie fein?‘ Frau Sulzer-Abhayankari bedient sich gerne biblischer Überschriften, die sie dann verhippt.“

„Ver-was bitte?“

„Verhippt. Auf hip trimmt. Na ja, auf pseudo-modern trimmt.“

Erleichtert stellte Schwejk fest, dass sein Chef wohlwollend nickte.

Das erste Bild zeigte eine Totale der Gesprächsrunde, die Diskussion war in vollem Gange. Eines der drei undefinierbaren Wesen entpuppte sich als junge Frau mit etwas blecherner Stimme, die vehement für eine „Gesellschaft ohne einen einzigen Rachegedanken“ eintrat. Ihre – etwas wirre – Argumentation folgte einem überreligiösen, humanistischen Ideal und erinnerte Halb an seine früheren Idole der „Make Love Not War“-Bewegung. Der Herr im Anzug pflichtete ihr bei – auch und ganz besonders habe sich das mitteleuropäische Rechtssystem vom „... primitiven Gedanken einer Befriedigung niederer Gelüste durch Vollzug einer Rache am Einzelnen oder einer Gruppe ...“

verabschiedet. Seines Wissens nach sei diese höchst erfreuliche Entwicklung auch dem Einfluss fremder Religionen wie des Buddhismus zu verdanken ... nicht wahr?

Die letzten Worte sollten als Stichwort für die Gastgeberin dienen – und tatsächlich ergriff Frau Sulzer-Abhayankari das Wort und ...

„Das ist sicher richtig. Aber ich persönlich halte von diesem Kuschelkurs sehr wenig. Gut, wir bringen niemanden mehr zum Gaudium der Massen auf öffentlichen Plätzen um. Das ist sicher vernünftig, denn – wie die Geschichte etliche Male gezeigt hat – haben selbst die grausamsten Hinrichtungen letztlich nie wirklich abschreckend gewirkt. Aber der heutige Umstand, dass Menschen, die weggesehen haben, wenn andere in den Tod gingen, dass die ungestraft davonkommen – das trägt auch nicht gerade zu einer Verringerung der Gewaltspirale in unserer Gesellschaft bei. Ich kenne da ein Beispiel ... und ich kenne es sehr gut, weil ich persönlich involviert bin. Da hat eine ganze Gruppe einfach zugesehen, wie ein Einzelner in den Tod gefahren ist. Zugegeben, derjenige hatte es herausgefordert, aber niemand hat ihn daran gehindert, betrunken in ein Auto einzusteigen. Und jetzt stellt sich meiner Meinung nach doch die Frage, ob es für das Seelenheil der Hinterbliebenen nicht besser wäre, wenn sie ihren Schmerz etwas mehr auf andere verlagern könnten? Und zwar auf die Täter, auf diejenigen, die das einfach so zugelassen haben, die, die – durch eine strenge Bestrafung – dann selber leiden würden. Ich bin also nicht unbedingt für eine persönliche Rache, aber dass heute kaum mehr ...“

„Aufhören! Schwejk, dreh das bitte ab, das ist ja nicht zum Aushalten!“

Halbs Ausruf war Mayers Zeigefinger lediglich eine Millisekunde zuvorgekommen, der Ingeniöhr hatte ihn bereits auf die Stoptaste gelegt.

„Also – ich glaube, da muss man kein Psychologe sein, um feststellen zu können, dass Frau Sulzer den Tod ihres Vaters nicht überwunden hat."

„Toni, du untertreibst. Die würde ja am liebsten alle Mitglieder vom Sparverein hinrichten lassen. Und zwar öffentlich und schön langsam. Verena, bist du sicher, dass weder dein Großvater noch einer von den anderen davon wissen?"

„Schwejk, ich kann nur wiederholen, was ich gehört habe ... und zwar nicht nur von meinem Opa. Natürlich waren sie alle sehr, sehr traurig über das Unglück. Aber keiner hat sich besondere Vorwürfe gemacht, warum auch. Zumindest bis heute – das scheint ja der Tag der Überraschungen zu sein. Zuerst erzählst uns du, Chef, dass der Onkel Sebastian seit drei Wochen übergeschnappt ist und berühmte Morde gesteht, weil er mit der Schuld nicht mehr leben könne. Und jetzt sehe ich, dass auch die Blandine mit dem Unfall ihres Vaters nicht fertig wird und sich in wüsten Rachefantasien ergeht. Irgendwie hab ich den Eindruck, dass in diesem Sparverein ein Virus umgeht, das einige der Mitglieder im Hirn angreift. Sollte ich demnächst selber seltsame Anwandlungen zeigen, dann erteile ich euch hiermit vor Zeugen die Erlaubnis, mich unschädlich zu machen."

„Gut, Verena. Wie hättest du's denn gerne ... Gnadenschuss oder doch lieber eine Einweisung in die geschlossene Abteilung?"

„Geh, Schwejk, das kannst du ihr doch nicht antun! Nein, wir schicken sie in ein Nobelsanatorium samt Verabreichung gepflegter Drogen und ab und zu einer kleinen Elektroschock-Kur und ..."

„Toni! Schwejk! Mir scheint, dass gar nicht die Verena, sondern ihr von diesem Virus befallen seid. Aber keine Angst, ich werde jetzt gleich die Erinnyen beschwören, damit sie in euch fahren, euch wieder gesund machen und …“ – Halb musste sich anstrengen, angesichts der entsetzten Gesichter nicht gleich laut loszulachen – „… und euch daran erinnern, dass wir hier einer durchaus ernsten Tätigkeit nachgehen. Und, fühlt ihr schon die helfende ‚erinnyale‘ Kraft in euch?“

„Chef, ist bei dir wirklich alles in Ordnung?“

„Aber ja, mein lieber Toni, und weißt du, wie gut es mir erst gehen würde, wenn …“

„Wenn …?“

„… wenn ihr mir diese Blandine Sulzer herbeischaffen würdet! Also hoppauf! Ich hoffe, die Dame ist leicht zu finden. Wenn nicht – Fahndung. Womit wir wieder beim Thema wären – Sebastian Waltenberg und Sven Sulzer haben wir abgehakt. Was ist mit den anderen?“

„Über Karl Worcinka alias Luca Managile kann ich etwas mehr berichten.“ Toni bemühte sich, wieder ganz der seriöse Kriminalbeamte zu sein, dem es gleichgültig zu sein hatte, ob er gegen Gewaltverbrecher oder griechische Rachegöttinnen ermittelte. „Geboren 1943. Sohn eines Kriegsinvaliden, seine Mutter starb, als er zwei Jahre alt war.“

„Woran?“

„Ein spätes Kriegsopfer, ein tragischer Unfall. Sie ist im Juli 1945 beim Wegräumen von Kriegstrümmern auf einen Schutthaufen geklettert, dabei dürfte der ins Rollen gekommen sein. Genickbruch. Der kleine Karl ist dann mehr oder minder bei seinem Vater in dessen Tabaktrafik aufgewachsen. Die zwei dürften ein gutes Verhältnis gehabt haben. Als der Vater vor dreißig Jahren dann elend an Krebs zugrunde gegangen ist, hat ihn sein Sohn aufopfernd gepflegt."

„Das klingt nicht so, als ob der Herr Worcinka sich von vornherein massiv verdächtig machen würde."

„Nein, gar nicht. Also zumindest nicht, was seine menschlichen Qualitäten betrifft. Sein beruflicher Werdegang erweckt da schon andere Erwartungen. Einer der Stammkunden seines Vaters ist vor dem Krieg ein berühmter Magier gewesen und erst wieder nach dem Staatsvertrag 1955 nach Wien zurückgekehrt. Und eben in seiner Lieblingstrafik hat er den jungen Worcinka kennen gelernt. Der hat natürlich, wann immer er konnte, bei seinem Vater ausgeholfen. Und er scheint sich dort sehr geschickt angestellt zu haben. Er hat die Kunden gerne mit kleinen Witzen und ein paar Zaubertricks, die er sich selber beigebracht hat, unterhalten. Er war schon als Dreizehn-, Vierzehnjähriger so eine Art Star im Grätzel. Dadurch ist er diesem Magier aufgefallen. Der hat ihn dann in den ‚magischen Klub' mitgenommen, wo der junge Worcinka ein ‚Zauberlehrling' wurde. Und weil er so geschickt war, ist er der Assistent eines berühmten Taschendiebs geworden. Also, natürlich von einem, der sein Geld ganz legal in Varieté-Theatern und auf sonstigen Showbühnen verdient hat. Die weitere Karriere war somit vorgezeichnet – der junge Worcinka wurde zum gefeierten Luca Managile, der es bis nach Las Vegas geschafft hat. War später dann ein beliebter Showact auf allen großen Kreuzfahrtschiffen dieser Welt, und vor ... wart, wo hab ich mir das notiert, wann er zurückgekommen ist?" Hektisch blätterte Toni in seinen Unterlagen.

„Darf ich was sagen?" – Verena hatte sich so weit vom Tisch weggesetzt, dass die vier Männer bei ihren Worten verblüfft aufsahen.

„Ja, Verena, das darfst du doch immer!"

„Ja, danke! Chef – ich weiß schon, dass ich immer den Mund aufreißen darf. Aber jetzt habe ich gemeint, dass ich mich doch eigentlich ausklinken wollte und euch nicht dreinreden."

„Ah so, ja ... ja, bitte, und was wolltest du uns ..."

„Vor sieben Jahren. Toni, der Onkel Karl ist erst vor sieben Jahren nach Wien zurückgekehrt. Trotzdem ist er eines der Gründungsmitglieder vom Sparverein. Er hat damals geglaubt, viel früher seine ‚Taschendiebfinger in die Pensionistentasche zu stecken', wie er immer sagt. Aber dann hat es ihn doch noch gefreut, also ist er wieder in die weite Welt verschwunden."

„Ja, danke, Verena. Genau das habe ich mir notiert. 2006 hat Worcinka seinen Hauptwohnsitz wieder nach Wien verlegt."

„Wo hatte er ihn vorher?"

„Direkt in Las Vegas. Auch während der Jahre auf den Kreuzfahrten, vermutlich sind in der Wüste Nevadas die Steuersätze günstiger als bei uns."

„Das sind sie fast überall. Und hast du auch was über sein Privatleben herausgefunden?"

„Nein, so gut wie nichts. Aber vielleicht ..." – Toni Wilt drehte sich wieder zu Verena und warf ihr mit übertrieben klappernden Augenlidern einen hoffnungsvollen Blick zu.

„Nein, ich wüsst auch nichts. Mein Opa hat einmal so eine Andeutung gemacht, dass der Onkel Karl kein Kostverächter gewesen sein soll und in jedem Hafen ein weinendes Herz hinterlassen hätte. Aber verheiratet war er nie, soviel ich weiß."

„Ein weinendes Herz hinterlassen? Verena, du siehst zu viele Liebesfilme!"

„Wozu? Nein, verehrter Chef, ich hab doch die Arbeit, die mir mein Herz erfüllt und meine Seele an kalten Wintertagen wärmt und ..."

„... und immer noch besser ist, als wenn sie dir die Nerven raubt. Ich nehme an, das war's zum Herrn Worcinka-Managile?"

„Jein. Er ist inzwischen so was wie ein entfernter Kollege von uns."

„Wie bitte?"

„Ja! ... na ja, er stellt sich halt immer wieder in den Dienst der guten Sache. Also unserer, der Polizeisache. Er stellt sein Können kostenlos ..."

„Ah so, das meinst du. Ja, das hat mir schon Verenas Großvater erzählt. Für die, die's noch nicht wissen – der Herr Worcinka zeigt im kriminalpolizeilichen Beratungsdienst, wie leichtsinnig manche Leute sind beziehungsweise wie einfach es Taschendieben gemacht wird. Er holt sich dort meist einen Kollegen auf die Bühne, und während er mit ihm freundlich plaudert, räumt er ihm die Taschen aus. Beim Publikum kommt das natürlich großartig an. Soviel zu Worcin... – und daraufhin sag ich dem slowakischen Kollegen: ‚Da bin ich ganz dagegen.' Aber ich war außerordentlich freundlich dabei und ..." – diesmal hatte Halb aufgepasst ... und in solchen Situationen konnte er selbst die leisen Schritte seines Vorgesetzten einige Meter von seiner Bürotüre entfernt erahnen und entsprechend reagieren – „... und habe ihm auch gleich ... Oh, welch Glanz in unserer Hütte! Bitte, Ernst, wenn du schon herinnen bist, komm doch bitte gleich ganz herein."

Mit saurem Lächeln ertrug Hofrat Straka die sanfte Rüge. „Nein, nein, lasst euch nur nicht stören. Ich hab schon von draußen gehört, wie fleißig hier gearbeitet wird. Deshalb hab ich auch gar nicht erst angeklopft, um euren Fluss nicht zu stören. Du erzählst gerade von der gestrigen Leitersitzung? Vom slowakischen Kollegen? Fein, da komm ich ja gerade recht, ich bin schon sehr neugierig. Außerdem wollte ich natürlich fragen, wie es deiner Wirbelsäule geht?"

„Meiner Wirbel... oh, ja, danke. Mein Gott, du weißt ja, das ist eigentlich immer gleich, manchmal aber auch etwas ... aber ich will dich nicht mit solchen Banalitäten langweilen. Ja, zum gestrigen Treffen kann ich Folgendes berichten ..." – jahrzehntelanges Training im Umgang mit Verbrechern und Vorgesetzten ließ Halb weder die Fassung noch den roten Faden in der aktuellen Improvisation verlieren – „... insgesamt war das Ganze doch ein schöner Erfolg. Zumindest brauchst du dich nicht zu fürchten. Ich glaube, dass ich uns nicht blamiert habe. Nein, ich war wirklich ein braver Hofrat und habe mich sittsam verhalten."

„Wunderbar, mein lieber Ludwig. Das freut mich zu hören. Dann darf ich mich verabschieden. Frau Magistra, Herr Mayer, Herr Wilt, Herr Haschek – habe die Ehre. Servus, Ludwig."

Hofrat Straka kehrte ihnen den Rücken zu, doch wussten alle genau, dass er noch beim unmittelbaren Hinausgehen gerne eine mehr oder minder ironische Bombe platzen ließ.

„Auf Wiedersehen allerseits! Ah ja, was ich noch sagen wollte" – diesmal behielt er sogar seine Hand auf der Klinke, während er sich zum finalen Seitenhieb umdrehte – „Ludwig, du solltest trotz deiner Abneigung öfters dein Handy kontrollieren. Ich bin mir sicher, da findest du manch interessante Neuigkeit vor. Wie zum Beispiel die Nachricht deiner reizenden Halbtagssekretärin, welche kreative Begründung sie mir heute aufgetischt hätte, warum du den ganzen Vormittag nicht im Büro gewesen bist. Laut Frau Drobatschnig warst du heute nämlich bei der Kontrolluntersuchung wegen deiner grässlichen Wirbelsäulenverletzung. Servus, Ludwig!“ Diesmal grüßte Halb gar nicht erst, er spürte, dass noch eine zweite „Noch etwas“-Meldung käme.

„Ah ja, noch etwas. Ludwig, wenn ihr schon hinter meinem Rücken irgendein geheimnisvolles Ermittlungssüppchen kocht, dann solltest du dir vorher einen Satz überlegen, den du spontan sagen kannst, wenn ich unerwartet bei der Tür hereinkomme. Der Satz sollte aber logisch nachvollziehbar und sachlich korrekt sein.“

Jetzt musste Halb doch noch schmunzeln. „Ernst, ich versteh dich wirklich nicht. Was hat dir denn an meinem – zugegebenermaßen etwas zu rasch improvisierten – „Dein Auftritt, bitte“-Satz missfallen?“

Straka zog seine Mundwinkel etwas mehr als sonst in die Höhe, sodass sich sein Antlitz des Vorgesetzten zu einem wirklichen Lächeln veränderte. „Ich hab mich selbstverständlich erkundigt, wie deine gestrige Leitung ausgefallen beziehungsweise bei unseren Gästen angekommen ist. Und ich hab mich gefreut – du wirst es nicht glauben, aber mir wurde gratuliert, wie charmant mein Stellvertreter agiert hätte. Also ... immerhin warst du dort, und du warst offenbar gar nicht griesgrämig. Aber es ist ebenso offensichtlich, dass du wie immer mit deinen Gedanken ganz woanders warst. Wohl deshalb ist dir nicht aufgefallen, dass sich die slowakische Kollegin entschuldigt hat. Ludwig – auch schwindeln will geübt sein. Beim nächsten Mal machst du es sicher besser! So, aber jetzt muss ich wirklich gehen. Auf mich wartet ein herrliches Buffet im Außenministerium. Mahlzeit!“

Kaum hatte Straka die Türe geschlossen, durchbrach ein Knurren die Stille. Halb wurde rot und griff sich mit der Hand auf seine Leibesmitte. „Entschuldigt, aber offenbar hat mein Magen Ohren. Vielleicht jammert er auch nur, weil er heute noch nichts bekommen hat.“

### Dienstag, 27. August 2013, 16 Uhr

Nur mühsam riss sich Halb vom lustvollen Nach-Schmecken los. Es fiel ihm umso schwerer, zumal sein Büro primär wie das Erinnerungsalbum einer Mittelmeerkreuzfahrt roch. Ein Hauch Griechenland – Perikles Mayer hatte sich eine Moussaka gewünscht. Der überraschend unaufdringliche Geruch von Tonis Bouillabaisse ließ einen Hauch von Saint-Tropez durchs Zimmer ziehen. Von der dortigen Hafenpromenade entlang mehrerer Milliardärsjachten sprang Halb mit einem tiefen Atemholen auf die imposanten Festungsmauern Dubrovniks. Er dachte sehnsüchtig an die kleine Konoba, in der er vor einigen Jahren herrliche Cevapcici genossen hatte ... genau solche, wie sie sich Schwejk geholt hatte. Über allem lag der feine Duft von Neapel – Basilikum, Mozzarella und Paradeiser. Verena hatte um eine Pizza Margherita gebeten.

Zuletzt kehrte Halb wieder in das enge Gasslwerk der ältesten Bezirke Wiens und auf die Flaniermeilen zurück. Dafür genügte es, tief einzuatmen und den g’schmackig-kräftigen Geruch seiner Leberkässemmel zu inhalieren.

Schwejk grinste unverschämt, als er die aufgeblähten Nasenflügel sah. „Gell, Chef, schon ein Pech, wenn man so viele Take-away-Lokale in der Umgebung hat.“

„Mmmh!“ – zu mehr als einem angedeuteten Nicken war Halb nicht in der Lage, er wollte seine Nase nicht allzu sehr „leerschütteln". Als ihn aber alle vier Teamlinge ebenso gesättigt wie erwartungsvoll anblickten, wischte er sich mit der typischen Wiener Mischung aus Resignation und Ungeduld über die Nase, um wieder in die Welt der realen Gerüche zu wechseln.

„Na gut, dann bringen wir's hinter uns. Was habt ihr über den Herrn Morinkovic herausgefunden?"

„Nichts, was du – laut Verena – nicht schon wüsstest. Morinkovic, Ante, geboren 1951 in Belgrad. Als Gastarbeiter nach Österreich gekommen. Hat längere Zeit in der Steiermark gelebt. Ging dann nach Wien. Ein typischer Selfmademan, er hat ein Reisebüro aufgebaut, dessen Spezialität Billigbusreisen nach Serbien waren. Im Zuge des Balkankriegs hat er dann Probleme bekommen ... und zwar mit einigen seiner eigenen Landsleute, weil er angeblich – und jetzt zitiere ich – ‚auch immer korrekt zu Kroaten und Bosniern war'. Davon hat er sich in seinem Kerngeschäft aber erfreulicherweise nicht bremsen lassen, er ist dort weiterhin freundlich und erfolgreich geblieben. Im Gegensatz dazu ist er mit einer Import-Export-Firma, die er schon Jahre zuvor gegründet hatte, in Konkurs gegangen. Vor zwei Jahren gab es dann einen längeren Spitalsaufenthalt und ..."

„Weshalb?"

„Das hab ich auf die Schnelle nicht herausfinden können. Ärztliche Schweigepflicht, du weißt schon."

„Vermutlich ist es sowieso nicht wichtig. Weiter bitte."

„Viel ist da nicht mehr zu berichten. Knapp darauf hat Morinkovic sein Reisebüro verkauft. Offiziell hat er nach wie vor seinen Hauptwohnsitz in Wien, er zahlt auch noch Steuern. Aber woher das Geld kommt, konnte ich nicht eruieren. Auf jeden Fall ist er seit einem Jahr verschwunden."

„Das war's?“

„Na ja, ich hatte ja nicht viel Zeit. Deshalb habe ich nur einen unserer Informanten anzapfen können, der hat steif und fest behauptet, dass der Name Ante Morinkovic niemals im Zusammenhang mit irgendeiner Mafia aufgetaucht sei.“

„Also ist Morinkovic genauso uninteressant wie die anderen Sparvereinler?“

„Ja, schaut so aus.“

„Gut. Danke, Toni. Und jetzt zum Höhepunkt ... Andreas Kandler. Was wissen wir über den?“

Zu einem anderen Zeitpunkt an einem anderen Ort wäre Halb vom „Augenballett“ seiner drei Mitarbeiter durchaus amüsiert gewesen, aber angesichts der öden Büroatmosphäre, die ihn sein Schlafdefizit immer stärker spüren ließ, verlor er nur die Geduld. „Sagt's einmal, habt's ihr das lange geprobt? Oder ist euch gar nicht aufgefallen, dass eure Kommunikation einer richtigen Choreografie folgt? Zuerst werft ihr einander Blicke zu nach dem Motto ‚Rede du, ich will jetzt nicht!‘, dann starrt ihr in eure Unterlagen. Und jetzt versucht ihr, durch mich hindurchzusehen. Ist es so schlimm, was ihr mir über den Kandler zu berichten habt?“

„Wie man's nimmt“ – Schwejk hatte als Erster zu sprechen begonnen, sodass sich Toni und der Ingeniöhr bequem zurücklehnen konnten. „So schlimm ist es nicht ... nicht im Geringsten. Das ist aber auch das Problem – über Kandler haben wir so gut wie gar nichts herausgefunden.“

„Ah ja. Na wunderbar, jetzt haben wir einen Fall ...“ – dank einer kurzen theatralischen Pause und eines strengen Blicks in die Runde ließ Halb keinen Zweifel daran aufkommen, dass er die „Causa Erinnyen“ für einen Teil eines größeren Verbrechens hielt – „... aber wir haben nicht einmal den Hauch eines Anhaltspunktes. Und wenn ihr mir jetzt noch sagt, dass ihr auch über Markus Märzner nichts herausgefunden habt, dann gehe ich traurig nach Hause und ertränke mich genüsslich in Assam-Tee."

„Würde dich ein Beinahe-Konkurs aufheitern?"

„Probier's."

„Dieser Märzner ist eigentlich ein armer Hund. Aber weil er in der Werbe- und Medienbranche tätig ist, muss er seit Jahren allen den coolen Wunderwuzzi vorspielen."

„Toni, woher weißt du denn das? Du wirst doch nicht ohne richterlichen Beschluss in Herrn Märzners Konten herumgeschnüffelt haben!"

„Natürlich nicht, Chef! Für wen hältst du mich? ... und in dem Fall hab ich es auch gar nicht müssen. Aber abgesehen davon hätte ich den Ingeniöhr gebeten, in die Bankdaten einzudringen. Der kann das viel besser."

Halb spürte, wie in seiner Brust die zwei Seelen eines Vorgesetzten zu streiten begannen. Natürlich war er über jede Information dankbar, aber ...

„Ich sollte wirklich etwas gegen meine Erkältung unternehmen. Jetzt bin ich so verschnupft, dass meine Ohren sich richtig taub anfühlen. Ihr klingt wie durch einen Nebel, ich kann euch kaum verstehen. Also, Toni, was hast du gesagt? Wieso weißt du das über Märzner?"

Wilt grinste nur ganz kurz, bevor er sich mit unschuldig aufgerissenen Augen und lauter Stimme seinem Chef zuwandte. „Oh, das tut mir aber leid. Was soll ich dir sagen ... du weißt ja, man erzählt uns so viel, da wissen wir oft gar nicht mehr, von wem wir welche Information haben."

Von Wilts Improvisation angeregt, beschloss Halb, die Szene fortzuspinnen.

„Schade, dass du nicht mehr weißt, von wem du das weißt. Was weißt du denn überhaupt?“

„Mir geht’s fast wie diesem griechischen Philosophen ...“

„Sokrates.“

„... genau dem. Ich weiß, dass ich nur wenig weiß, aber ihr wisst noch nicht einmal das. Märzner hat sich vor etlichen Jahren mit einer Werbeagentur selbstständig gemacht, mit der er aber nach einigen schönen Anfangserfolgen in die Pleite geschlittert ist. Davon hat er sich nie mehr wirklich erholt. Seither arbeitet er als Freelancer für verschiedene Unternehmen in der Medienbranche ... für kleine Radiosender, Zeitungen, große Werbeagenturen et cetera. Dass er damals Mitbegründer des Sparvereins wurde, hat er seiner damaligen Freundin zu verdanken, die in dem Wirtshaus gekellnert hat. Sie hatte davon erfahren, dass ein paar kluge und witzige Persönlichkeiten einen Verein für desillusionierte Weltverbesserer – so hat sie das wörtlich beschrieben – gründen wollten, und hat Märzner vorgeschlagen, Mitglied zu werden. Sie dachte, er würde sich dann wieder besser fühlen und nicht mehr nur depressiv daheim herumsitzen. Und ...“

„Toni, eine kurze Zwischenfrage ... und die mein ich jetzt ganz ohne Ironie. Woher weißt du das wirklich?“

Um Wilts Mundwinkel spielte ein zartes, aber eindeutig anzügliches Lächeln.

„Geduld, verehrter Chef, nur Geduld ... Das mit dem Nicht-mehr-traurig-Sein hat dann auch wunderbar funktioniert. Man könnte sogar sagen, zu gut. Und ich würde noch hinzufügen – in meinen Augen sogar ganz hervorragend. Denn dadurch, dass der Märzner dank des Sparvereins seine Lebenslust wiedergefunden hat, hat er wieder den Kopf gehoben ... und festgestellt, dass auch andere Mütter hübsche Töchter haben. Was zwar nicht im Sinne seiner dann bald ehemaligen Freundin Katharina war, aber durchaus in meinem. Katharina war wieder ungebunden ... und ab sofort benehme ich mich wie ein Gentleman, schweige und genieße – leider nur in Erinnerung."

Halb war so verblüfft, dass ihm beinahe „Welche denn?" herausgerutscht wäre. Toni? Er hatte Wilt über all die Jahre als besonders netten, zuverlässigen und besonnenen Mitarbeiter kennen gelernt. Aber dass er ein Leben außerhalb seines Berufes haben könnte, auf diese Idee wäre Halb noch nie gekommen. „Ja, also ... bekanntlich ist Wien ein Dorf! Da kennen einander Leute, von denen man das nie angenommen hätte. Was für ein Glück, dass wir mit dir einen Märzner-Experten in unserem Team haben."

„Jetzt übertreibst du aber."

„Mag sein. Aber vielleicht hast du ja noch weitere Details erfahren. Also solche, die für uns relevant sein könnten." Mit diesem letzten Satz hatte es Halb geschafft, dass sich Tonis „Gentleman-Lächeln" in ein zartes Erröten verwandelte.

„Nicht wirklich. Es war mir natürlich damals schon klar, dass ich nicht jedes Märzner-Detail für bare Münze nehmen kann. Die Katharina war doch noch sehr gekränkt und hat ihn in den dunkelsten Farben gemalt. Aber ein bisschen was wird schon gestimmt haben ... wobei, Verena, sei bitte so lieb und korrigiere mich, falls ich einen Blödsinn erzählen sollte."

Verena nickte amüsiert. „Gern."

„Also: Markus Märzner, geboren 1958. Er ist mit Abstand der jüngste im Sparverein, wobei er sich recht rasch seinen Platz erarbeitet hat, indem er sich von Anfang an als der Haus- und Hofkünstler der fidelen

Gruppe positioniert hat. Er ist zwar der Typ, der viel anfängt und nichts zu Ende bringt, aber trotzdem war er bei allen ... man könnte sagen ... künstlerischen Projekten die treibende Kraft. Er hat angeregt, dass der Sparverein sowohl eine Hymne als auch ein Logo haben sollte. Vor ein paar Jahren dann ist er auf die Idee gekommen, dass sie auch eine eigene Internet-Domain und eine Homepage brauchen. Wie gesagt, der akribische Ausarbeiter ist er nicht, die mühselige Kleinarbeit überlässt er gerne den anderen. Aber die ersten Noten zur Vereinshymne, die ersten Striche vom Logo oder die ersten Zeilen auf der Homepage, die hat er gerne gemacht. Allerdings gibt es einen Bereich, in dem er sich genau gegenteilig verhält – und zwar beim Basteln. Der Mann ist ein leidenschaftlicher Technikfreak und Feinmechaniker."

„Na ja, auch nicht so ganz. Der Herr Kandler hat mir erzählt, dass ihm ein Teil seiner uralten Krankenkassenbrille abgebrochen sei. Daraufhin hat sich der Märzner sofort angeboten, ihm das zu reparieren. Er habe noch einen alten Bügel zu Hause, der zu diesem Modell passe. Das hat auch gestimmt, nur ... dieser „neue alte" Brillenbügel, der scheint doch nicht so richtig zu passen. Zumindest hat der Kandler über Schmerzen hinter seinem Ohr geklagt und gemeint, dass ihm der Märzner das Teil noch besser zurechtbiegen müsse. Also, das zeigt doch, dass Märzner auch in diesem Bereich gerne etwas anreißt, es aber dann nicht zu einem ordentlichen Ende bringt."

Wilt zuckte mit den Schultern. „Wie gesagt, ich habe nur gehört, dass er ein leidenschaftlicher Hobbybastler und Elektronikfan ist. Aber das mag sich ja im Lauf der Jahre auch etwas geändert haben. Vielleicht ist er inzwischen ein hundertprozentiger An- und Aufreißertyp, der an allem schon nach kurzer Zeit sein Interesse verliert. Meine Informationen sind schließlich nicht mehr die jüngsten."

„Ja, Toni, dann ..." – Halb rang um Worte, um Wilt auf keinen Fall zu beleidigen – „dann wollen wir hoffen, dass wir dein mannigfaltiges Privatleben nie wieder bemühen müssen."

Wilt hatte offensichtlich mit einer weiteren Spitze seines Chefs gerechnet, weshalb er diesmal nicht errötete, sondern mit einem selbstbewussten Grinsen antwortete.

„Auf die Gefahr hin, eure Männlichkeitsrituale zu unterbrechen ..." – alle vier Männer drehten abrupt ihre Köpfe zu Verena. Es schien, als ob sie sie im Trubel der Märzner-Berichterstattung ganz vergessen hatten.

„... ich hätte da noch zwei Details zu ergänzen, die Tonis Katharina entgangen sein dürften." Ein gezielter Blick seines Vorgesetzten ließ Wilt seinen Protest gegen „Tonis Katharina" herunterschlucken.

„Erst recht, da eines davon der Dame gar nicht gefallen hätte. Mein Opa hat einmal ganz nebenbei erwähnt, dass der Onkel Markus in jungen Jahren eine Ausbildung zum Schauspieler absolviert hat. Aus dieser Zeit kannte er auch den Karl, also Worcinka. Märzner hat sich seine ersten Bühnensporen als Parodist in diversen Varietés verdient. Darin soll er sehr gut gewesen sein. Von der nächsten Sprosse seiner Karriereleiter ist er allerdings dank eines Skandals unsanft abgestürzt. Das war in einem Provinztheater, irgendwas mit einer Elevin. Von wegen schiefgegangener Schwangerschaftsabbruch ... so irgendwie. Auf jeden Fall war's aus mit dem Theaterspielen. Er hat sich dann einige Zeit mit diversen bühnennahen Tätigkeiten über Wasser gehalten ... angeblich trat er sogar als Gespenst in einer Geisterbahn auf, weil es ihm so dreckig gegangen ist. Aber das ist nur ein Gerücht. Ganz offiziell ist, dass er einige Zeit bei einer Stuntmanshow mitgearbeitet hat. Und dann gibt es noch eine Kleinigkeit, die allerdings niemand wissen darf ... zumindest, wenn's nach Onkel Markus' Eitelkeit ginge. Er hat eine Kreuzallergie – das heißt, er ist zwar auf Birkenpollen allergisch, aber weil es in Äpfeln ein ganz ähnliches Eiweiß wie das allergieauslösende gibt, reagiert er auch, wenn er zum Beispiel einen Apfelstrudel isst. Aber das soll natürlich niemand wissen! Weil er, Markus Märzner, ist – wie der Toni am Anfang ganz richtig festgestellt hat – ein cooler Wunderwuzzi, der unbesiegbare Ritter vom heiligen Orden des Sparvereins."

„Amen! Sehr beeindruckend, aber ich fürchte, dass uns auch diese Information nicht wirklich weiterhilft. Das bedeutet, dass der verschwundene Herr Morinkovic und die rachsüchtige pseudo-indische Sulzer-Tochter im Moment unsere einzigen Anknüpfungspunkte sind."

„Chef, bist du da nicht zu pessimistisch? Weil das passt doch ganz gut zusammen – die auf Rache sinnende Fernsehtante und die griechischen Rachegöttinnen, die einen der vermeintlich Schuldigen in den Wahnsinn treiben. Vielleicht hat diese Abhayankari-et-cetera wirklich die Fähigkeit, Gegenstände lebendig werden zu lassen, um sie als Gehilfen für ihre schändlichen Verbrechen ..."

„Toni, ich glaube, ich habe schon klar und deutlich gesagt, dass ich auch bei diesem Fall verlange, dass ihr genauso professionell arbeitet wie immer. Und bei aller Wertschätzung unseres lockeren Tonfalls – das, was du da gerade vorgeschlagen hast, kann ich einfach nicht so stehen lassen. Nicht, weil du dich damit auch über mich lustig gemacht hast ... nein, das halt ich schon aus. Sondern, weil du eben ...“

„Chef! Verzeih, wenn wir dir jetzt als Kollektiv widersprechen, aber ... du hast unrecht! Ausnahmsweise vollkommen unrecht.“

Halb spürte die Galle in sich hochsteigen. Allerdings sank sein Zornpegel ebenso rasch, denn Schwejks ruhige und sachliche Sprachmelodie signalisierte ihm, dass er sich keiner Rebellion, sondern einer Diskussion gegenübersah.

„Inwiefern?“

„Wir drei ... und später dann auch wir vier, weil die Verena war gestern den ganzen Tag mit ihrem Preininger-Fall beschäftigt. Wir vier also haben heute Vormittag ausgiebig gestritten – du kannst dir vorstellen, dass die Verena für den Herrn Kandler Partei ergriffen hat, wir ihn hingegen schlichtweg als Wahnsinnigen bezeichnet haben. Das alles unabhängig davon, welchen Eindruck du dir gemacht hast. Aber das hat nur ... na ja, nicht mehr als zwanzig Minuten gedauert. Dann hat sie uns überzeugt, dass es auch andere Erklärungen für Kandlers spezielle Höreindrücke geben könnte. Also Erklärungen, die eine seelische Krankheit oder übernatürliche Fähigkeiten Kandlers ausschließen. Aber das bedeutet nicht, dass es nicht andere parapsychologische Phänomene geben könnte. Was wir dir damit sagen wollen – wenn wir akzeptieren, dass dieses Gemälde tatsächlich mit Herrn Kandler zu sprechen begonnen hat, und wenn wir weiters davon ausgehen, dass das auch dir oder uns – also seelisch gesunden Menschen – hätte passieren können, dann heißt das nicht gleichzeitig, dass nicht trotzdem Geister im Spiel wären.“

„Ich verstehe. Ihr teilt also Verenas und meine Ansicht, dass Herr Kandler nicht verrückt ist. Ihr folgert aber daraus, dass gerade deshalb das Geschehen von Kräften verursacht wird, die nicht von dieser Welt stammen. Stimmt's? Aber ich sage euch gleich, dass ich nicht im Geringsten eurer Meinung bin. ... natürlich ausgenommen der Tatsache, dass auch ich Kandler für nicht verrückt halte. Ich bin mir sicher, dass es ganz reale Ursachen für diese Flüsteraktionen gibt. Nur – ich kann meinen Standpunkt im Moment noch genauso wenig beweisen wie ihr den euren. Was aber nichts zur Sache tut! Denn sowohl die internationale Geisterwelt als auch die Wiener Unterwelt müssen sich gedulden, weil nach ..." – Halb warf einen flüchtigen Blick auf seine Uhr, der sich zu einem entgeisterten Starren auswuchs – „... ist es wirklich schon nach halb sechs? Das darf ja nicht wahr sein! Meine Lieben, Schluss für heute!"

„Nicht ganz, Chef." Verena sprach mit ihrer sanftesten Stimme, was erfahrungsgemäß nichts Gutes verhieß.

„Wieso?" Halb las in den anderen Gesichtern, dass auch sie sich um ihre Nachtruhe zu sorgen begannen.

„Ich weiß schon, ihr vier habt es mit mir derzeit nicht leicht. Ich hab euch den Fall eingebrockt, dann wollte ich mich vollkommen ausklinken. Jetzt bin ich doch wieder dazugestoßen und hätte eigentlich ganz interessante Rechercheergebnisse zu präsentieren ..."

„Morgen, Verena, morgen."

„Wenn du darauf bestehst, von mir aus. Aber einen Gedanken musst du mir schon noch gestatten ... und zwar jetzt! Ihr habt also Waltenberg, Sven Sulzer, Blandine Sulzer beziehungsweise Abhayankari Devi, Worcinka, Morinkovic, Märzner und Kandler durch den Ermittlungswolf gedreht. Und den einen, der noch fehlt – wollt ihr den heute noch gemütlich bei einem

Nachtmahl im Gasthaus ganz unter euch besprechen? Oder lieber morgen hektisch durchhecheln, wenn ich gerade nicht im Zimmer bin? Auf jeden Fall hinter meinem Rücken, warum? Was habt ihr so Schlimmes herausgefunden?“

Schwejk begriff als Erster ... und zog aus dem Stapel eine Mappe mit der Aufschrift „Horak“. Dann nahm er sie zwischen zwei Fingerspitzen und schüttelte sie, aber es fiel nur ein einziger Zettel heraus. Zuletzt schlug er sie demonstrativ vor Verena auf und hielt ihr das eine Blatt unter die Nase. „Siehst du, das ist der Akt über deinen Großvater. Noch ein Lebenslauf ohne jegliche verdächtige Auffälligkeiten – er füllt gerade mal eine Seite. Falls du glaubst, dass wir dich nur schonen oder hinter deinem Rücken tuscheln wollten, hast du dich geirrt. Aus kriminalistischer Sicht ist dein Opa genauso uninteressant wie Waltenberg, Sulzer und die anderen. So, und jetzt gehe ich wirklich in ein gemütliches Gasthaus. Wer kommt mit? Verena? Ich würde mich sehr freuen. Aber ich sag dir gleich, ich esse auf jeden Fall ein Wiener Schnitzel. Und wenn du als Vegetarierin mir dabei nicht zusehen willst, dann esse ich es auch hinter deinem Rücken. Ich verspreche, dich auf keinen Fall zu schonen und ...“

„Schwejk! Ich hab schon verstanden. Ja, okay, ich bin eben derzeit eine dünnhäutige Tussi, die euch arme Männer unentwegt ...“

„Was ist denn so interessant?“, zog Halb die Notbremse.

„Was meinst du?“

„Du hast vorhin gesagt, dass du uns interessante Rechercheergebnisse zu präsentieren hättest. Und jetzt wäre ich doch schon heute so neugierig, wissen zu wollen, was du ...“

„Ich habe mich in einen Teilbereich hineingekniet, bei dem ich mir sicher war, absolut objektiv bleiben zu können. Deshalb kann ich euch jetzt alles über Orest und die Erinnyen, aber auch ein bisschen was über Adrian van Sprookje erzählen. Ah ja, und über das ‚Museum für Kunstgeschichte der Weltreligionen Wien' auch. Und über Doktor Thilo Kätsch."

„Wer immer das sein mag ... morgen, Verena, doch lieber erst morgen. Für heute nur noch ein Satz ... ihr habt mich mit eurer Arbeit wie immer überirdisch be-GEIST-ert. Mahlzeit und gute Nacht!"

Selten hatte sich Halb mit einem derart müden Scherzchen einen so lauten Abgangslacher bescheren können. Er war sich allerdings gar nicht sicher, ob ihm seine männlichen Teamlinge überhaupt noch zugehört hatten.

**Dienstag, 27. August 2013, 17.45 Uhr**

„Herr Magister Bauer? Halb hier, Ludwig Halb. Wir haben einander vor drei Monaten kennen geler... ah, Sie können sich noch an mich erinnern. Ja genau, ich bin der Hofrat aus dem Bundeskriminalamt. Der mit dem Kollegen Wilt bei Ihnen in der Justizanstalt Stein war. In der Causa Dobler haben wir damals ermittelt. Ja, tragisch, das war wirklich schlimm. Apropos tragisch – sind Sie nur im Gefängnis tätig oder ... ah so, Sie haben auch eine private Ordination. Weil Sie klinischer und Gesundheitspsychologe sind? Wunderbar, so wen brauch ich jetzt. Folgende Frage – können Sie anhand eines Tests oder ähnlichem irgendwie erkennen, ob jemand ... wie soll ich sagen ... also, ob er spinnt? Nein, so wirklich, mit Wahnideen. Eine paranoide Schizophrenie? Ja, das klingt gut ... also, ich mein, davon versteh ich ja nichts, aber das klingt nach dem, wie der Herr auf mich wirken könnte. Nein, nur ‚könnte' – ich bin mir sogar ziemlich sicher, dass der Herr das nicht hat. Aber ich möchte die Meinung eines Fachmannes hören. Wie bitte? Mehrere Untersuchungen? Nein, nein, mir würde Ihre Meinung nach einer ersten Untersuchung schon genügen. Doch, doch. Jetzt zur Gretchenfrage, hätten Sie denn noch einen Termin frei? Ja, doch ... leider, es eilt. Sie wissen, wie immer am besten vorgestern. Morgen? Wunderbar! Wann? Siebzehn Uhr, ja, das passt. Sogar sehr gut. In die Hölderlin-Straße 8 im neunzehnten Bezirk. Ich finde, das passt zu einem klinischen Psychologen ... und erst recht zu dem konkreten Fall. Immerhin war das Genie Friedrich Hölderlin doch auch ... also, heutzutage wäre er Ihr Patient. Gut, dann sehen wir einander morgen. Ah ja, noch etwas – der Herr, den ich mitbringe, also das Objekt Ihres psychologischen Interesses, der will natürlich schon wissen, ob er psychisch krank oder gesund ist, aber er weiß nicht immer so ganz genau, ob er das gerade jetzt wissen will. Nur, dass Sie sich nicht schrecken. Ach so, ja, klar, Sie sind ganz andere Zustände gewöhnt. Gut ... ah ja, noch eine allerletzte Frage. Bitte, was kostet denn eine Privat-Ordinationsstunde bei Ihnen? So vie... ah so, das ist ein Freundschaftspreis? Ja, dann danke ich Ihnen vielmals. Bis morgen um fünf am Nachmittag. Wiederschaun!"

So weit, so gut, jetzt musste er nur noch Kandler anrufen. Nervös durchsuchte Halb seine Taschen nach der Telefonnummer, bis ihm einfiel, dass er bisher nur einmal mit Kandler telefoniert hatte ... und zwar vorgestern Abend bei Horak. Und da hatte Kandler angerufen. „Verena!" – jetzt fingerte Halb hektisch nach seinem Taschenkalender. All die Visitkarten, Notizen, sein Telefonverzeichnis und natürlich der Kalender selber hatten das anfangs schlanke Lederetui zu einem dicken „Herzschutz“ heranwachsen lassen.

Dick? Halb stieß einen seiner Lieblingsflüche aus, ausnahmsweise galt er Helli Drobatschnig, die sich schon seit längerem darüber ereifert hatte, wie sehr ihn der schwere „Informationsziegel“ verunstalten würde. Kaum habe er sein Steinzeit-Handy in der Außen- und dieses Ding in der Brusttasche eines Sakkos, sähe er schief „wie ein armer Krüppel mit einem sehr guten Schneider“ aus. Verena hatte sich damals über die politisch unkorrekte Formulierung ihrer ansonsten so korrekten Vormittagssekretärin entsetzt, der Ingeniöhr hatte fluchtartig das Zimmer verlassen, um jeglichen „Damendifferenzen“ aus dem Weg zu gehen, Toni hatte betreten zu Boden gesehen, Schwejk hatte unverschämt gegrinst, und er selber hatte Helli recht gegeben. „Aber wenn Sie mir das Ding wegnehmen, ist das so, als ob Sie mir mein ausgelagertes Zweithirn entfernen würden. Wollen Sie das? Nein! Also bleibt das Schwergewicht in meiner linken Innenbrusttasche stecken, jawohl! Außerdem ist es das ideale Gegengewicht zu meinem schönen schweren Taschentelefon!“

Das war vor einem halben Jahr gewesen, noch vor der Causa Dobler. Aber als sie ihre neuen Super-Smartphones erhielten, hatte Helli ihre Chance erkannt. In einer Nacht-und-Nebel-Aktion, wenn auch an einem strahlenden Vormittag, hatte sie ihn beiläufig gefragt, ob sie nicht eben diesen „Herzschutz“ durchforsten und auf das Handy „übertragen“ dürfe? Wie öfters hatte Halb nicht richtig hingehört und mit seinem unverbindlichen Standardgemurmel geantwortet. Worauf Helli doch allen Ernstes das Sakrileg begangen und den Ingeniöhr gebeten hatte, alle Adressen, Telefonnummern und sonstigen Zusatzinformationen in Halbs neues Smartphone einzuprogrammieren. Zwar war sie nicht so weit gegangen, die „... tausenden Zettel ..." und sein „... handverschmiertes ..." Telefonbuch wegzuwerfen, aber sie hatte die Sachen in einem Akt des „... ästhetischen Protests ..." in die linke obere Lade ihres Schreibtischs gesperrt.

... und den Schlüssel hatte Helli immer bei sich.

Halb starrte auf den herrlich veralteten Festnetz-Telefonapparat vor sich, aber dieser hatte kein Erbarmen mit ihm. Wollte er Kandler erreichen, musste er Verena um dessen Nummer fragen. Wollte er Verena erreichen, musste er ... mit einem noch gröberen Fluch auf den Lippen zerrte er den verhassten „Plauderziegel" heraus und warf ihn auf Hellis Tisch. Dann gab er ihrem Sessel einen leichten Tritt – gerade so, dass er sich ächzend hineinfallen lassen konnte. Mann gegen Smartphone – diverse legendäre Westernduelle drängten sich kurz in seine Gedanken. Mit einem „Okay, du hast es nicht anders gewollt" beugte er sich endgültig über das elektronische Ärgernis.

Den Einschaltknopf fand er zu seiner Überraschung gleich. Und auch die weitere Bedienung schien sich ihm ohne große Probleme zu erschließen. Er blieb aber skeptisch, mit irgendeiner Bösartigkeit würde ihn dieses Ding sicher noch zu quälen versuchen.

Drei Minuten später war Halb dermaßen angespannt, dass er erst nach Verenas mehrfachem „Chef? Bist du das? Hörst du mich?" begriff, dass sie bereits abgehoben hatte.

„Ja, du, ich bin's ... entschuldige bitte ... nein, ich bin allein. Doch, wenn ich's dir doch sage, mutterseelenallein. Nein, kein Schwejk, kein Toni, kein Ingeniöhr – nur ich. Ich und mein Smartphone. Worum ich dich bitten wollte, ich bräuchte die Telefonnummer vom Kandler. Ich habe ihn nämlich bei Magister Bauer angemeldet. Ja, dem klinischen Psychologen. Wie bitte? Alle wichtigen Telefonnummern sind schon in meinem Handy gespeichert? Hinter meinem Rücken also, jaja, schon gut, du hast es sicher irgendwie lieb gemeint. Gut, dann danke und bis morgen."

Halb schüttelte den Kopf – er hatte schon recht gehabt, dieses Smartphone war nicht ganz ungefährlich. Es verleitete offenbar Kenner der Materie dazu, den Rest der Menschheit schrittweise zu entmündigen, ohne dass es diesem überhaupt bewusst wurde.

„Guten Abend, Herr Kandler. Halb hier. Ich würde Sie bitten, morgen um sechzehn Uhr fünfundvierzig in der Friedrich-Hölderlin-Straße 8 in der Ordination von Herrn Magister Bauer zu sein. Der ist ... genau, der wird Sie testen. Sie brauchen sich wirklich nicht zu fürchten, der Herr ist außerordentlich nett und wird Ihnen sicher keine Märchen erzählen. Nein, ich meine jetzt keine Märchen im Sinne altgriechischer Sagen, sondern Märchen über Ihren geistig-seelischen Zustand. Also dann, auf Wiedersehen morgen um ... wie bitte? Warum soll ich heute schon wieder ins Museum kommen? Ach so, zum Sparverein! Sie haben heute eines Ihrer Treffen. Wo ist dieses Gasthaus? Ja, weiß ich, ja, finde ich. Na gut, dann ... nein, ich komme erst gegen einundzwanzig Uhr, vorher geht es sich nicht aus. Auf Wiederhören."

**Dienstag, 27. August 2013, 21 Uhr**

Das Gasthaus „Jungbrunnen" sah genauso aus, wie sich Halb das klassische Wiener Beisl der gehobenen Art vorstellte. Sessel und Tische waren aus Holz, den

Anspruch, zu den besseren „Labstationen für Hungrige und Durstige“ zu gehören, dokumentierten die bunten Tischtücher.

„Sie schauen mir so nach dem Herrn Hofrat aus, den die Herren vom Sparverein erwarten. Die sind im Extrazimmer. Da, den Gang entlang nach hinten durch bitte.“ Halb dankte der Kellnerin und betrat unter großem Hallo einen Raum, den er auf rund fünfzig Quadratmeter schätzte. Die Tische waren zu einer längeren Tafel zusammengeschoben worden, die aber etwas verwaist wirkte, da nur vier Männer einander gegenübersaßen. Horak fühlte sich offenbar als eine Art Gastgeber, er sprang auf und stellte „den Herrn Hofrat“ überflüssigerweise „... dem Herrn Märzner, unserem Vorsitzenden, ...“ sowie „... dem Karl, also dem Herrn Worcinka, oder Luca Managile, wie S’ wollen ...“ vor. Andreas Kandler schüttelte Halb zuletzt die Hand. Dieser hatte sogleich den Eindruck, dass Kandler nach wie vor nicht wusste, ob er sich über den morgigen Psychologentermin freuen sollte oder nicht.

„Vorsicht, meine Herren!“ – mit der Routine hunderttausender durch das Gasthaus jonglierter Tabletts voller Gläser schaukelte ein freundlicher Herr mit Vollbart drei große Biere und einen g’spritzten Apfelsaft zum Tisch. „Hier, bitte, Herr Kandler, Ihr Apfelsaft. Und für Sie, Herr Hofrat, was darf ich bringen? Sind Sie noch im Dienst? Oder ein Bier?“

„Noch im Dienst, bitte auch einen großen g’spritzten Apfelsaft. Und zum Essen nehm ich dasselbe wie die Herren. Danke, Herr Jung.“

Der Wirt stutzte eine Sekunde, bevor er das Extrazimmer lächelnd verließ.

„Ja, daran erkennt man halt sofort den Kriminalisten. Wir haben Ihnen unseren Gastgeber noch gar nicht vorgestellt, aber Sie haben gleich messerscharf geschlossen, dass das nicht ein Kellner, sondern der Wirt ..."

„Na, solange er nicht gleich messerscharf geschossen hat ..." – am dröhnenden Gelächter Horaks und Worcinkas erkannte Halb, dass es sich nicht um die erste Runde Bier handeln konnte. Umso deutlicher hob sich Kandler ab, der sein ebenfalls goldgelbes Getränk zu hypnotisieren schien. Aber auch Märzner stimmte nicht in das alkoholgeschwängerte Lachen ein, er saß mit etwas angespannten Mundwinkeln neben einem leeren Platz, der jedoch besonders schön gedeckt war.

„Wann kommt denn der Herr Waltenberg?" – Halb deutete auf die Lücke und klapperte mit seinem Blick die kleine Runde ab.

„Wieso der Sebastian heute nicht da ist, wissen wir nicht. Wir haben ihn schon mehrfach angerufen, es ist immer nur die Mailbox dran. Aber das hier wäre ohnehin nicht sein Platz, weil wir setzen uns einfach dorthin, wo's uns freut. Nein, dieser schön hergerichtete Platz, der ..." – Worcinka versagte die Stimme, worauf er sich laut räusperte, um den angedeuteten Frosch im Hals loszuwerden. Märzner sprang mit ebenfalls belegter Stimme ein – „... der Platz erinnert uns an einen sehr lieben Freund. An Sven, Sven Sulzer. Er bleibt in unserer Mitte."

„Hier, Herr Hofrat, ich hab Ihnen doch erzählt ..." – Horak war diese Überdosis an großen Gefühlen offenbar nicht geheuer, weshalb er in bemüht fröhlichem Tonfall fortfuhr – „dass wir wie ein großer Fußballclub quasi alles haben. Ein eigenes Logo, und das sogar auf einer eigenen Fahne. Bitte sehr." Er reichte Halb einen bereits verblichenen, verstaubten Tischwimpel, auf dem eine rot-weiß-rote Schüssel mit einem vielfarbigen Buchstabensalat abgebildet war. Aus dieser ragte ein quietschgelbes „S“ heraus. Im bunten Durcheinander lagen ein „i“, ein „p“, ein „a“, ein „n“, ein „v“, zwei „e“ und zwei „r“.

„Bring Farbe ins Leben! Wir sind eben eine bunte Partie.“ Fast entschuldigend erläuterte Märzner sein Werk, das er sich zur Gründung des Sparvereins ausgedacht hatte.

„Und hier, Herr Hofrat – damit niemand sagen kann, wir würden nicht mit der Zeit gehen.“ Mit wehem Lächeln hielt Kandler Halb eine Visitkarte unter die Nase, deren Mittelpunkt eine stark verkleinerte „Salatschüssel“ bildete. Um sie herum flottierten Name, Handynummer sowie die Schriftzüge „www.sparverein.wien.at“ und „andreas.kandler@sparverein.wien.at“.

„Nicht zu vergessen unsere Hymne!“ Halb hatte ja bereits am Sonntagabend eine Gesangsprobe von Franz Horak präsentiert bekommen, aber jetzt wurde ihm klar, warum man von einer „stimmgewaltigen“ Person sprach.

Das war brutale Gewalt!

„Franz, ist schon gut.“ Worcinka unterbrach seinen Freund, der nur ungern von seiner Darbietung abließ. Zu aller – und sogar zu seiner eigenen – Überraschung fühlte sich Halb verpflichtet, Worcinka zu widersprechen. „Nein, nein, bitte, singen Sie ruhig noch einmal von vorne. Und bitte diesmal bis zum Ende.“ Er wusste nicht, welcher Teufel ihn gerade ritt, aber er hatte das unbestimmte Gefühl ... nein, mehr noch, das dringende Bedürfnis, den Anfang der Melodie noch einmal zu hören. Der Refrain klang kaum wie der, den Horak ihm vorgestern vorgegrölt hatte, aber trotzdem kam er ihm auf merkwürdige Weise bekannt vor.

„Genug, Franz. Sonst ruinierst du dir noch deine phänomenale Stimme. Und das könnten wir uns doch nie verzeihen ... nicht wahr, Herr Hofrat?“

„Ja, Herr Worcinka, natürlich.“ Fieberhaft suchte Halb in seinem Gehirn nach einem noch so kleinen Hinweis, weshalb er eben diese masochistische Anwandlung erlitten hatte. Irgendetwas an Horaks Darbietung hatte ihn nicht abgeschreckt, sondern die Neugier in ihm zum Schwingen gebracht.

Aber was?

„Und so schaut sie aus, unsere Hymne.“ Ermattet, aber glücklich hielt ihm Horak einen großen Polster vors Gesicht. Beinahe wäre Halb einen Meter zurückgesprungen, aber er erkannte noch rechtzeitig, dass auf diesem Stoffungetüm etwas aufgestickt war. „Ich bitt Sie, geben S’ doch einem alten Mann die Chance, das zu lesen. Auf die Nähe kann ich gar nichts mehr erkennen.“ Folgsam nahm Verenas Großvater den Polster so weit zurück, dass Halb darauf zwei Notenzeilen, einen Violinschlüssel und einige Halb- und Viertelnoten erahnen konnte. „Sehr schön, da wird Ihr Gesang noch viel eindrucksvoller, wenn man sieht, was man gerade gehört hat.“ Es war seltsam! Wieder konnte er kaum seine Aufmerksamkeit von den bunten Stickereien lösen, die ihn aus geheimnisvollen Gründen in ihren Bann zogen.

„Franzi, der arme Polster muss ja um sein Leben fürchten, wenn du ihn so verbissen hältst. Jetzt leg ihn wieder auf die Bank und setz dich her. Das Essen wird ja gleich ...“

„Bitte, hier sind die Schnitzel. Ich hab sowohl Reis als auch Petersilerdäpfel mitgebracht. Dazu gemischten Salat, und für die Hardcore-Erdäpfelfans auch einen Rindsuppen-Erdäpfelsalat. Wohl bekomm’s den Herren!“

Der Geruch der Köstlichkeiten holte Halb schlagartig aus seinem Gedankengestocher in die wahre Wiener Welt zurück.

## Dienstag, 27. August 2013, 22 Uhr

„Und, Herr Hofrat, wie wollen Sie uns jetzt verhören? Einzelhaft bei Wasser und Brot täte uns ja ganz gut, aber ich fürchte, da hätt der Wirt was dagegen."

„Ich auch, Herr Horak, ich auch. Abgesehen davon, dass ich nicht im Geringsten daran gedacht hätte, Sie zu verhören ... warum denn auch, es ist ja kein Verbrechen geschehen. Nein, ich bin hier, weil ..." – ja, warum eigentlich, dachte sich Halb, glücklich und schläfrig. Das wunderbare Essen hatte den Wettstreit zwischen seiner Neugier und seinem Ehrgeiz, das Erinnyen-Rätsel zu lösen, entschieden ... die Kontrahenten begannen gerade leise zu schnarchen. Aber das würde ihm Verena nie verzeihen. Halb gab sich einen Ruck – „... weil es doch eine faszinierende Ausgangssituation ist. Wie Sie sicher schon von Herrn Kandler erfahren haben, war auch ich im Museum und ... also, ich bin mir inzwischen ziemlich sicher, dass es dort tatsächlich nicht mit rechten Dingen zugeht. Daher würde ich vorschlagen, dass wir einfach miteinander plaudern. Der Tisch ist ja lang genug, da kann ich mich mit jedem von Ihnen einzeln etwas abseits setzen und friedlich Gedanken austauschen. Ist das in Ordnung für Sie?"

Noch fünf Tage später konnte sich Halb kaum daran erinnern, was er in diesen Gesprächen erfahren hatte. Erst nach Wochen hatte er die Informationen wieder vollkommen präsent.

... was eigentlich unnötig war, da er nichts erfahren hatte, was ihm hätte helfen können, den Fall zu lösen.

## Dienstag, 27. August 2013, 23 Uhr

Halb genoss selbst die schwüle Augustluft. Nach der scheinbaren Ewigkeit im rauch-, schnitzelduft- und bierseligkeitsgeschwängerten „Jungbrunnen“ hatte er sogar hier, auf seinem geliebten Ring im Zentrum Wiens, das Gefühl, in der klaren Luft der Alpen zu wandeln. Er hatte bewusst einen Umweg gewählt, da er Zeit und Ruhe brauchte, einige kleine Gedankenscherben zur Teilfläche eines Spiegels zusammenzusetzen, in dem er dann vielleicht die Lösung erkennen könnte. Den Spiegel müsste er natürlich im richtigen Winkel halten, denn er wollte ja nicht sich, sondern die Bilder hinter sich klarer sehen.

Da war etwas gewesen! Ein Schlüsseleindruck, der ... nein, es war kein Schlüsseleindruck, es war nicht einmal der Zacken eines Schlüsselbarts gewesen.

Die Erinnyen! Warum gerade die? Warum sprachen gerade sie zu Kandler? Warum nicht Orest? Oder Iphigenie? Oder ein ganz anderes Exponat? Die Statue des heiligen Sebastian vielleicht – warum zum Beispiel blutete sie nicht, jeweils genau dann, wenn Kandler an ihr vorbeiging?

Halb schüttelte sich wieder einmal wie ein nasser Hund, um diesen abstrusen Gedanken rasch wieder loszuwerden.

Abstrus? War er das? Was unterschied eine blutende Statue von einem sprechenden Gemälde? Die dreidimensionale Struktur?

Nein! Halb spürte, dass er auf einem Holzweg wandelte. Des Rätsels Lösung lag nicht bei den Erinnyen, sie lag bei Kandler.

Er musste lächeln, als er an den plumpen Erpressungsversuch seiner Teamlinge dachte. „Wenn wir dir schon glauben sollen, dass dieser Kandler nicht verrückt ist, dann wollen wir schon auch davon ausgehen dürfen, dass hier tatsächlich Kräfte aus der Welt der Geister am Werk sind." Er hatte ihre Strategie sofort durchschaut, ihnen aber nicht den Gefallen getan, darauf einzusteigen. „Gut, bitte, wenn ihr wirklich meint, dass wir es hier mit übernatürlichen Gegnern zu tun haben, dann lassen wir lieber gleich unsere Finger davon. Beenden wir also die Ermittlungen."

Oh nein, meine Lieben, nicht mit mir!

Aber lag des Rätsels Lösung tatsächlich bei Kandler? Selbst wenn man die Erinnyen und alle übrigen Kunstwerke außer Acht ließ? Vielleicht gab es einen ganz anderen Grund, warum gerade die griechischen Rachegöttinnen aus Saal acht zu Kandler sprachen? Einen ganz banalen?

Und was war mit den Videoaufnahmen aus dem Museum? Irgendein winziges Detail war ihm beim Ansehen hängen geblieben, aber er konnte leider nicht sagen, welches. Hatte es mit dem Eindruck von vorhin, beim „Jungbrunnen", zu tun? Da war etwas mit Horak gewesen. ... es musste mit Horak zu tun gehabt haben, denn es hatte ihn während Horaks Singen ebenso wie während Horaks „Polsterattacke" wie ein Blitz getroffen. Halb atmete tief durch. Es war erstaunlich, wie wenige Menschen um diese Uhrzeit an einem wunderschönen Augustabend auf dem Ring promenierten. Er war auf der Höhe vom Burggarten und um ihn herum herrschte gähnende Leere.

Links von ihm erstreckte sich der Flügel der Hofburg, in dem er erst vor etwa zwanzig Stunden den Einstieg in diesen unheimlichsten Fall seiner Laufbahn erlebt hatte.

Oder sollte er besser „überlebt hatte" sagen?

Hatten es diese Furien vielleicht auch auf ihn abgesehen? Oder würde ihn eine andere Gottheit richten? Vielleicht eine römische? Mars, der Kriegsgott? Oder Pluto, der Gott der Unterwelt?

Halb trat einen Schritt zur Seite, um besser durch die Gitterstäbe in den Park sehen zu können. Die Statue Wolfgang Amadeus Mozarts ließ Halb an die Momente vor Kandlers Zusammenbruch denken, die Momente, in denen er „Der Vogelfänger bin ich ja" gepfiffen hatte. Ganz leise sang Halb die ersten Noten. „De-er Vogelfähän-ger-er bin ich j..." –

Einer der wenigen Zeugen sagte aus, dass das Taxi über den Gehsteig hinweg förmlich auf Halb zugeflogen gekommen sei. Wenn der nicht zufällig genau in der Sekunde hinter einen der Alleebäume getreten wäre, hätte er den Zusammenprall nicht überlebt. So aber verriss der Lenker den Wagen, dieser knickte die Tafel der Straßenbahnhaltestelle um, bevor er wieder auf die Fahrbahn schleuderte und in halsbrecherischem Tempo davonraste.

Dass es ein Attentat und nicht nur ein Unfall gewesen war, daran zweifelte niemand.

Außer Halb natürlich.

**Mittwoch, 28. August 2013, 00.30 Uhr**

Nervös durchsuchte sie die Kleidung des Unfallopfers. Als sie in dem Gewirr endlich das nervtötende Klingelding gefunden hatte, drückte Schwester Maria prompt den falschen Knopf.

„Entschuldige, Liebling, aber du wirst doch noch nicht geschlafen haben? Ich wollte dich nur anrufen, weil ich jetzt schon sooo lange, seit vorgestern ... nein, eigentlich jetzt schon seit vorvorgestern, nichts mehr von dir gehört habe und ..."

Sie hatte irrtümlich die Lautsprechertaste erwischt, weshalb Delias Liebesbekundungen deutlich hörbar über den Gang hallten. Hektisch fingerte die Krankenschwester an dem elektronischen Störenfried herum. „Nein, Ihr Gesprächspartner kann leider nicht zum Telefon kommen, er wird derzeit gerade ..." – noch bevor ihr „... in der Notaufnahme versorgt" über die Lippen rutschte, bremste sie sich ein – „... aber was ich Sie fragen wollte. Sind Sie eine Angehörige? Also, von dem Herrn, dessen Handy Sie soeben angerufen haben?"

„Angehörige?" Delias Lautstärke ließ die junge Schwester zusammenzucken. „Um Himmels willen, wer sind Sie? Und wo ist Ludwig?"

„Schwester Maria. Ihr Mann ist vor Kurzem nach einem Autounfall bei uns im Magdalenen-Krankenhaus eingeliefert worden. Könnten Sie bitte ..." – die Worte „seinen Pyjama, Schlafrock und seine Zahnbürste mitbringen" hörte Delia nicht mehr, sie war bereits zum nächsten Taxistandplatz gestürmt.

### Mittwoch, 28. August 2013, 1 Uhr

„Ludwig, was machst du nur immer für Sachen. Wie kannst du nur ..." – der Rest der Vorwürfe ging in Delias verschlucktem Schluchzen unter.

Halb streichelte ihr sanft über die Hände, obwohl die seinen heftig schmerzten.

„Was für Sachen denn? Mein Gott, da ist halt irgendein Betrunkener auf den Gehsteig geschlittert. Und weil ich in der Nähe gestanden bin, hab ich reagiert und bin bei dem Krach zur Seite gesprungen. Glaub ich zumindest."

„Was heißt hier, glaubst du zumindest! Du bist wieder einmal beinahe umgebracht worden, zum dritten Mal innerhalb eines Jahres. Und deine Wirbelsäule ..."

„Die spür ich gar nicht." Die Worte, die als Beruhigung gedacht waren, lösten das genaue Gegenteil aus. Delia wurde leichenblass, sprang dann wie von der Tarantel gestochen auf und zwickte Halb in seine rechte große Zehe.

„Au, bist du verrückt?" Ihr erleichtertes Lächeln ließ Halbs Zorn sofort verrauchen.

„Du spürst sie! Du spürst deine Füße, deine Wirbelsäule ist also nicht ..."

„Ich hab doch gesagt, dass ich die gar nicht spür. Die tut mir nicht weh. Viel weniger als meine Arme oder mein Kopf. Die dürften bei dem Sturz mehr in Mitleidenschaft gezogen worden sein. Aber auch denen ist nicht wirklich was passiert. Laut den Ärzten habe ich nur einige Verstauchungen erlitten. Nichts wirklich Ernstes. Ich bin eben aus Beton. Und meine Wirbelsäule ist aus Stahlbeton. Ich weiß gar nicht, warum du um mein Kreuz so ein Theater machst."

Am plötzlichen Aufklaren ihres Blicks erkannte Halb, dass er jetzt etwas Falsches gesagt hatte. Aber was?

„Weißt du das wirklich nicht? Oder spielst du nur wieder einmal den Helden?" Sie sah ihn jetzt nicht mehr mit den „regenverhangenen Bergsee-Augen" der letzten Minuten an, jetzt maß sie ihn mit konzentrierten, ängstlichen Blicken.

„Ludwig ... dass du Ludwig heißt, weißt du schon, oder?"

Halb verstand zwar nicht den tieferen Sinn ihrer Frage, aber vorsichtshalber nickte er kurz.

„Gut. Und du kannst mir sicher erzählen, was dir vor einem Jahr zugestoßen ist. Dieser schreckliche Unfall, damals, beim Sport."

Und wieder hatte Halb keine Ahnung, worauf Delia hinauswollte, weshalb er noch einmal vorsichtig mit seinem Kopf auf und ab wackelte. Außerdem bemühte er sich, sein „Ja" mit einem „Mmmh!" zu verstärken.

Delias Reaktion entsetzte ihn mehr, als wenn sie wieder zu weinen begonnen hätte. Mit einem tiefen, resignierenden Seufzer setzte sie sich wieder hin und schüttelte ihren Kopf. „Ludwig, du hast in Wirklichkeit keine Ahnung, was damals geschehen ist. Das war kein Unfall, und das geschah nicht beim Sport. Vor rund einem Jahr hat ein wahnsinniger Dealer versucht, dich aus dem Hinterhalt zu erschießen. Du wurdest von mehreren Kugeln in deinen Rücken getroffen. Es war monatelang unklar, ob du nicht gelähmt bleiben würdest. Das habe ich gemeint, als ich vorhin so panisch reagiert habe – dass du abermals an deiner Wirbelsäule verletzt worden bist. Und dass du diesmal ..." – in dieser Sekunde hatte Halb den surrealen Eindruck, dass die Worte ihres unvollendeten Satzes direkt über ihm neben der Glocke hingen, mit der Delia eine Schwester herbeiklingelte.

„Entschuldigen Sie bitte, aber ich müsste dringend einen Arzt oder eine Ärztin sprechen. Es geht um den Herrn Hofrat, es wär wirklich sehr wichtig."

### Mittwoch, 28. August 2013, 1.15 Uhr

„Eine Amnesie? Na ja, ein Gedächtnisverlust ist nach so einem Unfall an und für sich nichts Außergewöhnliches. Bei der Notaufnahme hat der Herr Gemahl allerdings keine diesbezüglichen Anzeichen gezeigt. Er hat alle entsprechenden Fragen – nach seinem Namen, seinem Geburtsdatum, dem heutigen Tag, dem Namen des österreichischen Bundespräsidenten – korrekt beantwortet. Sie fürchten, dass er sich nicht mehr an ein bedeutendes Ereignis von vor einem Jahr erinnern kann? Meinen Sie vielleicht Ihren Hochzeitstag?"

Halb und Delia blitzten sich amüsiert an. „Blickartig" kamen sie überein, den Eheirrtum nicht aufzuklären – erst recht nicht, da sich der Arzt köstlich über seinen Scherz zu amüsieren schien.

„Nein, es war ... nun ja, noch dramatischer."

„Na ja, wie gesagt, das kommt nach einem Sturz auf den Kopf gar nicht so selten vor. Ich kann Sie aber beruhigen, in den meisten Fällen kehrt das Gedächtnis recht rasch wieder zurück. Wobei, wann genau – das kann man nur sehr schwer vorhersagen."

„Mit anderen Worten, es kann auch für immer verloren sein" – die Mischung aus Angst um seine Erinnerungen und Ärger über das vage Beschwichtigungsgerede des Weißkittels ließen Halbs Worte gröber klingen, als er es beabsichtigt hatte.

„Na ja ..." – der junge Arzt suchte erneut nach beruhigenden Worten, die allerdings kein weiteres Öl in Halbs „Angriffsfeuer" gießen sollten – „... morgen bei der Visite sind natürlich auch unsere Neurologen anwesend. Die können Ihnen vielleicht Näheres sagen. Na ja, also dann auf Wiedersehen, Herr Hofrat. Wiedersehen, gnädige Frau!"

„Danke für Ihr rasches Kommen, Herr Doktor." Delia begleitete den Arzt aus dem Zimmer, um die Grobheit ihres „Ehemanns" etwas abzumildern.

„Gnädige Frau ..." – außer Hörweite des störrischen Patienten fasste sich der junge Arzt noch einmal ein Herz und Delia am Ärmel – „... vielleicht sollten Sie mit Ihrem Herrn Gemahl über gemeinsame ... also, na ja ... intensive emotionelle Erlebnisse sprechen. Es gibt Studien, in denen solche Gespräche zur Lösung von Erinnerungsblockaden verwendet wurden. Na ja ... ah ja, noch etwas. Wir haben den Herrn Hofrat selbstverständlich allein in dieses Zweibettzimmer gelegt. Sie können also so lange bei ihm bleiben, wie Sie wollen. Wenn noch etwas sein sollte, einfach läuten." Das charmant-dankbare Lächeln, mit dem Delia dem jungen Arzt ein letztes „Danke!" signalisiert hatte, wich ihrem wahren Gesicht in dem Moment, als sie wieder ins Krankenzimmer trat.

„Na, was habt ihr beiden da draußen gemauschelt? Werde ich mich je wieder daran erinnern können, wie stürmisch wir uns vor zwei Wochen ..."

„Ludwig, bitte, hör auf! Hast du wirklich noch die Stille im Ohr, die uns beide so überrascht hat? Hast du wirklich noch den Duft deiner leer geräumten Wohnung in der Nase? Hast du noch das Bild des nackten Fußbodens mit den beiden einsamen Matratzen in der Mitte des Zimmers vor deinem inneren Auge? Hast du den Geschmack deiner Reisezahnbürste im Mund, die du verwenden musstest, weil alle anderen schon übersiedelt waren? Hörst du, riechst du, siehst du, schmeckst du noch wirklich die Nacht vor zweieinhalb Wochen oder stellst du sie dir nur vor? Oder bildest du dir das alles nicht einmal mehr ein, sondern erzählst mir nur, dass du das tust? Oh, Ludwig ..."

Halb konnte sich nicht erinnern, dass ihn ein weiblicher Tränenstrom jemals so sehr berührt hatte. Meist war ihm das Geheule nur peinlich gewesen, in einigen wenigen Situationen hatte er mit der Weinenden äußerlich mitgelitten, aber sein Innerstes war immer trocken geblieben.

Bis jetzt.

Ein Gedanken-Lichtblick erhellte sein verzweifeltes und übermüdetes Gehirn – er war absolut sicher, dass er sich daran erinnern hätte können, wenn er die Tränen einer Frau doch schon einmal derart unmittelbar und – trotz allem – befreiend empfunden hätte. Er hätte sich daran erinnert – die Metaerinnerung funktionierte! Also würden wohl auch die gewöhnlich gespeicherten Eindrücke der Vergangenheit zurückkehren.

Ganz sicher!

... hoffentlich.

Aber er musste darum kämpfen.

Delia hatte ihr Gesicht seitlich in seiner Bettdecke vergraben, er sah am Rücken unter ihrer Seidenbluse, dass sie zu schluchzen aufgehört und wieder gleichmäßig zu atmen begonnen hatte. Vorsichtig griff er nach ihrem dichten Haar, er beugte sich nach vorn, um mehr davon ...

„Au! Himmelfix, mein Kreuz! Nein, nein, nicht so, wie du glaubst! Es ist nichts Ernstes, ich hab mich nur verrissen ... auweh."

Delia hatte keine Sekunde gebraucht, um aus ihrer Trauer-Ruhelage in einen Zustand höchster Aktivität zu wechseln. Mit einem Blick erfasste sie die Situation, stürmte um Halbs Bett herum und stopfte ihm einen zusätzlichen Polster vom Nachbarbett hinter sein linkes Schulterblatt, das er sich jammernd massierte.

„Ja, gut. Herrlich. Danke." Langsam lehnte er sich zurück. Als er sich seinen großen Rückenmuskel wieder zurechtgedehnt hatte, lächelte er zum ersten Mal seit zwei Wochen ganz und gar fröhlich, ohne den Hauch eines Haifisch-Grinsens.

„Ich weiß nicht, ob ich all das höre, rieche, sehe und schmecke, wovon du erzählt hast. Aber ich weiß, dass es nur ein wenig durcheinandergeschüttelt ist und noch etwas Zeit braucht, um wieder an seinen richtigen Platz im Gedächtnis zurückzukehren. Der Trick ist, gleichzeitig daran zu arbeiten, die Erinnerungsstücke auf den rechten Platz „hinzudenken“, währenddessen aber das geplagte Gehirn auf Urlaub zu schicken. Apropos – waren wir schon je miteinander auf Urlaub?“

Ein sanfter Stoß gegen die Bettdecke ersetzte eine Antwort.

„Nicht? Gott sei Dank, weil dann hätte ich mich jetzt sehr gekränkt. So viel Geld für so einen schönen Urlaub und dann keine Erinnerung ... das wäre wirklich eine Tragödie.“ Sanft lächelte Halb seiner Angebeteten zu. „Du ...“ – er musste nun sofort die Frage stellen, die ihn seit zehn Minuten quälte, aber er wusste nicht, in welche „verbale Watte“ er sie am besten packen sollte – „... wegen dem, was du da vorhin geschildert hast. ... und jetzt sei mir bitte nicht böse, weil es ist sicher nicht die Frage, die du erwartest.“ Er holte tief Luft ... und während er in einer verspielten Geste seine Wangen dick aufblies, nützte er den Moment, um Delias Gesicht genau zu lesen. Was er sah, beruhigte ihn – ihr Ausdruck schwankte zwischen Angst und Erleichterung. ... auch eine Prise Belustigung glaubte er zu erkennen. „Warum haben wir uns in meiner Wohnung getroffen, wenn ich offenbar Hab und Gut bereits in meine neue Bleibe übersiedelt hatte?“

Ein neuerliches Weinen, ein wehmütiges Lächeln, ja sogar eine zornige Beschimpfung hätte er erwartet, und – in Maßen sogar verstanden. Aber dass Delia in schallendes Gelächter ausbrach, überraschte ihn sehr. Mühsam japste sie nach Luft.

„Ludwig, das darf ja nicht wahr sein! Die wochenlangen Diskussionen zwischen uns, die hast du wirklich komplett vergessen? Weißt du was, ich beneide dich. Jawohl, ich will auch so eine Amnesie. Dann könnte ich dich nämlich zu mir in die Jengerstraße einladen, du würdest doch tatsächlich auch kommen und vermutlich sogar bis zum Frühstück bleiben. Und das Schönste daran wäre – ich bräuchte nicht einmal ein schlechtes Gewissen zu haben!"

„Das musst du nie haben!" – Halb bemühte sich, Zeit zu gewinnen, ohne in allzu banale Floskeln zu verfallen. Jengerstraße – da war ein Bild, ein Stiegenhaus, eine Tür, ein ...

„Du wohnst im zweiten Stock. In einem Altbau. Raumhöhe drei Meter dreißig. Dreiundsiebzig Quadratmeter. Wunderschön renoviert. Und in deinem Badezimmer steht ein Whirlpool, der Platz genug hat, um ..." – die Freude über seine wiederkehrenden Erinnerungen ließ die Worte nur so aus ihm heraussprudeln. In diesen wenigen Sekunden wirkte Delias Gesicht wie eine Leinwand, über die mit hoher Geschwindigkeit ein Kurzfilm flimmerte. Von Erstaunen über Freude bis zu verschämter Belustigung – ihre Augen sprachen Bände.

„... um ... ja, ein schöner Whirlpool. Bahamabeige, glaube ich."

„Ludwig, der Arzt hatte recht. Dein Gedächtnis, es ist wieder da!"

„Nein, Delia – bitte, freu dich nicht zu früh. In meinem Kopf geht's zu wie ... jetzt tauchen noch andere Bilder aus der Versenkung auf. Ich sehe gerade den Lastwagen der Spedition, welche die Möbel in meine neue Wohnung bringt. Wie in meinem Kopf, da ist im Moment auch der große Umzug angesagt. Manchmal sieht es dort aus wie nach dem Abtransport – also vollkommene Leere. Manchmal bin ich schon übersiedelt – alles liegt herum, die Kartons stapeln sich, es herrscht ein einziges Chaos. Ich glaube, die drei ‚Erinnerungsschachteln' mit den Aufschriften ‚deine Wohnung', ‚meine frühere Wohnung' und ‚meine jetzige Wohnung', die hab ich bereits ausgeräumt, da hängen die inneren Bilder schon am richtigen Platz. Aber ich sehe weder eine Kiste noch ein Kuvert, wo ‚unsere wochenlangen Diskussionen' draufsteht. Delia, bitte, hilf mir. Sag mir, was ich angestellt habe und wie ich es wieder gutmachen kann."

**Mittwoch, 28. August 2013, 1.45 Uhr**

Sie waren einander schon vor Jahren über den Weg gelaufen – als Halb noch bei der „Sitte" war, hatte er Delia mehrere Male verhaften müssen. Der Rest ihrer Geschichte klang wie einer dieser Fortsetzungsromane in Frauenzeitschriften – Delia Schoitelmüller hatte bald genug ... und die Kraft, den ganzen Mist hinter sich zu lassen. Jedoch hatte sie diese Hürde nicht ganz allein bewältigt, es gab einige Hände, an denen sie sich beim Ausstieg aus dem „Milieu" festhalten hatte können. ... wie zum Beispiel an der vom damals frisch gebackenen Magister Ludwig Halb, der ihr ihren ersten seriösen Posten vermittelte. Über die Jahre hatten sie nur losen Kontakt gepflegt – Halb hatte sich aber immer sehr gefreut, wenn er über Umwege von ihrem nächsten Karrieresprung erfahren hatte. Bei seinem letzten großen Fall hatte er den – nicht ganz legalen – Rat eines „Bankmenschen" gebraucht ... und den hatte er sich selbstverständlich bei der diplomierten Finanzberaterin Delia Schoitelmüller geholt. Bei ihren ersten Treffen war ihr zwar immer die Furcht, ihre neue Identität als mittlerweile anerkannte und äußerst beliebte Bankfachfrau könnte zerstört werden, anzuhören. Aber Halb beruhigte sie ... und tat alles, um die Geister der Vergangenheit auch weiterhin ruhen zu lassen. Anfangs hatte er sie wirklich nur um Rat fragen wollen, aber dann erinnerte er sich, wie gern er einst ihre Stimme gehört hatte. Jedoch war es damals undenkbar, mehr als nur hinhören zu wollen – seine penible Trennung von Beruf und Privat hatte ihm alle weiteren Versuche und Versuchungen strikt verboten.

Vor drei Monaten dann war alles plötzlich anders.

Er war zwar immer noch Polizist, aber sie ...

Gemeinsames Über-allen-Wolken-Schweben war angesagt. Jedoch ...

„Vor vier Wochen bist du in deine neue Wohnung in deinem neuen ‚Erbhaus' umgezogen – davon erzähle ich dir erst, wenn du dich ohnehin wieder daran erinnerst. Wunderbar! Nur, du hast nicht bedacht, dass eben dieses Haus in einer Gegend steht, die ich nie wieder besuchen will. Am Ende erkennt mich noch einer meiner früheren ‚Dienstherren'. Natürlich wäre er mittlerweile vom miesen Zuhälter zum noch grässlicheren Bordellbesitzer aufgestiegen, aber das würde die Katastrophe nicht kleiner machen ... im Gegenteil! Nein! Es tut mir leid, aber meine einstige Wirkstätten-Umgebung betrete ich nie mehr wieder! Kannst du dich an deine Argumentation erinnern? Nein ... na ja, wird schon noch kommen. Du hast damals gesagt, dass mir eines meiner Vergangenheitsgespenster doch auch woanders über den Weg laufen könnte. Stimmt schon, ja ... aber wenn mir das – Gott behüte! – zum Beispiel in meiner Bank passieren würde, könnte ich mich viel leichter wehren. ‚Nein, mein Herr, Sie müssen mich verwechseln. Was erlauben Sie sich, das verbitte ich mir!' Aber am Gehsteig vor deinem Haus, umgeben von den Häusern, in denen ich früher ... da bin ich vollkommen ungeschützt! Einfach wehrlos! Aber eigentlich hätte das ja kein Problem sein müssen, denn schließlich habe auch ich eine Wohnung. Eine Wohnung, in der ich ganz alleine lebe. Eine Wohnung, die unter anderem einen bequemen Whirlpool hat. Eine Wohnung, die wie geschaffen für uns zwei wäre. Aber nein! Der Herr Hofrat ist ja ein Gentleman der alten Schule. So jemand kann doch nicht bei der Dame seines Herzens übernachten, schon gar nicht regelmäßig. Wo kämen wir denn da hin, wenn ich dir ein Abteil in einem meiner Kästen leerräumen würde und du dort einige deiner Kleidungsstücke liegen hättest. Die könnten ja dann glatt dezent nach meinem Parfum riechen! Und in einem fremden Badezimmer eine eigene Zahnbürste inmitten meiner Tiegel und Cremen zu haben, das geht natürlich auch nicht! Und am Ende noch einen deiner Rasierer neben der Wanne, umgeben von meinen ‚Wadenschabern' ... undenkbar! Nein! Der wahre Mann von Welt lässt nicht zu, dass eine Frau ihr eigenes Nachtmahl bezahlt. ... schon gar nicht in seiner Gegenwart. Und dass er bei ihr tageweise ... oder, besser gesagt, nachtweise logiert ... und da rede ich erst gar nicht von einem gemeinsamen Wochenende in ihrer Wohnung, das ..."

„Stopp!" Halb hoffte, die richtige Lautstärke erwischt zu haben. „Wieso bist du dann hier an meinem Krankenbett? Ich meine, das klingt ja so, als ob wir uns längst in einem hässlichen großen Streit getrennt hätten. ... an den könnte ich mich auf keinen Fall erinnern, weil den hätte ich auch ohne Amnesie verdrängt."

„Brauchst du nicht, weil ... haben wir nicht. Ich bin ja vor zwei Wochen auf eine Tagung gefahren. Ich hab mir gedacht, dass wir in der Zwischenzeit ... dass wir beide etwas älter und klüger werden würden. Und als ich dich vorgestern angerufen habe ... daran kannst du dich vermutlich auch nicht erinnern? Da hatte ich den Eindruck, dass du unseren Konflikt so gut wie vergessen hast. Auf jeden Fall hast du so geklungen, als ob du dich uneingeschränkt auf mich freuen würdest."

„Das hab ich mich auch!"

„Du bist ein Schwindler! Aber ein charmanter. Und ..."

„Delia, was hab ich eigentlich mit meiner alten Wohnung gemacht?"

„Soviel ich weiß, hast du sie einstweilen nicht gekündigt, weil du dort noch ein paar Kisten stehen hast, die du erst ..."

„Und weißt du auch, wie viel mich diese Wohnung gekostet hat?"

„Du hast dort bereits seit Jahrzehnten gewohnt. Ich weiß es nicht genau, aber du hast einmal etwas von fünfhundert Euro gesagt, also, inklusive allem."

„Und weißt du auch, was ich mit meinem ‚Erbhaus' – trotz der wenig vornehmen Lage – an Miete einnehme?"

„Bislang fast nichts, weil es – bis auf zwei Wohnungen – noch leer steht. Und eine davon bewohnst du. Aber wenn einmal alle vermietet sind, dann sollten das schon ..."

„... auf jeden Fall genug Euro sein, um mir zu meiner Erbhaus-Wohnung meine alte Wohnung zusätzlich leisten zu können. Die hat zwar keinen so schönen Whirlpool, glaub ich zumindest, aber für jede zweite Nacht sollte sie schon gut genug sein. Was meinst du?"

Delias heftige Umarmung tat Halbs Prellungen gar nicht gut, aber der Gefühlssturm in ihm trieb seine Gedächtnisgenesung im Eiltempo voran.

Eine Viertelstunde später zeigten seine ruhigen und gleichmäßigen Atemzüge, dass Halb endlich eingeschlafen war. Bevor sie das Zimmer auf Zehenspitzen verließ, drehte sich Delia noch einmal in der Tür um. „Ludwig, glaub mir, wo immer du ab nun einschläfst – es ist mir lieb und recht. Hauptsache, nicht hier!"

### Mittwoch, 28. August 2013, 8 Uhr

„Ludwig, wie geht es deiner Wirbelsäule? Und dem Rest von dir? Gut! Dann kannst du mir ja vielleicht erklären, was das ... oder das ... oder das hier soll?" Nachdem Straka wie ein waidwunder Bulle in Halbs Krankenzimmer gestürmt war und sich dabei nicht einmal vom Pulk der morgendlichen Visiteärzte hatte abhalten lassen, schleuderte er seinem verblüfften Freund die Morgenausgaben dreier österreichischer Zeitungen aufs Bett. Halb war davon überzeugt, nach wie vor zu schlafen und das alles nur zu träumen. Denn anders war es nicht zu erklären, dass ihn von mehreren Seiten sein Gesicht anstarrte. Auf einem der Fotos war er frontal abgebildet, das zweite zeigte ihn von der rechten Seite, wogegen er auf dem dritten von halblinks hinten zu sehen war. Die Bilder waren aber noch das Harmloseste. Gefährlicher wirkten da schon die Überschriften, die – je nach Zielgruppe – vom „Spuk im Kulturtempel", vom „Racheakt der Rachegöttinnen" oder vom „Museumsgrauen im Morgengrauen" schrieben. Am schlimmsten aber waren die Texte, die sich in gnadenlosen Plattitüden über das „Gruselgeschehen" rund um die „geheimnisumwobenen Kunstwerke" im „unheimlichen Kulturgefängnis" ergingen. Das Beste war, dass die Fakten variierten – im einen Artikel spukte ein Werk von Rembrandt um Mitternacht, im anderen gab eine Madonnenstatue von Riemenschneider klagende Laute gegen Morgengrauen von sich, wogegen im dritten wenigstens das richtige Bild, wenn auch die falsche Gruseluhrzeit genannt wurde.

Das Einzige, worin sich alle drei Artikel einig waren, war Halbs Person – bei seinem Namen hatten sie sich leider nicht geirrt. Beim Lesen der verfälschten Fakten fing sein Hirn zu rebellieren an ... und gab keine Ruhe, bis es die Erinnerungsstücke zu einem Puzzlebild zusammengesetzt hatte, das seiner Meinung nach der Realität entsprach.

„Hofrat Halb, Ghostbuster Halb, und hier bist du sogar der berühmte Kriminalist Halb – Ludwig, ich erwarte von dir eine Erklärung, was dieser Schwachsinn soll. Seit wann ermitteln wir gegen Figuren aus der griechischen Mythologie? Oder hab ich da irgendetwas verpasst, und unser oberster Vorgesetzter ist nicht mehr unsere Frau Bundesministerin, sondern der Göttervater Zeus?"

Halb überlegte kurz, ob er einen Ohnmachtsanfall simulieren sollte. Er entschied sich dagegen, da er befürchtete, Straka würde ihm höchstens ein Glas kalten Wassers übers Gesicht schütten und ihn dann nass und frierend berichten lassen.

„Ernst, das ist alles komplett übertrieben und ..."

„Stimmt das hier? Ermittelst du gegen Gespenster im ‚Museum für Kunstgeschichte der Weltreligionen Wien'?"

„Nein, natürlich nicht. Wenigstens glaub ich, dass ..."

„Du warst also nicht um drei Uhr früh im Museum? Gut, dann verklagen wir die Zeitungen auf Schadenersatz und zwingen sie zu einem Widerruf."

„Ernst, tu das nicht. Weil – na ja, ich hab nur gesagt, dass ich nicht gegen Gespenster ermittelt habe. Das heißt aber nicht, dass ich nicht in dem Museum gewesen bin."

„Na gut, dann hast du dir eben die Ausstellung angesehen. Warum nicht? Es ist ja durchaus zu begrüßen, wenn du deinen kulturellen Interessen nachgehst und auch auf diese Weise deinen Horizont ..."

„Ernst, ich war tatsächlich ab drei Uhr früh dort. Und ich habe tatsächlich eine höchst ungewöhnliche Faktenlage inspiziert. Und ich bin mir ganz sicher, dass es dort nicht spukt, sondern dass eine absolut reale Bedrohung existiert."

„Du nennst die Erinnyen eine reale Bedrohung?"

„Nein, die nicht."

„Wen oder was ermittelst du denn dann dort? Und gegen wen? Und, wo bitte gibt es ein Motiv?"

Halb war nahe dran, einen Herzinfarkt gar nicht erst vortäuschen zu müssen. Das Problem an Strakas Zorn war ... sein Freund und Vorgesetzter hatte recht. In Wahrheit wusste Halb nichts, er war sich nur aus irgendeinem Grund sicher, dass es sich nicht um eine Geistererscheinung handelte.

Er beschloss, die Flucht nach vorne anzutreten.

„Ernst, bitte setz dich. Ich erzähl dir die Geschichte von Anfang an. Zumindest den Teil, an den ich mich erinnere." Die folgenden zehn Minuten verliefen für Halb ganz angenehm, denn Straka war so entsetzt, dass er den Bericht stumm leidend über sich ergehen ließ.

„War's das?" Strakas Stimme hätte den Erinnyen zur Ehre gereicht, sie schien aus den Tiefen des Hades zu kommen. Halb kannte diesen Tonfall, er begann sich gegen das drohende Unwetter zu wappnen.

„Ludwig, dir ist schon klar, wie es auf die Bürgerinnen und Bürger wirken muss, wenn sie lesen, dass ihre Polizei gegen griechische Rachegöttinnen ermittelt!"

„Ernst, ich habe nicht offiziell ermittelt!"

„Aber es kommt so rüber! Ich bin gespannt, wann wir den ersten Scherzanruf bekommen. ‚Bei mir unter'm Bett haust ein Geist! Hilfe, Sie müssen mir helfen! Es ist allerdings ein römisches Gespenst ... sind Sie auch dafür zuständig?' Noch schlimmer wird es dann, wenn uns jemand alarmiert, der es ernst meint." Strakas Stimme schaltete von Wind auf Sturm. „Dabei bin ich noch ganz ruhig. Ich werde erst nervös, wenn ich daran denke, welche Sektionschefs mich im Laufe des heutigen Tages anrufen werden. Und das nächste Gespräch mit der Frau Ministerin ..." – der Sturm wuchs sich zum Orkan aus – „nein, das male ich mir lieber gar nicht erst aus. Das brauch ich auch nicht, denn ..." – jetzt pfiff seine Stimme so laut, dass es nur mehr eine Frage von Sekunden war, bis die ganze Station gelaufen käme – „... dieses Bild einer Rachegöttin blüht mir noch früh genug."

Offenbar hatte das Gebrüll die Massen nicht nur nicht angelockt, sondern regelrecht abgeschreckt – selten war sich Halb so einsam vorgekommen.

„Ludwig, nein, so geht das nicht! Du weißt, dass ich bisher so gut wie alle deine Eskapaden gedeckt habe. Aber diesmal ... bei aller Freundschaft, diesmal muss ich mir irgendeine hochoffizielle hochnotpeinliche Strafmaßnahme für dich ausdenken. Keine Angst, ich werde kreativ sein, mir wird schon etwas einfallen, was nach außen angemessen wirkt, was dich aber – intern gesehen – nicht zu schlimm treffen wird. Aber diesmal muss Strafe sein! ... und du bist dir sicher, dass mit deiner Wirbelsäule alles in Ordnung ist? Denn wenn du wirklich verletzt wärest, dann könnte ich wenigstens damit argumentieren, dass ich es nicht übers Herz bringe, eine ernsthafte Disziplinarmaßnahme gegen dich in die Wege zu leiten und ...“

„Es tut mir leid, Ernst, aber ich bin diesmal nicht schwer verletzt worden. Leider!“

„Schon gut. Das können wir jetzt auch nicht mehr ändern. Wobei ... nein, doch nicht. Aber umso eher ...“ – unter heftigem Gemurmel, das eindeutig zur Beruhigung seiner eigenen Nerven diente, verließ Straka das Krankenzimmer, ohne Halb eines weiteren Blickes zu würdigen. Am Gang rannte er in eine kleine Gruppe hinein, die er mit einem knappen „Tschuldign“ abfertigte.

„Guten Morgen, Herr Hofrat.“ – „Wie geht's denn unserem Chef?“ – „Sie sehen so blass aus.“ – „Geht's Ihnen auch wirklich gut?“ – erst beim dritten Kommentar tauchte Straka aus seinem furchterfüllten Grübeln auf, um im nächsten Augenblick zu erkennen, dass er soeben Halbs Ermittlergruppe gerammt hatte.

„Oh, guten Morgen ... nein, gar kein guter Morgen. Doch, ja, ich glaube, es geht dem Ludwig ganz gut. Aber ehrlich gesagt, ich hab ihm nicht so genau zugehört. Haben Sie heute schon die Zeitungen gelesen? Schrecklich, nicht wahr? Ja, also, ich geh dann baden ... ausbaden, um genau zu sein. Die Misere, weil die wird ja nicht ohne Folgen bleiben. Gegen Geister zu ermitteln, so ein Blödsinn! Das hab ich jetzt davon, dass ich immer so gutmütig ...“ – das beständige Klagen Strakas wurde immer leiser, bis sich die Tür zum Stiegenhaus hinter ihm schloss.

### Mittwoch, 28. August 2013, 8.30 Uhr

„Verena Planner. Ich bin die Jüngste im Team. Nach meinem Studium der Pharmazie bin ich zur Kriminaltechnik gekommen. Durch Zufall bin ich dann bei euch gelandet. ... ah ja, noch etwas, am derzeitigen Fall und damit vermutlich auch an deinem Unfall bin ich schuld, fürchte ich ..."

„Wilt, Anton Wilt. Aber ihr nennt mich alle Toni. Ein Urgestein der Ermittlergruppe."

„Perikles Mayer, aber du nennst mich üblicherweise ‚der Ingeniöhr', weil ich mich gerne mit technischen Spielereien beschäftige. Außerdem hab ich in einer Höheren Technischen Lehranstalt maturiert."

„Franz Haschek. Und jetzt sag bloß, dass du wirklich vergessen hast, wie mein Spitzname ist."

„Nein, Schwejk, hab ich nicht." Halb beendete die kleine Komödie schweren Herzens. „Aber wenn ihr schon beim Hereinkommen fragt, ob ich noch weiß, wer ihr seid ... soll ich mir das Vergnügen eures Vorstellungsgestammels entgehen lassen? Nein, natürlich nicht!"

„Das heißt, dein Gedächtnis ist wieder in Ordnung?"

„Leider nein. Am schlimmsten ist, dass ich mich – logischerweise – nicht einmal daran erinnere, woran ich mich nicht erinnern kann. Und am zweitschlimmsten sind die Momente, in denen ich genau weiß, dass ich etwas Bestimmtes vergessen habe, aber ... was?"

„Chef, könntest du uns ein Beispiel geben?"

„Schau, Schwejk, ich ..." – Halb benötigte einige Sekunden, um zu begreifen, dass jetzt er aufs Glatteis geführt wurde.

„... ich ... bin ein Depp! Aber es geschieht mir schon recht. Damit steht es eins zu eins. Das heißt, dass wir ... oh, danke."

Demonstrativ bescheiden hatte Toni einen bunten Würfel aus der Tasche gezogen und ihn Verena gegeben, die ihn Halb fast schon feierlich überreichte.

„Wir haben uns gedacht, dass du hier sicher ein fürchterliches Kräutergebräu zum Frühstück serviert bekommst. Und damit du uns nicht verdurstest ... bitte sehr."

Halb hatte nicht lange gefackelt und das Geschenkpapier in kleine Fetzen gerissen. Beim Anblick des Darjeeling-Tees rann ihm sogleich das Wasser im Mund zusammen.

„Toni, bitte, lass dir eine Kanne mit kochendem Wasser geben. Und fünf Tassen. Und ..." Noch während Halb seine Liste herunterbetete, hatten die vier bereits einen Wasserkocher, eine Teekanne, Filter und fünf Teegläser aus einem der Rucksäcke genommen und begonnen, Halbs Lebenselixier zuzubereiten.

Sieben Minuten später setzte sich Halb zufrieden in seinem Bett auf.

„Meine Lieben, wenn jetzt noch mein Gedächtnis zurückkehrt und wir rechtzeitig den mysteriösen Unbekannten hinter den Erinnyen fassen, dann ist das Leben nahezu perfekt."

„Du erinnerst dich also an unseren aktuellen Fall." Verena bemühte sich, die Frage zwischen zwei Schluck Tee ganz beiläufig klingen zu lassen.

„Jein! Bevor mir unser verehrter Vorgesetzter das hier" – Halb fischte nach den drei Zeitungen und pfefferte sie auf die Bettdecke – „um die Ohren gehauen hat, habe ich die letzten drei Tage wie durch einen dichten Nebel gesehen. Aber beim Durchlesen der falschen Tatsachen konnte ich mich Stück für Stück wieder an die wahren Fakten erinnern. Ich bin mir ziemlich sicher, dass ich wieder alles im Kopf habe, was sich bis ... na, sagen wir, bis gestern am späten Nachmittag zugetragen hat. Ab dann sind's nur mehr Bruchstücke. Apropos Bruchstücke – soweit ich weiß, hatte ich gestern Nacht einen Autounfall. Was genau ist da geschehen?“

„Du hast unwahrscheinliches Glück gehabt! Aber das wollen wir nicht noch einmal herausfordern, deshalb ... und bitte geh uns nicht gleich an die Gurgel, lass es uns erst erklären. Also, wir wollen dich unter Polizeischutz stellen.“

„Was wollt ihr? Wegen eines Autounfalls? Mich? Unter Polizeischutz? Mir scheint, ihr habt's größere Hirnprobleme als ich!“

„Chef, es war eindeutig ein Attentat. Und weil das schiefgegangen ist, wird es der Täter mit großer Wahrscheinlichkeit noch einmal versuchen. Das müssen wir dir doch nicht erklären.“

„Doch, Verena, das müsst ihr! Ich gebe zu, dass ich nicht mehr genau weiß, was sich da gestern zugetragen hat. Aber ich bin mir absolut sicher, dass ich mich daran erinnern könnte, wenn mich jemand umzubringen versucht hätte. Weil in so was hab ich einige Erfahrung. Und die sagt mir, dass der Unfall von gestern alles, nur kein Attentat war.“

In einer ihrer üblichen hitzigen Diskussionen hätte jetzt entweder Verena oder Toni mit freundlicher Stimme Halb zu beruhigen versucht. Aber heute war alles anders.

Wortlos hielt der Ingeniöhr Halb einen dünnen Akt hin.

„Was bitte? Der Zeuge muss sich irren! Das ist doch nicht möglich! Habt ihr bei dem einen Alkoholtest gemacht?“

„Ja, Chef.“

„Und?“

„0,1 Promille. Quasi nüchtern. Und bevor du fragst – ja, der Zeuge war absolut vertrauenswürdig. Ein Priester, der von einem Termin am Minoritenplatz gekommen ist und ..."

„Und so wen nennst du absolut vertrauenswürdig?"

„Chef ..." – es war an Schwejk, die nächsten verbalen Prügel abzufangen – „... du weißt genau, dass auch ich kein Freund dieser Kaste bin. Aber ... jetzt übertreibst du."

„Na ja, einem linken Freigeist wie dir muss ich dann wohl glauben, dass dieser Pfaff ..." – ein nächster Schluck Tee ertränkte etwaige weitere ketzerische Kommentare.

Mit Todesverachtung überflog Halb das Protokoll. „Und was ist mit dem Wagen? Den muss es ja ziemlich erwischt haben. Haben die Kollegen schon alle Werkstätten überprüft? Vor allem unsere üblichen Verdächtigen?"

„Nein, Chef. Das ist nicht nötig. Das Taxi wurde noch gestern Abend als gestohlen gemeldet. Und heute in der Früh haben wir es gefunden ..."

„Lass mich raten. Auf einem Feldweg am Stadtrand. Ausgebrannt."

„Fast. Ausgebrannt stimmt, aber der Täter hat's auf einer Baustelle abgefackelt."

Halb starrte einige Sekunden durch den Akt hindurch. Plötzlich begann sein Gesicht zu leuchten. „Eigentlich ist das doch ein gutes Zeichen. Sogar ein sehr gutes! Weil das bedeutet doch, dass wir jemandem zu nahe gekommen sind. Und das wiederum beweist, dass diese Museumsgeschichte keinen geisterhaften Ursprung hat, sondern von jemand sehr Menschlichem inszeniert wurde und wird. Es werden ja wohl kaum die Erinnyen am Steuer dieses Taxis gesessen sein, oder?"

„Langsam, Chef, langsam. Im ersten Moment klingt deine Argumentation sehr logisch, aber sie hat einen elementaren Haken."

„Der da wäre?“

„Wer sagt dir denn, dass dieser Anschlag etwas mit unserem übernatürlichen Fall zu tun haben muss? Du hast dir doch schon wahrlich genug andere Menschen zu Todfeinden gemacht. Vielleicht hat einer von denen ...“

„Warum gerade jetzt?“

„Weil gestern der zwanzigste Jahrestag seiner Verhaftung war? Weil seine große Liebe gerade vorgestern an gebrochenem Herzen starb und ihm erst jetzt gedämmert ist, wie viel wunderschöne Jahre du ihm gestohlen hast?“

„Nein, das glaub ich nicht! Diese Brüder ticken anders. Ich geb dir recht, Toni, dass es etliche ehrenwerte Zeitgenossen gibt, die mich am liebsten in der Hölle schmoren sähen. Aber die blöderen von denen – und das sind die meisten – würden mich schlicht und einfach totprügeln, wenn sie mich zufällig in die Finger bekämen. Totprügeln oder entführen und mich dann schön langsam ... so was in der Art eben. Oder aber – und das gilt nur für die ganz wenigen brillanten Köpfe, mit denen ich im Lauf der Jahrzehnte zu tun bekommen habe –, oder aber sie würden einen sehr komplizierten Plan aushecken, an dessen Ende ich moralisch und finanziell ruiniert wäre. So ein klassisches Komplott. Für solche Leute wäre alleine schon die Planung ein Genuss. Und die Ausführung würden sie umso mehr genießen. Aber ein Taxi zu stehlen und mich ... wo war das? Ah ja, am Ring. ... gerade dort überfahren zu wollen – nein, das passt am besten zu jemandem, der sich vor uns zu fürchten begonnen hat, weil wir ihm beinahe schon auf die Zehen treten.“

„... und das wäre dann der zweite elementare Haken, der ...“

„Toni, verzeih, aber du gehst mir mit deinen elementaren Haken ein wenig auf die Nerven."

„Aber er hat schon wieder recht." Der Ingeniöhr war bisher am Bettende gesessen. Jetzt zog er seinen Stuhl so weit nach vorne, dass auch Verena vorrutschen musste, bis sie fast neben Halbs Kopf saß.

„Die Ironie ist, dass der Attentäter eigentlich Erfolg hatte. Denn ..."

„Mein lieber Ingeniöhr, wenn wir bedenken, dass wer auch immer mich töten wollte – woran ich noch immer zweifle, aber sei's drum –, mich nun lediglich hier ins Magdalenen-Krankenhaus verfrachtet hat, dann kann man doch nicht behaupten, dass er sein Ziel erreicht hätte. Oder kommuniziere ich mit euch aus dem Jenseits? Der Darjeeling-Tee ist das Medium, durch das ich zu euch spreche? Blubber, blubber, hört meine Eingebungen?"

„Nein, Chef, das nicht, aber ..." – der Ingeniöhr holte tief Luft, was ein untrügliches Zeichen dafür war, dass nun eine seiner ausführlichen, letztlich logischen, aber nicht immer leicht verständlichen Erklärungen folgen würde.

„Du, nicht wir ... du bist dem Täter zu nahe gekommen. Deshalb wollte, ja musste er dich rasch aus dem Weg räumen. Deshalb die spontane Nummer mit dem Taxi. Jetzt aber ist die Situation sehr kompliziert ... um ehrlich zu sein, wenn's nicht so ernst wäre, würde sie sich durchaus für eine englische Komödie eignen. Denn der Täter glaubt, er habe keinen Erfolg gehabt, weil du ja noch lebst. Was er nicht weiß, ist, dass er im Grund sehr wohl erfolgreich war. Denn er hat sein Ziel erreicht – du kannst dich nicht mehr an jenes Detail erinnern, das du bereits erfahren hattest und das dich für ihn so gefährlich werden ließ. Doch, dein Mörder war erfolgreich – du lebst zwar noch, aber du bist wegen deiner Amnesie keine Gefahr mehr für ihn. Das hab ich vorhin gemeint, als ich von Ironie gesprochen habe."

„Aber er weiß nichts von meinem Gedächtnisverlust! Oder?"

„Nein, natürlich nicht." Schwejks Antwort war sein Ärger über den angedeuteten Vorwurf deutlich anzuhören. „Hältst du uns für solche Dilettanten, dass wir deinen Zustand lauthals über die Pressestelle verkünden, ohne uns mit dir abgesprochen zu haben?"

„Schwejk, reg dich doch nicht gleich auf! Nein, euch nicht, aber irgendwo ..." – Halb fischte wieder nach den Zeitungen – „muss es ja ein Informationsleck geben. Und diese undichte Stelle müssen wir einerseits berücksichtigen, andererseits können wir sie auch benützen, um den Täter in die Irre zu führen." Halb merkte, dass die komplexen Gedanken und langen Sätze noch zu viel für sein angeschlagenes Gehirn waren. Erschöpft sank er in die Pölster zurück. „Probieren wir Folgendes. Ich kann mich noch ganz gut an gestern Nachmittag erinnern. Über Waltenberg, Horak und Kandler gab es so gut wie nichts zu berichten. Märzner und Worcinka hatten zwar etwas ungewöhnlichere Lebensläufe, aber da war nichts, was irgendwie mit unserer Erinnyen-Geschichte zu tun hätte. Einzig und allein die Tochter von dem Verkehrsunfallopfer, diese Blandine Sulzer ... wie heißt die jetzt?"

„Abhayankari Devi."

„... das werd ich mir auch dann nicht merken, wenn ich wieder ganz gesund sein sollte. Diese Dame mit ihren Rachegelüsten ist bisher jedenfalls unsere interessanteste Spur. Ah ja, und dieser Mo..., Mo..."

„Morinkovic, Ante Morinkovic."

„Genau. Der vor einem Jahr plötzlich verschwunden ist und nichts mehr von sich hat hören lassen. Die sind im Moment unsere heißesten Kandidaten. Wenn ich mir die zwei so anschau, haben wir einstweilen nicht wirklich viel in der Hand. So gesehen wär ich richtig froh, wenn es stimmt, was ihr mir einreden wollt – dass mich gestern in der Nacht wer umzubringen versucht hat. Das wäre wenigstens eine echte Spur. Die aber leider direkt in eine Sackgasse in meinem Kopf führt. Nein, das ist keine Sackgasse, das ist eine normale Straße, auf der im Moment die Zufahrt blockiert ist. Dahinter liegt die Information, mit der wir den Fall lösen könnten. Aber derzeit ... ach Gott!“ Verzweifelt schlug Halb die Hände auf die Stirn, als ob er damit den Weg in seinem Gehirn „freiklopfen“ könnte.

„Genug des Selbstmitleids! Wie hat mein Opa doch immer so treffend gesagt: Und wenn du glaubst, du kannst nicht mehr, dann nimm dir ...“

„... noch mehr Arbeit her!“ – da es einer von Halbs Lieblingssprüchen war, kannten ihn seine Teamlinge zur Genüge.

„Eben! Verena, soweit ich mich erinnere, wolltest du uns gestern noch etwas berichten. Hast du Infos, die uns weiterhelfen könnten?“

„Ich fürchte, nicht wirklich. Aber bevor ich da jetzt – keine Angst, nur ganz kurz – meine Weisheiten zum Besten gebe, hätte ich noch eine Frage. Nicht böse sein, Chef, aber ...“

„Die Antwort lautet ‚ja‘! Ja, ich kann mich noch ... sogar sehr gut ... entsinnen, dass du und dein Opa uns diesen Fall dringlich ans Herz gelegt habt. Ja, ich weiß noch, dass du dich deshalb zu Recht für befangen erklärt hast und gar nicht mitermitteln wolltest. ... was du aber auch wieder nicht ausgehalten hast, weshalb du dir ein möglichst neutrales Rechercheterrain gesucht hast. Ja, dessen kann ich mich noch entsinnen."

„Fein. Orest! Und die Erinnyen."

„Verena, entschuldige, aber willst du uns jetzt allen Ernstes zum hundertsten Mal erzählen, dass das Rachegöttinnen der griechischen Mythologie sind, die den armen Kandler in den Wahnsinn treiben? Das wissen wir doch inzwischen zur Genüge!"

„Freilich, aber wüsstest du auch, warum sie gerade diesen Orest verfolgen? Warum der auf der Flucht ist? Vor wem und mit wem?"

„Nein, aber ..."

„Siehst du!"

„Verena, bei aller Begeisterung für deine Begeisterung – aber können diese mythologischen Herrschaften etwas zur Lösung unseres Falles beitragen?"

„Ganz ehrlich, Chef – ich habe keine Ahnung! Aber vielleicht ist es doch kein Zufall, dass gerade dieses Gemälde ..."

„Kurz, Verena, ganz kurz."

„Jawohl, zu Befehl! Orest – der Arme hatte eine problematische Säuglingszeit ... sollte vom Stiefvater ermordet werden. Dann aber eine nette Jugend bei Tante und Onkel – enge Freundschaft mit seinem Cousin Pylades. Es folgt eine gewöhnliche griechische Götterbiografie ... er soll den Mord an seinem Vater rächen. Er tötet also Mutter und Stiefvater. Dabei kommt es zu einem kleinen Kollateralschaden, es liegen die Leichen nur so in der Gegend herum. Daraufhin betreten die Erinnyen die Bühne. Laut Homer leben die Damen – Alekto, Megaira und Tisiphone – in der Unterwelt. Verständlicherweise sind sie deshalb eher schlecht aufgelegt und immer auf der Suche nach Opfern, um ihre Funktion zu erfüllen. Ihr Job ist es, Verletzungen der geheiligten Bräuche zu ahnden ... und einen Muttermörder wie Orest lieben sie daher heiß und innig. So sehr, dass sie ihn in den Wahnsinn treiben und ihn überallhin verfolgen. Weshalb ihm keiner Kost und Logis gewährt – wer will schon die Rachegöttinnen im Haus haben? Aber sein Prozess wird noch einmal verhandelt, und – siehe da – der alleroberste Gerichtshof revidiert das Urteil. Freispruch! ... dabei hatte übrigens Athene, die Göttin der Weisheit, ihre Finger im Spiel. Kluge Frau! Aber auch das neue Urteil nützt nichts – diese lästigen Erinnyen lassen den armen Orest nicht und nicht in Ruhe. Laut Orakel muss er im Land der Taurer ... originellerweise ist das heute die Halbinsel Krim ... aus einem Artemis-Tempel eine Statue stehlen. Gesagt, getan – Orest und sein Cousin Pylades machen sich auf den Weg. Und jetzt wird's wirklich wüst. Weil in dem Tempel arbeitet die Schwester des Orest, Iphigenie. Eigentlich ist sie seit Jahren offiziell tot, aber inoffiziell opfert sie Touristen ihrer Tempelgöttin Artemis. Mit den beiden Jung-Griechen jedoch hat sie Mitleid, weshalb sich die Chance ergibt, dass sich die Geschwister erkennen. Jetzt ist Feuer am Dach – sie soll neue Opfer bringen, er muss die Statue mitgehen lassen. Also erzählt sie dem Krim-König eine irre Geschichte. Fazit: Die Taurer müssen demonstrativ wegsehen, als Iphigenie, Orest und Pylades mit der Statue übers Meer nach Griechenland fliehen. Orest ist erlöst, die Erinnyen schauen durch die Finger. Die Geschichte des Orest geht zwar noch weiter, aber was unser Bild betrifft, ist an diesem Punkt Schluss. Aus, Ende, Apfelstrudel!"

„Verena, sollte es sich einmal ergeben ... von dir würde ich mir in einer lauschigen Viertelstunde gerne die Odyssee erzählen lassen." Halb hatte sich als Erster vom Trommelfeuer der griechischen Mythologie erholt.

„Und wir setzen uns dazu." Die drei anderen streckten ihre Daumen nach oben, allerdings passten ihre erstaunten Gesichter überhaupt nicht zu der Geste, die einst in der römischen Arena über Leben und Tod entschieden hatte.

„Und wenn du schon so schön in Fahrt bist – wolltest du uns nicht auch etwas über den Maler und die Geschichte des Gemäldes berichten?"

„Ah so, ja ..." – Verena genoss es sichtlich, endlich wieder gelobt zu werden. „Adrian van Sprookje, geboren 1483 in Nijmwegen, im Fahrwasser legendärer Vorbilder wie Jan van Eyck, Rogier van der Weyden oder Hieronymus Bosch. Er konnte an keinem der für diese Maler üblichen Höfe eine lohnende Anstellung finden. Daher versuchte er, päpstlicher Hofmaler zu werden. An Leo X. biss er sich die Zähne aus, also probierte er es noch einmal bei dessen Nachfolger, der zufällig ein Landsmann war. Hadrian VI., geboren 1459 in Utrecht, war aber nur von 1522 bis 1523 Papst, weshalb van Sprookje auch bei ihm kein Glück hatte. Nicht einmal mit der ‚Flucht des Orest' und all den darin enthaltenen Anspielungen auf Hadrian VI. Und noch eine letzte Information – quasi im ‚Vorüber-Recherchieren' habe ich auch einen kurzen Blick auf das ‚Museum für Kunstgeschichte der Weltreligionen' und seinen Direktor, einen Herrn Doktor Thilo Kätsch, geworfen. Dem Museum geht es bestenfalls mittelprächtig, die letzten Jahre waren sehr mager. Mäzene sind abgesprungen, und auch die öffentliche Hand hat sich zunehmend in nobler Zurückhaltung geübt. Und zu allem Überfluss läuft die als ‚Jahrhundertausstellung' gepriesene Schau, die sie derzeit präsentieren, angeblich nur mäßig. Aber das können auch nur böse Gerüchte sein."

„Ob Gerüchte oder die Wahrheit, inwiefern könnte das für unseren Fall relevant sein?"

„Na ja, wenn man sehr bösartig um sieben Ecken herum denkt, dann könnte man auf den abstrusen Gedanken kommen, dass das Museum dringend einen Knüller braucht, um in die Medien zu kommen. Und dafür wäre doch ein Gemälde mit – buchstäblich – sprechenden mythologischen Figuren ganz gut geeignet. Oder, was meinst du, Chef?"

„Ich meine, dass das auch erklären würde, wie die Zeitungen davon Wind bekommen haben. Aber ich bin mir nach wie vor sicher, dass der Kandler seine – jetzt schon Todes- – Angst nicht spielt. Das würde also bedeuten, dass das Museum zumindest nicht alle seine Mitarbeiter eingeweiht hätte."

„Und, spräche das prinzipiell dagegen?"

Halb maß seine Mitarbeiterin mit gespieltem Entsetzen.

„Verena, du bist ja noch viel ..." – der Blick wechselte in den „Normalmodus" – „... realistischer, aber auch viel abgebrühter, als ich dachte."

„Chef, du verstehst es halt, einer Frau die schönsten Komplimente zu machen." Mit dieser zuckersüßen Bemerkung klappte Verena ihre Mappe zu und signalisierte damit unmissverständlich, dass sie ihren Teil der heutigen Teambesprechung geleistet hatte.

Prompt reagierte ihr Vorgesetzter überraschend ironisch. „Wollen wir schon heimgehen? Du lieber Himmel, es ist ja fast schon Mittag! Natürlich bist du da reif für die Freizeit. Oder möchtest du uns subtil andeuten, dass du deine bisherige Tätigkeit für beendet ansiehst und jetzt zu den wirklich wichtigen Fällen enteilst?"

Einen kurzen Moment schien Verena ähnlich heftig erwidern zu wollen, aber ihr Zorn verwandelte sich sofort in Mitleid, als sie Halbs Züge näher betrachtete. „Chef, wo tut's dir denn am meisten weh? Können wir, kann ich vielleicht irgendetwas tun für dich? Wenigstens die Pölster aufschütteln? Oder dir noch einen frischen Tee aufgießen?"

Halb stieg dankbar auf die nur scheinbar unpassende Reaktion ein. „Der Kopf ... links oben, hinter der Schläfe. Ein klopfender Schmerz."

„Vielleicht melden sich deine Erinnerungen zurück? Und weil bei dir sogar dein Gedächtnis höflich ist, klopft es eben zuerst von innen an, ob es dein Gehirn wieder betreten darf."

Trotz des Migräneanfalls riss Halb seine Augen erstaunt auf. „Ingeniöhr, lieb von dir, aber ... ganz ehrlich, ich hab von dir schon bessere Witze gehört."

„Von mir? Chef, bist du dir da ganz sicher?" – die Verblüffung in Mayers Frage sowie sein treuherziger Blick zwangen sogar Halb, seine Mundwinkel zu einem Lächeln zu verziehen.

„Chef, jetzt spiel doch bitte nicht den Helden! Die Ärzte können dir ein Schmerzmittel geben, damit du ..."

„Toni, genau das will ich ja vermeiden!"

„Warum denn?"

„Weil so ein Medikament müde macht. Und wir können es uns nicht leisten, dass ich nicht mit euch gemeinsam nachdenke, um vielleicht doch noch den Fall zu lösen. Wie ihr richtig gesagt habt, scheinen wir – oder ich – dem Täter soweit auf die Spur gekommen zu sein, dass er es immerhin für angebracht gehalten hat, mich zu ermorden. Und deshalb ..."

„Welcher Täter? Vor dem Attentat hat es ja kein Verbrechen gegeben!"

„Doch, Schwejk! Also, es muss eines geplant sein. Ansonsten wäre ja dieser gestrige Anschlag nicht sinnvoll ... darüber waren wir uns doch einig, oder?“

„Chef, aber glaubst du nicht ...“

„Was der Schwejk sagen will ...“ – Verena war ihrem Kollegen unsanft ins Wort gefallen – „... ist, dass es jetzt unsere edelste Kriminalistenpflicht ist, dir zu helfen, dich besser zu fühlen. Also, was können wir tun, um dich aufzuheitern?“

„Versucht herauszufinden, was dieser Museumsdirektor gestern um dreiundzwanzig Uhr gemacht hat. Er könnte zwar jemanden engagiert haben, aber ich kann mir nicht vorstellen, dass ein honoriger Kunstexperte über solche Kontakte verfügt. Abgesehen davon fiele mir nichts ein ... ah so, doch. Auf die Gefahr hin, mich zu wiederholen – findet Morinkovic und die Sulzer-Tochter! Am Ende haben die sich zusammengetan und gemeinsam jemanden engagiert, der gestern Abend ...“

„Glaubst du das wirklich?“ Mit dem Vorrecht des Dienstältesten hatte Schwejk Halb unterbrochen. „Das passt doch nicht zusammen. Wenn die beiden verschwunden sind, warum sollten sie dich so sehr fürchten, dass sie dich überfahren lassen? Warum sollten die beiden Kandler in den Wahnsinn treiben wollen? Warum sollten die beiden dazu gerade die Erinnyen aktivieren? Warum sollten die beiden dich in den Zeitungen lächerlich machen wollen? Warum ...“

„Weil es nicht die beiden sind! Sondern es sind zwei andere!“ – wie von der Tarantel gestochen schnellte Halb nach vor. „Mein Gott, waren wir blind! Ihr müsst sofort ins Büro und alles zusammenkratzen, was ihr über Jastic und Birker finden könnt. Lionel Jastic und Robert Birker. Vielleicht ist einer von denen der verlängerte Arm dieser verführerischen Retorte-Inderin?

Sie will Kandlers Tod, er inszeniert die mythologische Schauergeschichte. Sie hält mich für gefährlich, er will mich töten. Sie hat die Medienkontakte, er gibt die Story an die Zeitungen weiter. ... ja, diese Paarung würde manches erklären."

„Okay, Chef, dann wissen wir, was wir zu tun haben! Und du weißt, was du zu tun hast, oder?"

„Toni, ich habe keine Ahnung."

„Gesund werden! Wir erteilen dir hiermit den Auftrag, spätestens bis möglichst bald wieder lustig und munter zu sein. Können wir noch etwas für dich tun?"

Halb ließ seinen Blick über das triste Ambiente gleiten – die lebenserhaltenden Mittel wie Tee und Wasserkocher hatten sie ihm mitgebracht.

„Nein! Danke für alles."

„Na dann ..." – winkend und mit zahlreichen „Gesundheitsgrüßen" verließ die Gruppe halbwegs beruhigt das Zimmer, das sie vor knapp zwei Stunden mit den ärgsten Befürchtungen betreten hatte.

„Halt! Stopp! Retour!" – noch bevor die letzte Hand die Türschnalle losgelassen hatte, rief Halb seine wackeren Vier zurück.

„Ich hab ganz vergessen, euch zu erzählen ... der Ernst hat mir gedroht, dass er sich diesmal eine – ich zitiere – hochnotpeinliche Strafmaßnahme einfallen lassen würde. Ich nehme nicht an, dass ihr eine Ahnung habt, was das sein könnte?"

Schulterzucken, Kopfschütteln, Gemurmel – keine der Reaktionen ließ Halbs Laune steigen. „Und, letzte Frage – hättet ihr eine Idee, wie ich ihn etwas milder stimmen könnte? Es ist nicht so, dass ich mich fürchte, aber ... ganz ehrlich, ausnahmsweise versteh ich seinen Zorn. Wir kommen in diesen fürchterlichen Artikeln wirklich als die Witzfiguren der Nation rüber ... vor allem ich. Und das färbt natürlich auf seinen guten Ruf ab. Noch dazu, wo er doch so sehr auf eine makellose Fassade bedacht ist. Und deshalb würde ich ihm diesmal – ganz gegen meine sonstige Gewohnheit – gerne entgegenkommen. Ihm irgendwie zeigen, dass es mir leid tut. Aber ... na gut, wenn ihr keine Ideen habt, dann war's das wohl. Noch einmal danke für eure Mühe und lieben Worte. Und den wunderbaren Tee. Also dann ..."

„Vielleicht hab ich einen Vorschlag" – beinahe hätten Verena, Toni und Schwejk den Ingeniöhr umgestoßen, da er als Einziger stehen geblieben war.

„Und zwar?"

„Chef, wenn du nicht schon liegen würdest, würde ich dir sagen, dass du dich besser hinsetzen solltest."

„So schlimm?"

„Wie man's nimmt. Aber ich glaube, es würde den Herrn Hofrat Straka wirklich beeindrucken."

Vorsichtshalber verließen die drei anderen das Zimmer, während sich der Ingeniöhr einen Stuhl zum Bett zog. Obwohl die Tür kaum Geräusche durchließ, konnten sie noch aus einiger Entfernung Halbs erbostes „Nein! Niemals!" deutlich hören.

**Mittwoch, 28. August 2013, 11.30 Uhr**

„Mein lieber Ingeniöhr, ich mag ja in manchen Dingen wirklich ein alter Depp sein, aber ich weiß sehr wohl, wie man dieses blöde Handy aufdreht. Und damit telefonieren kann ich auch! Der Ernst hat mir ja nur vorgeworfen, dass ich mich mit den SMS nicht auskenne. Und da hat er recht! Allein, wenn ich diese Abkürzung höre, wird mir schlecht. ‚SMS' – das steht sicher für ‚selten mieser Schmarrn'!"

„So ähnlich, Chef. ‚Short Message Service' ... aber du musst zugeben, dass dein Smartphone ein sehr robustes Modell ist. Immerhin hat es deinen Sturz überlebt. Laut Unfallbericht bist du genau auf die Seite gefallen, auf der du dein Telefonetui trägst."

„Offenbar bin ich nicht heftig genug hingefallen. So, jetzt hab ich's begriffen. Hier rechts gehe ich in den SMS-Modus, da muss ich drücken, um zu lesen, und die Taste ist mein erklärter Liebling – weil mit ihr lösche ich die SMS."

Halb hielt dem Ingeniöhr das Handy hin. „Darf ich wieder aufhören, Herr Oberlehrer? Weil ich bin ein ganz braver Bub und kenn mich mit diesem Plauderziegel perfekt aus."

„Ganz toll, Chef", Mayer nahm fast automatisch den Tonfall eines Pädagogen an, der an einem renitenten Jugendlichen verzweifelte, „aber du wirst sehen – Hofrat Straka wird sehr viel milder gestimmt sein, wenn du ihm deine neuen Handykenntnisse vorführst. Vor allem deine Bereitschaft, dich damit auseinanderzusetzen. Um noch mehr Eindruck zu schinden, werden wir ..."

„Vorsicht! Übertreib's nicht!"

„... werden wir – nein, falsch, werde ich dir jetzt noch die wichtigsten Nummern auf die Kurzwahltasten legen. Das sind die Ziffern ..."

„Jaja, ich weiß schon. Da braucht man nur eine der Ziffern zu drücken, und schon wählt dieses Ding eine ganze Telefonnummer. Die Taste 1 ist der Mailbox vorbehalten, nehme ich an?"

„Alle Achtung! Chef, ich hab langsam den Verdacht, dass du den Technikdeppen nur spielst, um dir viele Unannehmlichkeiten zu ersparen."

Halb sah seinen Haus-und-Hof-Techniker verblüfft an. „Ingeniöhr, falls du tatsächlich erst jetzt diesen Verdacht hegst, dann ... such dir einen anderen Posten. Weil als Kriminalist wärst du dann eine Fehlbesetzung."

Mayer kannte seinen Vorgesetzten lange genug, um diese Art von Beleidigungen nicht ernst zu nehmen. Freundlich lächelnd tat er so, als ob er sich ganz auf die Tastatur konzentrieren würde. „Also, Chef, welche Nummern soll ich auf die Kurzwahltasten legen? Und in welcher Reihenfolge?"

„Deine, natürlich. Und die von der Verena, vom Toni, Schwejk. Und natürlich die Festnetznummer vom Büro, also am Schreibtisch von der Helli. Und – auch wenn es mir schwer fällt – sowohl das Sekretariat vom Ernst als auch sein Handy. Also sieben Nummern."

„In welcher Reihenfolge?"

„Es bietet sich das Alphabet an. Also ‚E' wie Ernst auf die Ziffer 2, ‚H' wie Helli auf die 3 und so weiter. Und zuletzt ‚V' wie Verena auf die 7. Fertig!"

„Vom Hofrat Straka wolltest du aber zwei Nummern haben."

„Ah ja, stimmt. Na gut, dann fang mit seiner Festnetznummer an. Und der Rest verschiebt sich eben um eine Zahl."

„Dann hättest du noch zwei weitere Speicherplätze. Soll ich dir auf die 9 und die 0 vielleicht zwei private Telefonnummern legen?"

„Verehrter Ingeniöhr ..." – Halb lächelte Mayer mit seinem naivsten Lausbubenlächeln an – „ich danke dir ganz herzlich. Aber ich glaub, du hast mir genug erklärt. Ich kann das ab jetzt allein ..."

„Verzeih, Chef, ich wollte nur helfen."

„Und das weiß ich auch wirklich zu schätzen. Ohne Spaß und Ironie."

Halb gähnte, als ob er sich mit seinen Bartstoppeln am Kinn die Knie kratzen wollte. Sein Unterkiefer klappte zwar immer weiter herunter, aber Mayer blieb nach wie vor eisern neben ihm sitzen.

„Ist doch noch was?"

„Ja, Chef, aber keine Angst, jetzt kommen wir zum Vergnügen."

Halb schüttelte resigniert seinen Kopf. „Ingeniöhr, erzähl mir doch keine Märchen. Vergnügen und Smartphone, das passt zusammen wie Menschlichkeit und Mord."

„Nein, Chef, da tust du diesem elektronischen Wunderkästchen unrecht. Höre und staune, ich spiele dir jetzt alle eingespeicherten Klingeltöne vor."

Halb protestierte nur mehr schwach. „Wozu? Mir reicht das hässliche Klingeln, das dieses nervtötende Taschentelefon bisher von sich gepiepst hat, vollkommen."

„Nein, Chef! Wir wollen doch, dass dir dein Handy in Zukunft auch Spaß macht."

„Wollen wir das?"

„Ja! ... na schön, es muss dir keinen Spaß machen, aber es soll dir wenigstens nicht ganz so unsympathisch sein. Daher ... lehn dich entspannt zurück, nun folgt ein Konzert der kurzen Musikgenüsse."

Seufzend gehorchte Halb. Kaum hatte sein Hinterkopf den Polster berührt, quäkte aus dem Lautsprecher eine weltberühmte Melodie.

„Soll das der Donauwalzer sein?"

„Gefällt er dir?"

„Ja, sehr – im großen Musikvereinssaal, beim Neujahrskonzert mit den Wiener Philharmonikern."

Schicksalsergeben drückte Mayer die nächste Klingelmelodie.

„Ingeniöhr, das kann doch nicht dein Ernst sein?"

„Wieso? Was hast du gegen Janis Joplin?"

„Gar nichts! Im Gegenteil, ich habe ihre Musik verehrt. Umso weniger ertrage ich es, wenn dieser winzige Lautsprecher gerade ‚Oh lord, won't you buy me a Mercedes Benz' verunstaltet."

„Du bist ungerecht!"

„Gern! Und immer öfter ... das ist ein Vorrecht des Alters."

„Und warum bist du es dann?"

Einen Moment hatte Halb seinen „roten Lästerfaden" verloren.

„... ja, danke für das verzweifelte Kompliment. Ich kann mir schon vorstellen, du als Techniker bist davon fasziniert, wie viele Funktionen in so ein kleines Schachterl hineingequetscht werden können. Aber für einen uninteressierten Menschen wie mich ist das nur abscheulicher Lärm. Bitte, stell mir irgendein normales Klingeling ein ... oder wenigstens eine Melodie, die ich noch nicht kenne."

„Da hätt ich was anzubieten!" Mit neuer Euphorie durchblätterte Mayer das Verzeichnis. „Hier, in dem Fall sollte dich der magere Klang nicht stören. Ich bin mir sicher, dass du diese Signation nicht kennst."

Bei den ersten Tönen konnte Halb wieder nur die Augen verdrehen, aber dann ...

„Doch! Das kenn ich!" Halb saß kerzengerade im Bett und hörte hochkonzentriert zu. „Das ist es! Zumindest eines von den Details, die irgendwo in meinem Kopf verloren gegangen sind. Eines von den Puzzlestücken, an die ich mich erinnern muss! Ganz sicher, ich kenne diese Melodie. Und ich weiß sogar, dass ..."

Entgeistert reichte Mayer seinem Vorgesetzten das Handy, der wie wild darauf herumzudrücken begann.

„Wie kann ich das noch einmal abspielen? Ah ja, hier." Beinahe verzückt lauschte Halb der Minimelodie. Als sie wieder verklungen war, pfiff er sie noch drei Mal wie in Trance vor sich hin. Das Seltsame war, dass er sie – durchaus stimmig – fortsetzen konnte und nicht nach den paar Tönen des Handyklingeltons abbrach. „Ich weiß es, ich weiß es, ich weiß es ... ich kenne diese Melodie! Nur woher? Woher nur? Und das Allerschlimmste ist – ich kann mich nicht erinnern, ob das wichtig ist? Dieses ‚Woher'! Verdammt noch einmal, am liebsten würde ich mir diesen elenden Kopf abreißen!"

Mayer war zur Salzsäule erstarrt. Er hatte etliche Zornausbrüche seines Chefs miterlebt, aber solche Verzweiflungsattacken waren ihm neu. Den ersten Schwall ließ er an sich abperlen. Dann aber unterbrach er Halb rau.

„Nein, Chef, das kann nicht sein. Du kannst diese Melodie nicht kennen. Also – zumindest kann ich es mir nicht vorstellen."

„Wieso nicht?" – Mayers arroganter Tonfall hatte seinen Zweck erfüllt. Halb unterbrach sofort seine Selbstmitleidsbekundungen und fiel in das Muster des neugierigen Kriminalisten zurück.

„Diese Melodie ist erst seit zwei Wochen auf dem Markt. Und das ist nicht irgendeine Musik. Das ist der Beginn der Signation der kommenden WML, der ‚World Marathon League'. Das ist ein Weltverband des Laufsports ... so ähnlich wie die FIFA im Fußball."

„Was wollen die? Eine Weltmeisterschaft der Läufer organisieren?"

„So ähnlich. Die berühmtesten Marathonläufe der Welt sollen als Vorbilder für neue, ebenso spektakuläre Veranstaltungen dienen. Und die alle will die WML in einer ‚Lauf-Formel-1' zusammenfassen. Mit Punkten. Mit Weltmeistern und Weltmeisterinnen."

„Und mit sehr viel Geld im Spiel?"

„Das sicher auch. Auf jeden Fall soll diese Melodie so eine Art ‚globale Laufsport-Hymne' werden. Einstweilen lanciert man in allen Radio- und Fernsehstationen der Welt nur die ersten Takte – es wird ein totales Geheimnis darum gemacht, wie das Lied weitergeht. Keine schlechte Marketingstrategie, wenn du mich fragst."

„Und wie soll der Spaß weitergehen?"

„Ende September wird in Paris die WML offiziell aus der Taufe gehoben. Und bei diesem Festakt soll dann auch die ganze Hymne vorgestellt werden. Angeblich überschlagen sich schon jetzt die Prognosen, von wem die Musik komponiert worden ist. Das ist natürlich auch noch ein Megageheimnis. Soviel ich weiß, wird auf der Gerüchtebörse alles, was Rang und Namen hat, gehandelt."

„Wer?"

„Chef, sei mir nicht böse, aber das sind Namen, die dir nicht geläufig sind. Und die Agenturen, die das Ganze vermarkten, deren Namen kennt man höchstens aus den Wirtschaftsteilen der internationalen Zeitungen. Auf jeden Fall sollen alle Beteiligten, die an dieser Hymne herumwerkeln, zur Crème de la Crème zählen."

„Zu der ich ja wohl ebenfalls dazugehöre."

Mayer zögerte nur kurz. „Ja, ist wahr! Aber woher zum Teufel weißt du, wie die Hymne weitergeht? Vorhin, da hast du nicht nur die Anfangstakte gekannt, du hast sie einfach weitergepfiffen. Und in meinen Schweinsohren hat deine Vollendung wirklich gut geklungen. ... nach einer vollendeten Vollendung."

„Danke, Ingeniöhr, danke! Vielleicht liegt das daran, dass ich gestern Nacht gerade aufs Mozartdenkmal geschaut habe, als ich beinahe überfahren wurde. Nein, im Ernst ... ich habe keine Ahnung. Ich kann mich – leider! – nicht erinnern, woher ich die Hymne kennen könnte. Jedenfalls ist es so, dass solche Erkennungsmelodien sehr einfach gestrickt sein müssen, sonst könnten sie ja nicht Millionen von Menschen mitträllern. Und ich kann mir vorstellen, dass bei so einfachen Tongebilden jeder halbwegs musikalische Mensch eine – zumindest minimale – Chance hat, die Tonfolge zu vollenden, wenn man ihm ein paar Takte vorgibt. Aber das erklärt immer noch nicht ..."

„Grüß Gott, die Herren! Mahlzeit, Herr Hofrat! Ich hoffe, Sie haben einen großen Hunger. Bitte schön ... das Tablett wird in einer Stunde wieder abgeholt, Sie haben also genug Zeit, Ihr Essen zu genießen."

Die freundliche Dame mit der weißen Schürze hatte mit raschen Handgriffen ein Betttablett aufgebaut und darauf ein dreigängiges Menü sowie eine große Kanne mit Früchtetee nebst Glas, Besteck und Serviette platziert.

Noch bevor Halb den ersten der drei Deckel lüftete, überkamen ihn böse Ahnungen – es roch nicht nach Nahrungsmitteln oder gar nach genießbaren Speisen, sondern nach ...

Halb schnüffelte noch einmal. Doch, sein erster Eindruck hatte ihn nicht getäuscht, das ganze Mahl roch einheitlich nach Krankenhaus. Halb hob die Vorspeisen-Abdeckung voller Abscheu in die Höhe – zu Recht, wie ihm die matschigen Grießnockerl sogleich bestätigten. Und die Hauptspeise? Furchtlos stellte er sich auch dieser Gefährdung des guten Geschmacks ... und war nur deshalb nicht schockiert, weil er sich auf das Schlimmste gefasst gemacht hatte. Der Apfelkren war so zerquetscht, dass seine beiden Stammzutaten weder optisch noch geschmacklich zu identifizieren waren. Aber gemessen am Rindfleisch, das daneben ein trauriges Dasein fristete, war es den Beilagen noch gut ergangen. Ob diese undefinierbare Masse je den Versuch unternommen hatte, ein Tafelspitz sein zu wollen, war angesichts der faserigen Masse nicht zu ...

„Jetzt weiß ich wieder, woher ich den Anfang kenne! Tafelspitz! Michaelerplatz! Ausnüchterungszelle!"

Offenbar war Mayer kurz eingenickt, auf jeden Fall fiel er bei Halbs Aufschrei beinahe von seinem Stuhl.

„Ingeniöhr! Vorgestern am Abend, da war ich doch beim Lukinowski im Kommissariat am Michaelerplatz."

„Wo du dein Handy liegen gelassen hast."

„Ja, das auch. Aber weit wichtiger ist, dass ich doch nach dem herrlichen Essen noch etwas Zeit hatte. Bevor ich zum Kandler ins Museum gegangen bin. Und da hat mich der Kurt netterweise in einer der ehemaligen Ausnüchterungszellen ausruhen lassen. Während ich dort gelegen bin, habe ich von draußen die ganze Zeit leises Radiogedudel gehört. Irgend so einen Berieselungssender."

„Ah, jetzt verstehe ich! Du meinst, dass dieser Sender die WML-Hymne gespielt hat, während du dort im Halbschlaf gelegen bist. Und deshalb ..."

„Genau!"

„Aber das erklärt nicht, wieso du die Melodie mühelos zu Ende pfeifen kannst ... unter der Annahme, dass deine musikalische Eingebung auch tatsächlich zutrifft. Weil so einfach ist der Refrain auch wieder nicht ..."

Beide zuckten erschrocken zusammen, als die „Mega-Hyper-Laufhymne" noch einmal zu spielen begann, wobei sie diesmal dumpf und geheimnisvoll klang.

„Tschuldigung, Chef ..." – Mayer zog Halbs Handy aus seiner Jackentache – „ich muss es irrtümlich eingesteckt haben."

„Du kannst es gerne behalten."

„Nein, lieber nicht. Stell dir vor, Straka würde anrufen und ich hebe ab. Der ganze Smartphone-Kurs wäre umsonst gewesen, du hättest alle Sympathien verspielt."

„Dann gib schon her."

„Gern, Chef, aber das ist nur ..."

„Halb hier. Ah, Sie sind's!"

„... der Herr Kandler."

Mit seiner freien Hand fuchtelte Halb herum, bis Mayer endlich begriff und ihn vom Betttablett befreite.

„Ja, natürlich bleibt's bei dem Termin um siebzehn Uhr. Nein, Herr Kandler, wie gestern besprochen. Übrigens, welche Adresse hab ich Ihnen gestern genannt? Ja, genau, Hölderlin-Straße 8. Ja dann, auf Wiedersehen um fünf.

Jetzt aber hurtig!"

Verdutzt griff Mayer wieder nach dem Handy, während Halb aus dem Bett und zum Kasten sprang.

„Chef, bitte, was machst du da?"

„Mich anziehen."

„Das darfst du nicht. Du bist immer noch krank und ..."

„Blödsinn! Bitte, hol mir einen Arzt. Aber einen vernünftigen. Der soll gleich so ein Formular mitbringen, das ich unterschreiben muss, wenn ich auf eigenen Wunsch entlassen werde."

„Aber du selber hast geklagt, dass du so Kopfweh hast. Und dass dir noch sämtliche Knochen wehtun. Und dass dein Gedächtnis nach wie vor nicht ganz in Ordnung ist. Und dass ..."

„... und dass ich wahnsinnig werde, wenn wir nicht endlich unsere sprechenden Erinnyen entlarven! Ah ja, noch etwas – selbst wenn ich noch einmal überfahren, angeschossen oder was auch immer werden sollte –, an einen Ort, wo so gekocht wird, kehre ich auf keinen Fall zurück!"

„Chef, diesbezüglich kann ich dich beruhigen."

Argwöhnisch hielt Halb mitten im Hemdsärmel-Überstreifen inne, solche Freundlichkeiten war er eher von Toni oder Verena gewöhnt. „Wie meinst du das?"

„Ganz einfach. Für überfahrene oder angeschossene Polizisten deines Alters ist weder dieses noch ein anderes Krankenhaus zuständig. Du kämest dann in eine „Spezialabteilung ... neunter Bezirk, Sensengasse 2, Gerichtsmedizin."

## Mittwoch, 28. August 2013, 22 Uhr

Halb drehte sich vorsichtig um. Nein, auf der rechten Schulter konnte er auf keinen Fall liegen, die tat ihm viel zu sehr weh. Aber auf dem Bauch ... war es auch nicht besser. In dieser Lage hatte er den Eindruck, als ob seine Kniescheiben und Schienbeine über einem offenen Feuer grillen würden. Es nützte alles nichts, er musste den Tatsachen ins Auge sehen.

... den Unfallfolge-Tatsachen.

Seltsame Gedanken kamen ihm in der Grauzone zwischen Schlaf und Schmerz. Er hatte einmal gelesen, dass der Erzengel Michael der Schutzpatron der Polizei sei. Soweit er sich erinnern konnte, hatte er vor ... nein, er konnte sich nicht mehr erinnern, ob er seit seiner schweren Wirbelsäulenverletzung jemals gebetet hatte. Und das lag nicht an seinem Gedächtnisverlust.

„Das kannst du nicht tun! Also, bei aller Wertschätzung meiner Schmerzen – es wäre zu schäbig, nur deshalb mit dem Beten zu beginnen, weil man sämtliche Knochen spürt." Er hatte laut zu sich gesprochen, eigentlich um sich in der Dunkelheit Mut zu machen, aber er ließ es gleich wieder bleiben, weil ihn auch seine Kiefer allzu sehr an seinen gestrigen Unfall erinnerten.

Unfall?

Halb ließ die letzten vierundzwanzig Stunden Revue passieren. Das Taxi, das ihn mit einer Stoßstange verwechselt hatte. Dann das heftige „Beziehungsgewitter mit anschließender Schönwetterlage". Heute früh Strakas Explodieren, die improvisierte Teambesprechung, der Handyunterricht, Kandlers Anruf, die hektische Selbstentlassung mit großem Ärztegeschrei, der Termin bei Magister Bauer.

Er war entsetzt gewesen, als er Kandler traf. Der Mann war seit gestern noch mehr in Panik verfallen. „Glauben Sie, dass ich wahnsinnig bin? Oder glauben Sie, dass ich doch noch eine Chance habe, wieder normal zu werden? Vielleicht bin ich ja wirklich nicht krank, nur viel zu überspannt? Vielleicht habe ich nur zu lange keinen Urlaub mehr gemacht, bin überarbeitet? Glauben Sie das? Was glauben denn Sie?" Die Fragen waren wie Maschinengewehrsalven auf Halb geprasselt, kaum, dass sie einander vor der Ordination über den Weg gelaufen waren. Im Stiegenhaus, bei der Anmeldung, selbst im Wartezimmer hatte Kandler ohne Unterbrechung gefragt und geklagt. Erst Magister Bauer konnte Kandler so weit beruhigen, dass er wenigstens für ein paar Momente den Mund hielt. Ein Gutes hatte selbst diese Aufregung gehabt. Halb war wieder bewusst geworden, dass sie sich zu sehr den Erinnyen zugewandt hatten. Es ging gar nicht in erster Linie darum, wer wie das Bild zum Sprechen gebracht hatte, wichtiger war das „Wozu“. Um Kandler regelrecht hineinzutreiben in eine geschlossene Anstalt? Oder um dem Museum mediale Aufmerksamkeit zu bescheren?

„Auweh!“ Halb bemühte sich erneut, eine weniger schmerzende Position zu finden. Ob er nicht vielleicht doch ...

Aber, wie wäre denn überhaupt die korrekte Anrede? Heiliger Erzengel Michael, hilf mir bitte?

Nein! Die Schmerzen waren stark, aber die Scham, wegen einer solchen – im Verhältnis zu anderen Sorgen und Nöten – Lächerlichkeit urplötzlich religiös zu werden, war stärker.

Er würde sich nicht an den Erzengel Michael wenden!

Zumindest nicht deshalb.

Sorgen und Nöte ... armer Kandler! Als sich hinter ihm die Ordinationstür geschlossen hatte, war es vollkommen ruhig und friedlich gewesen. Und offenbar hatten die Schmerzmittel, die er noch vor seinem Wegstürzen aus dem Magdalenen-Krankenhaus beinahe gewaltsam eingeflößt bekommen hatte, zu wirken begonnen.

Die Mischung aus Ruhe und Frieden, Medikamenten und dem bequemen Warteraum-Fauteuil hatten Halb rasch einschlafen lassen.

Der Traum war noch so präsent, als ob er ihn gerade erst durchleben würde.

Im Hintergrund war eine sphärische Musik gewesen, aus der ab und zu geheimnisvolle Stimmen herauszuhören waren. Aber weder die Musik noch die Worte waren verständlich, auch nur im Ansatz greifbar gewesen. Und dann hatte die Musik zu schmecken begonnen. Halb wusste noch genau, dass er sich gewundert hatte, wieso er Klänge wie ein Schnitzel in Gulaschsaft empfinden konnte. Plötzlich war das Gemälde eines Kellners neben ihm aufgetaucht. Aus der Ferne hörte er Delia sagen, dass er heute die ganze Zeche bezahlen müsse. ... aber er hatte kein Geld bei sich. Daraufhin hatte der gemalte Ober mit schriller Stimme zu lachen begonnen – das sei egal, diese Gulasch-Schnitzel-Melodie hätte er sich ohnedies nie leisten können, die sei unwahrscheinlich teuer!

Dann war er aufgewacht – Magister Bauer hatte ihm sanft die Hand auf die Schulter gelegt. Ob er schlecht geträumt habe? ... ja, den Traum müsse Halb ihm unbedingt einmal erzählen – aber nicht jetzt. Kandler habe zugestimmt, dass er Halb von den allerersten Testergebnissen berichten dürfe. Und diese seien erfreulicherweise negativ gewesen ... es hätten sich also nicht die geringsten Anzeichen einer Schizophrenie gezeigt. Aber eine Psychotherapie habe er ihm trotzdem empfohlen. Und – vor allem gegen seine Herzprobleme, da sollte der Herr Kandler dringend etwas tun! Dann würde er wieder ruhiger sein. Außerdem sollte noch eine Hals-Nasen-Ohren-Untersuchung gemacht werden, nur um sicherzugehen, dass Kandler nicht an einer Tinnitus-ähnlichen Erkrankung leide.

Lieber doch auf dem Rücken? Halb versuchte es diesmal mit einer schwungvollen Drehung ... und erstarrte vor Schmerzen beinahe in der Luft.

„Na wunderbar! Kaum tut's besonders weh, muss ich an den Ernst denken."

Sekunden, nachdem er sich von Kandler verabschiedet hatte, hatte seine „elektronische Hundeleine" geklingelt ... und prompt war sein „Herrl“ dran gewesen. Am Anfang hatte Straka spitz geklungen. Er wundere sich, dass Halb höchstpersönlich ein Gespräch auf seinem eigenen Handy annehme. Das würden doch sonst seine diversen Untertanen für ihn erledigen. Halb musste grinsen – er hätte gerne Strakas Gesicht gesehen, während er nicht adäquat reagiert, sondern sich in einer „telefonischen Unterwerfungsgeste“ geübt hatte. Ja, Ernst, du hast ja so recht. Nein, Ernst, das war wirklich sehr dumm von mir. Ja, Ernst, ich habe nach deinem Besuch den restlichen Spitalsvormittag genützt, um gemeinsam mit dem Ingeniöhr mein Handy kennen zu lernen. Und ja – wie soll ich sagen? ... es ist wirklich ein ganz ... nun ja, ein ganz interessantes Gerät.

Sein Selbsterkenntnisgewäsch hatte Straka sofort freundlicher gestimmt. Es tue ihm ja auch leid, dass er so ruppig gewesen sei. Aber dafür habe er sich nur eine kleine Strafe ausgedacht, die Halb zwar als unangenehm empfinden würde, aber „... die Pressekonferenz, die hätte ich dir auch so nicht ersparen können. Immerhin warst du als Geisterjäger auf einigen Titelblättern, da ist so ein Medientermin unumgänglich. Und, Ludwig – im Grunde deines Herzens weißt du sowieso, dass ich diesmal Gnade vor Recht ergehen hab lassen. Das war aber endgültig das letzte Mal, dass ich deine Eskapaden gedeckt habe! Nimm dir das zu Herzen! Ah ja, und vergiss bitte nicht – die Pressekonferenz fängt morgen um neun Uhr an. Sei pünktlich! ... auch wenn dir das um diese für dich noch nachtschlafende Zeit schwer fällt.“

Vielleicht hatte er sich Strakas Worte wirklich zu Herzen genommen? So sehr, dass ihn jetzt seine Rippen schmerzten und er kaum mehr tief durchatmen konnte?

Wenn ich ruhig liege, tun mir die Prellungen weh. Aber bewegen kann ich mich schon gar nicht. Himmelherrgottnocheinmal, und das alles nur, weil mich irgendein Idiot unbedingt überfahren wollte!

Den abschließenden Gedanken – Hätt er doch nur Erfolg gehabt! – verbot sich Halb sofort ... er wollte wegen der paar lächerlichen Schrammen nicht auch noch in eine Depression schlittern.

Mit vorsichtigen Bewegungen und unter Schimpfwort-Tiraden hantelte er sich in die Küche. Ein frischer Ostfriesentee mit Goldspitzen wäre wohl das Beste, um den schauderhaften Geschmack der Schmerztablette, die ihm das Krankenhaus aufgenötigt hatte, erträglich zu machen.

Der „Spitzentee" wirkte tatsächlich, Schluck für Schluck vergaß er auf die Schmerzen. Am liebsten hätte er seinen Kopf gleich hier auf den Küchentisch gelegt und ...

Da war sie wieder! Die Melodie! Halb versuchte, seine letzten wachen Denkreserven zu mobilisieren. Wieso hatte er gewusst, wie die komplette World-Marathon-League-Hymne klingt? Obwohl das aktuell doch eines der bestgehüteten Geheimnisse der Sport- und Medienwelt war?

Gnadenlos drang der Refrain immer weiter in sein übermüdetes Gehirn ein.

„Ach du lieber Himmel! Ja, Moment, ich komm ja schon!" So schnell es seine diversen Muskelverspannungen zuließen, bewegte sich Halb zu seinem klingelnden Handy.

„Delia, du Trost meines Altersdaseins! Ja, ich bin inzwischen zu Hau... das weißt du schon? Nein, danke, das ist ganz lieb von dir, aber ich schaffe es heute auch alleine. Nein, natürlich habe ich noch nicht geschlafen, ich brüte über den Fakten. Die Schmerzen? ... die spür ich doch kaum. Übermorgen Nachmittag? Im Kaffeehaus um sechzehn Uhr? Gerne! Und verrätst du mir auch, wohin wir dann gehen? ... ah so, eine Überraschung. Dann freu ich mich auf Freitag. Dir auch eine gute Nacht! Bussi, bis bald! ... und, Delia. Danke!"

**Donnerstag, 29. August 2013, 9.15 Uhr**

„Aus dem Weg! Hofrat in Eile! Bitte, wenn Sie Platz machen würden, ich muss da durch." Mit rudernden Armen kämpfte sich Halb einen Weg durch die Menge der wartenden Journalisten. Ein paar Mal tat er so, als ob er jemandem gezielt zulächeln oder winken würde, dann hatte er den Eingang zum Saal erreicht.

„Chef, du musst noch unbedingt ..."

„... da hinein zum Ernst und den anderen hohen Tieren, weil sonst muss ich gar nix mehr."

„Aber, Chef!"

„Schwejk, Verena ... später! Alles später! Nach der Pressekonferenz. Guten Morgen, Ernst! Meine Verehrung, Herr Sektionschef! Küss die Hand, Martina!" Handschlag, leichte Verbeugung, angedeuteter Handkuss – für mehr hatte Halb keine Zeit. Obwohl er zwei Wecker auf sieben Uhr gestellt hatte, war er doch erst vor einer Dreiviertelstunde aufgewacht, sodass er mit Müh und Not nur das gesellschaftlich tolerierte „akademische Viertel" zu spät kam. Wie erwartet, erteilte ihm Straka sofort das Wort ... und Halb beschloss intuitiv, zuerst von anderen „wesentlichen Ermittlungserfolgen" zu berichten, um nicht ausschließlich als verschrobener Geisterjäger dazustehen.

„Durch akribische und – das muss man auch betonen – mühevolle Ermittlungsarbeit ist es unserer jungen Kollegin gelungen ...“ – irgendetwas war anders. Üblicherweise dominierten über Notizblöcke gesenkte, auf Bildschirme starrende und einfach nur gelangweilte Gesichter das „Medienpanorama“ vor ihm, aber heute waren alle Blicke auf ihn gerichtet. „... dabei stellte sich heraus, dass die allergische Reaktion des Kleinkindes nicht auf die Aktivitäten der – scheinbaren – Erpresserin zurückzuführen waren ...“ – Halb kam sich wie in der modernen Version einer Geisterbahn vor, die Mienen begannen immer bösartiger zu grinsen – „... Näheres können wir Ihnen in ein paar Minuten berichten, Sie werden dann ausführlich die Gelegenheit haben, Fragen zu stellen“ – gerade heute war Halb sehr froh, sich hinter dem Phrasenkanon solcher Veranstaltungen verstecken zu können.

Oder auch nicht.

„So lange würde ich nur ungern warten ...“ – der junge Mann in der verlotterten Jeansjacke war Halb von Anfang an unangenehm aufgefallen – „... und ich bin mir sicher, dass auch die Kolleginnen und Kollegen lieber gleich erfahren würden, ob Sie nun eine Mordanklage gegen griechische Rachegöttinnen erheben werden? Oder gehen Sie bei Ihren Ermittlungen von einem irdischen Mord aus?“

Mordanklage? Halb warf Ernst einen hilfesuchenden Blick zu, der allerdings an der scheinbar tiefen Konzentration Strakas auf die vor ihm liegenden Papiere abprallte.

„Oder gehen Sie vielleicht gar nicht von einem Gewaltverbrechen aus? Wie ist denn da der Ermittlungsstand? Ist Herr Kandler eines natürlichen Todes gestorben?“

Kandler war tot!

„Frau Maler, es tut uns sehr leid, aber zu laufenden Ermittlungen können wir keine Informationen preisgeben. Sie kennen das Prozedere. Alles Weitere zur gegebenen Zeit“ – Halb war dankbar, dass Martina Winkler den Zorn der Medienmeute auf sich zog und er so ein wenig aus der Schusslinie kam. Als Pressesprecherin war sie natürlich weit geübter, mit vielen Worten so gut wie nichts zu sagen.

Allerdings schienen die Beschwichtigungsmethoden heute nicht zu greifen, die Menge vor ihnen wurde immer unruhiger und lauter.

„Frank Scherholtz von der deutschen Medieninformations-AG. Können Sie uns wenigstens schon sagen, ob heute Nacht ungewöhnliche Vorgänge im ‚Museum für Kunstgeschichte der Weltreligionen‘ beobachtet werden konnten? ... also abgesehen vom tragischen Todesfall.“

„Und unsere Zuseherinnen und Zuseher würde sicher auch interessieren, ob nicht doch ein PR-Gag des Museums dahinterstecken könnte? Ein inzwischen wohl eher makabrer PR-Gag ... einer, der jetzt aus dem Ruder gelaufen ist und ...“

„Und dieser Frage wollen wir uns gleich anschließen. Lee Berkeley vom BNO, Britisch News Office. Es gibt seit Tagen Meldungen auch aus anderen Museen dieser Welt, die besagen, dass dort ebenfalls Kunstwerke Lebenszeichen zeigen würden. So wird von einer Kunstinstallation im australischen Brisbane berichtet, die ...“

„Ja, meine sehr geehrten Damen und Herren. Sie sehen, wir hier in Wien sind wieder einmal die absoluten Trendsetter. Dank uns sind jetzt zahlreiche internationale Polizeibehörden alarmiert, aber auch entsprechend gerüstet, Häuser wie das ‚Munch-Museum‘ in

Oslo sofort zu schließen, um zu verhindern, dass das Brüllen des weltberühmten Gemäldes ‚Der Schrei' sensible Besucherinnen und Besucher, vor allem Kinder, verschrecken könnte. Wie ich aber mit Freude feststellen darf, sind Sie in Ihren Überlegungen ähnlich professionell wie die staatlichen Behörden, weshalb es wohl am effizientesten ist, wenn wir jetzt alle unseren Ermittlungsarbeiten nachgehen. Sie entschuldigen mich, für weitere Informationen steht Ihnen wie immer meine reizende Kollegin, Magistra Martina Winkler, zur Verfügung. Ich wünsche einen guten Tag."

In diesem Moment war Halb alles egal.

... fast alles, denn selbst im Sturm seiner momentanen Wut tat ihm die junge Pressesprecherin leid, weshalb er ihr einen besonders freundlichen und um Entschuldigung heischenden Blick zuwarf. Die entgeisterten Gesichter seines unmittelbaren sowie seines höheren Vorgesetzten parierte er dafür mit einer Grimasse, die jedem Horrorfilm zur Ehre gereicht hätte.

**Donnerstag, 29. August 2013, 9.45 Uhr**

„Chef, bevor du jetzt den nächsten Tobsuchtsanfall bekommst ..."

„... oder gerade, damit du deinen nächsten Anfall schnell hinter dich bringst, sagen wir dir gleich, dass ..."

„... dass wir uns wirklich keiner Schuld bewusst sind. Wenn du an uns vorbei zur Pressekonferenz stürmst, obwohl wir dich verzweifelt zu warnen versucht haben, dann ..."

„... können wir wirklich nichts dafür."

Ein ungeübter Beobachter hätte Halb für die Ruhe in Person halten können, aber seine Teamlinge kannten die Anzeichen eines nahenden, verheerenden Ausbruchs. Die flache und rasche Atmung, die leicht zu einer Faust „angeballten“ Finger sowie der breitbeinige Stand verhießen für sie nicht einen entspannten Vorgesetzten, sondern einen zum Sprung bereiten „Chef-Grizzly“.

Sie wussten auch, dass sie – ähnlich wie in den Wäldern Kanadas – die beste Chance hatten, Halbs Wut abzukühlen, wenn sie möglichst viel Lärm machten.

„Natürlich haben wir uns bemüht, dich um vier Uhr früh ...“

„... das war, als uns die Kollegen von der Streife aus unseren Betten herausgeklingelt haben ...“

„Genau. ... dich also um vier Uhr früh anzurufen, aber du hattest dein Handy abgedreht.“

„Was wir selbstverständlich nachvollziehen können. Du warst mit deinen Schmerzmitteln und nach den Aufregungen sicher wahnsinnig müde und wolltest eben deine Ruhe haben.“

„Und ein Festnetztelefon hast du ja noch keines in deiner neuen Wohnung. Außerdem hätten wir dich nur höchst ungern aus deinem Genesungsschlaf gerissen. Wie schon die Verena gesagt hat ... ja, gerade eben, eben!“

„Und es hätte auch nicht wirklich viel gebracht, wir wussten um die Zeit nicht mehr, als dass Kandler tot ist. Die Details haben wir erst heute früh im Bericht gelesen. ... und erzählt bekommen.“

„Und auch diese Informationen bringen unsere Ermittlungen nicht weiter. Bei der Rettung ging um drei Uhr siebzehn der Notruf ein.“

„Es war übrigens Jastic, der mit Kandler gestern Dienst hatte.“

„Drei Uhr siebzehn. Um die Zeit hat die Rettung natürlich freie Fahrt, weshalb der Notarzt schon nach knapp drei Minuten vor Ort war. Aber er konnte nichts mehr für ihn tun. Herzinfarkt. Er hat Kandler nur mehr kurz am Leben erhalten können."

„Aber die paar Minuten haben genügt. Kandler hat noch ziemlich genau schildern können, was passiert war."

„Allerdings haben uns die Sanitäter erzählt, dass seine Schilderungen logisch und gleichzeitig völlig irr geklungen haben. Das waren richtige Visionen. Die Bilder, die Kandler in seinen letzten Minuten aus sich herausgeschrien hat, hätten jeder Apokalypse als Anregung dienen können."

„Kandlers Gesicht soll vor Angst vollkommen verzerrt gewesen sein. Seine letzten Worte – soweit noch verständlich – lauteten, ich zitiere: ‚Ich hab nicht auf sie gehört! So reißen sie mich jetzt in den Hades hinab ... zur Strafe.' Und dann soll dieser arme Mensch noch zwei Mal ‚Erbarmen!' gewinselt haben. Entsetzlich!"

„Obduktion?" – der „Vulkan Halb" mochte zwar nicht mehr ausbrechen, aber sein Inneres brodelte, es war noch nicht auf Normaltemperatur heruntergekühlt.

„Morgen ... wenn's wahr ist" – Schwejk war die Vorsicht, ja nicht ein falsches oder überzähliges Wort zu sagen, anzuhören.

„Jastic? Birker? Habt ihr da schon Ergebnisse? Wisst ihr schon, ob einer von denen das Informationsleck ist, das die Medien verständigt hat? So wie auch vergangene Nacht?"

„Ja und nein" – Toni bemühte sich um einen möglichst unverkrampften Tonfall – „die zwei passen zu den Lebensläufen von Horak, Waltenberg und Sulzer senior ... rein gar nichts, was auch nur im Geringsten auf einen Kontakt mit Blandine Sulzer oder Morinkovic schließen lassen würde. Oder auf irgendeinen Kontakt zu welchem Medium auch immer."

„Dann wird uns nichts anderes übrig bleiben, als Sulzer und Morinkovic so lange zu suchen, bis wir sie gefunden haben. Allerdings ...“ – endlich setzte sich Halb, das beste Zeichen, dass die akute Explosionsgefahr gebannt war – „... da gibt es ein Detail, das nach wie vor unter dem Schutthaufen meines Gedächtnisverlusts begraben liegt. Ich weiß natürlich nicht, was das ist, aber ich bin mir seltsamerweise sicher, dass dieses Puzzlestück die Frau Sulzer und den Herrn Morinkovic entlastet. Die beiden haben mit Kandlers Tod nichts zu tun! Und das bedeutet, dass ...“

Mit einem Sprung war Halb bei der Tür zum Nebenzimmer. „Sagt's ihm, ich wäre wieder ins Spital gefahren.“

Tür auf, Türe zu – Straka war so geladen, dass er das zweite Klappern gar nicht bemerkte.

„Wo ist er?“

Keiner der Angebrüllten wollte als Erster die Deckung der Schweigsamkeit verlassen, weshalb Straka es mit einer anderen Taktik versuchte.

„Aber das geht doch nicht! Er kann doch nicht einfach so einen derartigen Schwachsinn veranstalten und dann auf Tauchstation gehen. Wenigstens beim Sektionschef Holner hätte er sich entschuldigen können. Und bei der Kollegin Winkler.“

Verena fasste sich ein Herz. „Herr Hofrat, dem Herrn Hofrat ist es wirklich schlecht gegangen heute in der Früh. Er hat immer noch starke Schmerzen und der Tod von Herrn Kandler hat ihn natürlich auch getroffen. Deshalb ist er gleich nach der Pressekonferenz ins Krankenhaus gefahren. Ich glaub, er hat noch so etwas gemurmelt, das wie ‚Infusion‘ geklungen hat.“

„Ah so? Oje!“ – es war Straka deutlich anzusehen, dass er nicht wusste, wie er mit dieser Neuigkeit umgehen sollte.

„Na ja, dann ..."

Das laute Klingeln des Uralt-Telefons auf Hellis Schreibtisch ließ alle zusammenzucken.

„Büro Hofrat Halb, Drobatschnig. Guten Morgen, Herr Magister. Nein, leider, der Herr Hofrat ist gerade nicht da, aber vielleicht kann ich ihm etwas ausrich..." – alle sahen an Hellis Gesicht, dass etwas Schreckliches geschehen war.

Alle ... außer Straka – in seiner selbstmitleidsvollen Hektik hatte er nur das Ziel vor Augen, Halb zu einer heftigen „Rundum-Entschuldigung" zu bewegen.

„Fürchterlich, Herr Magister! Das ist heute dann die zweite Tragödie! Welche noch? Das wird Ihnen der Herr Hofrat selber erzählen. Ja, die Adresse hab ich aufgeschrieben. Danke für Ihren Anruf."

Ohne Hellis Telefonat wahrzunehmen, hatte Straka sein Handy aus der Tasche gezogen und gewählt. Verärgert nahm er es sofort wieder herunter. „Besetzt! Komisch, wieso telefoniert der Ludwig, wenn er doch im Spital ist?"

„Vielleicht ist er noch am Weg? Oder er bestellt sich gerade ein Taxi?"

„Wie auch immer!" – mit einer ebenso arroganten wie nervösen Bewegung machte Straka klar, dass er weder von Schwejks Erklärungen noch von Hellis Entsetzen nicht gestört zu werden wünschte. „Ich erwarte von Ludwig einen baldigen Anruf. Wenn Sie ihm das bitte ausrichten."

Tür zu, Türe auf – auch diesmal klappte das sekundengenaue „Klinkenspiel" perfekt.

Als er Hellis Gesicht sah, schluckte Halb seinen Kommentar anstandslos hinunter.

„Um Gottes willen, was ist passiert?"

„Chef, du solltest dich lieber setzen. Offenbar hast du deine Spitalszeit im Nachbarzimmer genützt, um den Herrn Waltenberg anzurufen und ..."

„Ja, ich wollte ihn um eine Besprechung bitten, aber da war nur die Mailbox dran."

„... und genau da hat dich der Herr Hofrat Straka angerufen."

„Stimmt! Ich hab natürlich das ‚Anklopfen'-Geräusch gehört und dann gleich am Display gesehen, dass es der liebe Ernst war."

„Und während Ihrer beider – wenn auch vergeblichen – Telefonate hat hier auf dem Festnetz der Herr Magister Lukinowski angerufen, um Ihnen zu sagen, dass ..."

„... dass ich diesmal mein Handy nicht liegen gelassen habe. Oder was?"

Hellis Gesicht nahm einen noch kläglicheren Ausdruck an, weswegen Halb den Scherzversuch sofort abbrach und sie mit fragendem Blick ansah.

„... um Ihnen zu sagen, dass Sie sich Ihre Anrufe beim Herrn Waltenberg sparen können. Der ist nämlich tot."

**Donnerstag, 29. August 2013, 10.15 Uhr**

Alle sechs plumpsten auf den nächstbesten Sessel.

„Was bitte?"

„Ja, erhängt. Der Herr Waltenberg hat sich im Knien erhängt."

„Vermutlich am Heizkörper." Halb schüttelte verzweifelt seinen Kopf. „Was ist das nur für ein verfluchter Tag? Und wieso hat mich der Lukinowski diese Sekunde angerufen? Das bedeutet ja wohl, dass er vor einer Minute neben Waltenbergs Handy gestanden sein muss. Vermutlich neben seiner Leiche. Wieso?“

Helli hielt einen ihrer berühmten Notizzettel aus x-fach recyceltem Altpapier in die Höhe. „Das fragen Sie ihn am besten selber. Die Adresse lautet Kästnerstraße 43.“

„Ich weiß, wo das ist!“ Verena hatte als Erste reagiert und war schon fast bei der Tür draußen, als sie Halb grob zurückpfiff.

„Halt, Verena! Stopp! Du bleibst hier!“

„Chef, das kannst du nicht machen!“ Mit demselben Elan, mit dem sie hinausgerannt war, stürmte sie nun auf Halb zu.

„Es tut mir leid, aber ich kann! Ich muss es können! Jetzt setz dich doch bitte erst einmal hin.“

In diesem Moment schien Magistra Verena Planner wieder das trotzige Mädchen zu sein, das einst mit ihrem Dickkopf ihre ganze Familie zur Verzweiflung gebracht hatte.

„Verena, du selber hast dich aus den Ermittlungen ausklinken wollen. Du selber hast betont, dass du befangen seist. Und weißt du was? ... du hattest vollkommen recht. Dass du dich dann mit Orest, den Erinnyen und dem Museum beschäftigt hast, war okay ... nein, mehr noch – es war ein Vergnügen, deine Ergebnisse zu hören. Aber jetzt geht es um einen scheußlichen Todesfall! Und der Tote ist jemand, den du als Onkel bezeichnest. Das ist jetzt wirklich eine andere Ebene! Eine Ebene, auf der du nur leiden würdest. Und das kann ich nicht ... und will ich auch nicht verantworten. Daher ... bitte bleib hier!“

Einen Moment wirkte es, als hätte Verena komplett aufgegeben.

Doch ...

„Und was ist mit Kandler? Hattest du, hatte einer von euch vorhin den Eindruck, ich würde weinend zusammenbrechen? Nein, tu ich nicht! Warum sollte ich also diesmal ..."

„Muss ich dir das wirklich erklären? Erstens starb Kandler an einem Herzinfarkt – das ist tragisch, aber es ist etwas anderes als ein Tod durch Erhängen. Zweitens hast du Kandlers Leichnam nicht gesehen – aber es könnte passieren, dass du in der Wohnung vom Waltenberg ihn noch ... na ja, du weißt schon. Und drittens ... ganz ehrlich, Verena, ich hatte mich ohnedies gewundert, wie ruhig du die Nachricht von Kandlers Tod aufgenommen hast. Wobei – ‚ruhig' ist nicht ganz richtig, du warst gnadenlos überdreht. Und daher – ich befehle es dir nicht, aber ich ... wir alle bitten dich inständig: Bleib hier! Wir versprechen dir, dich über alle Fakten zu informieren. Aber bitte ..."

„Und womit soll ich mich ablenken? Ich mein, wenn ich schon hier im Büro bleibe, dann werde ich sicher nicht Daumen drehen. Wenn du mir allerdings eine Aufgabe geben könntest ... und zwar keine Alibi-Aufgabe, sondern eine richtige, dann ..."

„Da hätte ich eine Idee!" – keiner war überrascht, dass gerade Toni einen Kompromissvorschlag anzubieten hatte.

„Folgender Gedanke: Irgendwie scheint sich doch immer alles um den ersten Todesfall, den Autounfall von Sven Sulzer, zu drehen. Kandler stirbt – etwas pathetisch ausgedrückt – an einem vor Angst gebrochenen Herzen. Ob diese Erinnyen nur eine Projektionsfläche für seine Furcht waren, spielt jetzt keine so große Rolle. Und Waltenberg hat wegen Sulzers Unfalltod massive Schuldgefühle gehabt, das wissen wir von Lukinowski. Und jetzt hat sich Waltenberg erhängt. Und dieser Morinkovic ... der ist verschwunden. Und zwar seit Sulzers Unfall. Ist das wirklich alles nur Zufall?

Daher wäre meine Idee ... Verena, dir vertraut sowohl Worcinka als auch Märzner. Und dein Großvater sowieso. Ich will jetzt nicht vorschlagen, dass du die drei ausspionierst – das würde ich mir nie erlauben, schon gar nicht bei deinem Opa. Aber vielleicht könntest du ...“

„... könnte ich wieder das brave und charmante Mäderl sein, das mit allen lieb plaudert. Und dabei vielleicht auf ein Geheimnis stößt, das vor einem Jahr mit dem Onkel Sven begraben wurde. Eine Frage hätt ich noch. Ich nehme an, dass ich den Tod von Kandler erwähnen darf, weil der wird ja spätestens morgen in allen Zeitungen stehen. Oder?“

„Ja, darfst du. Mehr noch ... so bösartig das klingt, nütz die Tragödie, um mit den dreien gleich auf eine emotionelle Gesprächsebene zu kommen. Vielleicht verraten sie dir dann eher was. ... Toni, die Idee ist übrigens ausgezeichnet! Mit einer Ausnahme. Verena, lass bitte deinen Großvater aus dem Spiel! Bei dem bist und bleibst du nur Enkelin, bei ihm bitte nicht herumkriminalisieren. Akzeptiert?“

„Ja! Und was soll ich mit Waltenberg machen ... ich meine, soll ich, darf ich über seinen Tod sprechen?“

„Nein, lieber nicht. Zwei Tote innerhalb von vierundzwanzig Stunden, das scheint mir ein bisschen viel zum Verdauen zu sein. Am Ende wird noch einer von denen hysterisch ... entschuldige, wenn ich etwas despektierlich von deinem Opa rede ... und rennt dann zu den Medien. Für die wäre das ein gefundenes Fressen. So schnell können wir gar nicht schauen, haben wir eine moderne Version vom ‚Fluch des Pharao‘ am

Hals. Ich seh schon die Schlagzeilen: ‚Erinnyen holen nächstes Opfer!' Oder: ‚Griechische Rachegöttinnen töten erneut!' Wollen wir den Lärm? Nein, sicher nicht! Weil erstens bekommt uns dann der Ernst endgültig das finale ‚Hofrats-Organversagen', und zweitens ... und das ist der wichtigere Grund ... würden wir uns mit unseren weiteren Ermittlungen sehr viel schwerer tun. Daher – nein, Verena, beschränke dich bitte auf Kandlers Tod. Tu so, als ob du von Waltenberg nichts wüsstest. Wirst du das schaffen? ... sogar vor deinem Opa?"

Verena zögerte einen Augenblick, bevor sie langsam nickte. „Ja, zwei oder drei Tage schaff ich das schon. Über den Tod vom Onkel Andreas wird er sich sehr kränken, aber ich werde ihn so trösten, dass der Name Waltenberg erst gar nicht fällt. Doch, das wird schon gehen."

„Danke, Verena!"

Diesmal rannte keiner davon. Im Gegenteil, wie bei einer Prozession verließen Schwejk, Toni, der Ingeniöhr und Halb das Büro erst, nachdem jeder von ihnen Verena die Hand geschüttelt hatte.

### Donnerstag, 29. August 2013, 10.45 Uhr

Es musste ein entsetzlicher Anblick gewesen sein. Waltenberg hatte sich offenbar vor den Heizkörper gekniet. Dann hatte er das eine Ende der dünnen Plastikschnur um die Heizrippen geschlungen, aus dem anderen Ende hatte er eine Schlinge geknüpft. Nachdem er sich die über den Kopf und stramm um den Hals gezogen hatte, hatte er sich vom Heizkörper weggedreht und sich im Knien in die Schlinge um seinen Hals hineinfallen lassen. Durch den Druck auf die Halsschlagader war er vermutlich sofort ohnmächtig geworden, sodass es kaum einen Todeskampf gegeben hatte.

Aber das Schreckensbild blieb ihnen erspart, die Leiche war bereits abtransportiert worden.

Lukinowski hielt ihnen eine Zellophanhülle mit einem großen Zettel darin hin.

„Sein Abschiedsbrief?"

„Handgeschrieben. Der lag auf dem Tisch da drüben. Und bevor du fragst – ja, es ist seine Handschrift, wir haben sie mit Unterschriften auf Bankunterlagen aus dem Schlafzimmer verglichen. Aber natürlich ist das kein graphologischer Bericht, sondern nur meine erste Einschätzung."

Halb nickte amüsiert. „Danke, Kurt! Mir scheint, mir eilt der Ruf voraus, das personifizierte Misstrauen zu sein. Und um weiter an meiner Legende zu bauen, werde ich jetzt den Brief einfach nur überfliegen und sofort feststellen, dass ..." – eigentlich hatte er nur einen makabren Scherz machen wollen, um das Elend des Vormittags etwas erträglicher zu machen – „... dass – sag einmal, findest du es normal, deinen Abschiedsbrief zwar mit der Hand zu schreiben, ihn aber nicht zu unterschreiben?"

„Ludwig, du wirst es nicht glauben, aber mit dem Schreiben von Abschiedsbriefen hab ich's nicht so. Allerdings habe ich viel Erfahrung mit Menschen in Extremsituationen ... so wie du auch. Und wir beide wissen, dass ein potentieller Selbstmörder nicht immer ganz logisch agiert. Daher ... nein, ich finde es nicht merkwürdig, dass diese Zeilen nicht unterschrieben sind."

Da es zu nichts führen würde, sich hier und jetzt in diese Frage zu verbeißen, ließ Halb seinen Blick durch das Wohnzimmer schweifen, das einen sehr ordentlichen Eindruck machte. Die Bücher waren sowohl nach Themen als auch nach dem Alphabet geordnet. Alle Fächer waren gefüllt, nur in der Mitte eines höheren Fachs klaffte eine Lücke von ungefähr vierzig Zentimetern.

„Sag einmal, Kurt, wer hat denn den Leichnam gefunden? Und wieso warst du schon hier, als ich versucht habe, den Waltenberg anzurufen?"

„So blöd das klingt – dass er gefunden wurde, dafür war ich verantwortlich. Und deshalb bin ich auch gleich hergekommen."

„Seit wann kümmerst du dich um Selbstmörder?"

„Ludwig, bitte, jetzt wühl du nicht auch noch in meinen Wunden. Eigentlich bist ja sowieso du dran schuld!"

„Ich?"

„Ja. Weil du warst es, der mich mit seinen geheimnisvollen Andeutungen neugierig gemacht hat. Und deshalb ist mir überhaupt erst aufgefallen, dass sich der Waltenberg schon tagelang nicht mehr gezeigt hat."

„Du meinst, er hätte ja auch noch den Mord an Che Guevara oder Salvador Allende gestehen müssen?"

„Sei bitte nicht zynisch! ... ja, so irgendwie. Ich kann es nicht erklären, aber ich hab mir Sorgen gemacht. ... wohl zu Recht. Und deshalb hab ich eine Streife gebeten, bei seiner Wohnung vorbeizuschauen. Und weil der Briefkasten schon übergequollen ist und seit vorgestern bei mehreren Besuchen niemand aufgemacht hat, haben wir die Wohnung öffnen lassen und ..."

„Wieso habt ihr nicht die Möglichkeit in Betracht gezogen, dass er schlicht und einfach auf Urlaub sein könnte? Oder in der Psychiatrie?"

„Den Urlaub hätte er garantiert seiner Nachbarin, der Frau Polliansky, gemeldet. Weil er hat ihr immer die Wohnungsschlüssel gegeben und ums Blumengießen gebeten. Und dass er in keiner österreichischen Psychiatrie oder sonstigen Klinik war, das haben wir gewusst. Lieber Ludwig, auch wir einfachen Polizisten können uns Informationen beschaffen."

„Ist ja schon gut, Kurt. Ich wollte euch wirklich nicht beleidigen. Ich bin heute nicht in Bestform, immerhin ist das mein zweiter Todesfall in drei Stunden."

„Ah ja, die Frau Drobatschnig hat schon so was angedeutet. Darfst du mir davon erzählen?"

„Dürfen schon, wollen nicht. Toni, sei bitte so lieb, mach du das."

„Wie du meinst, Chef" – Wilt war seine enden wollende Begeisterung bereits bei den ersten Silben anzuhören – „Kurt, dann lass uns wenigstens auf den Gang gehen, weil der Geruch ..."

„Dürfen wir schon alles angreifen?" – Halb machte eine fragende Handbewegung, die den ganzen Häuserblock zu umfassen schien.

„Ja, wir sind durch" – der Mann von der Spurensicherung lächelte so freundlich, als ob er ein Buffet eröffnet hätte.

„Schwejk, nimmst du dir das Schlafzimmer vor? Ingeniöhr, ich hab beim Reinkommen gleich links einen Schreibtisch mit Laptop gesehen. Vielleicht findest du auch externe Datenträger. Ah ja, und frag bitte, wo die Kollegen Waltenbergs Handy verstaut haben. Und ich ..." – Halb wandte sich noch einmal dem Abschiedsbrief zu – „... ich bin ein sturer alter Bock, der keine Ruhe gibt, wenn ihn etwas stört."

Aber was?

Die fehlende Unterschrift! ... nein, Kurt hatte recht gehabt, Menschen in Extremsituationen handelten häufig unlogisch. Andererseits war Waltenberg offensichtlich ein extrem ordentlicher und strukturierter Mensch gewesen – würde so jemand die eigenen letzten Worte nicht auch bestätigen, sozusagen beurkunden wollen? Noch dazu ein Mensch wie Waltenberg, der es gewohnt gewesen war, zu schreiben. Immerhin hatte er sogar ein Buch geschrieben. So jemand legte sich sicher das Papier zurecht, nahm dann vielleicht sogar eine schöne alte Füllfeder in die Hand und ...

Halb war in wenigen großen Schritten in Waltenbergs Arbeitszimmer. „Ingeniöhr, schildere mir bitte genau, wie du den Schreibtisch vorgefunden hast!"

Da Mayer die Gedankensprünge seines Chefs kannte, schloss er ohne Widerrede oder Frage die Lider und rief sich das Bild vor Augen. „Im Prinzip hat vor drei Minuten alles genauso ausgesehen wie jetzt, ich habe nur den Computer aufgedreht und ..."

„Du hast aber nichts Wesentliches verändert? Der Laptop lag genauso da wie jetzt, mitten auf der Schreibtischplatte?"

„Nein. Also ja. Nichts verändert, er lag so da."

„Was ist daran so bemerkenswert?" Inzwischen hatten auch Schwejk, Toni und Kurt Lukinowski das winzige Arbeitszimmer betreten, sodass sich Halb nur mühsam umdrehen, geschweige denn mit dem Abschiedsbrief wedeln konnte.

„Der hier ist auf ein Blatt geschrieben, das aus einem Registerbuch oder einem Heft oder Ähnlichem herausgerissen wurde. Seht euch die ausgefranste Kante an, die ist nicht so glatt wie bei einem Block. Im Wohnzimmer habe ich weder auf dem Tisch noch in den Regalen entsprechendes Papierzeugs gefunden. Und jetzt seht euch im Arbeitszimmer um ... liegt hier irgendwo ein Heft oder ein Registerbuch oder so etwas herum?"

**Donnerstag, 29. August 2013, 11 Uhr**

Nach einer kurzen Beratung hatten sie beschlossen, den Tod von Sebastian Waltenberg offiziell weiterhin als Selbstmord zu behandeln.

„Chef, du meinst also, dass wir gegenüber den Medien ..."

„... gar nichts verlauten lassen! Absolute Informationssperre! Nein, bitte, das war ein Missverständnis. ‚Offiziell' habe ich in Hinblick auf Verena gemeint. Also, dass wir ihr nichts von einem eventuellen Verdacht sagen und ..."

„Wir sollen die Verena explizit anlügen?"

„Nein, Schwejk, das sollen wir natürlich nicht! Und wir werden es auch nicht tun. Wir werden nur ... na ja, wir werden uns ausnahmsweise wie Diplomaten benehmen, die eben nicht gleich die ganze Wahrheit herausposaunen. Schau, es geht doch um Folgendes. Ich traue der Verena zu, dass ihr kein Wort über Waltenbergs Tod über die Lippen kommt. Aber nur, solange sie von einem Selbstmord ausgeht. Wenn sie aber erführe, dass ihr Onkel Sebastian vielleicht nicht nur an seinen Schuldgefühlen verstorben ist, dann fürchte ich, sie würde sich – zugegebenermaßen nicht ganz zu Unrecht – massiv um ihren Opa zu sorgen beginnen. Und eine so gute Schauspielerin ist sie nicht, dass der das nicht merken würde. Er würde ihr so lange keine Ruhe lassen, bis sie ihm alles erzählt hätte. Und ich garantiere euch, er würde sofort zu Märzner und Worcinka laufen und ihnen die wüstesten Fakten über Kandlers und Waltenbergs Tod erzählen. Zwei Tage später würde das so klingen, als ob selbst wir davon überzeugt wären, dass die zwei von allen bösen Geistern der Unterwelt zu Tode gefoltert wurden. Und dann hätten wir erst recht den Salat, den wir alle verhindern wollen. Hysterie, Mediengewimmel, Straka-Panik, Ermittlungsbehinderungen! Und, zu allem Überfluss ... Pressekonferenzen über Pressekonferenzen. Nur deshalb will ich diesmal die Verena anlü... also, nicht ausführlich über alle Fakten informieren. Und wenn wir ihr sagen, dass es bei Waltenberg schrecklich war, dann haben wir ja nicht einmal gelogen."

„Aber sie wird doch die Details wissen wollen!"

„Dann erzählen wir ihr eben, dass das Papier aus einem Registerbuch herausgerissen wurde. Wir müssen ja nicht erwähnen, dass wir in der Wohnung keines gefunden haben. Vielleicht hat sich der Waltenberg tatsächlich nur ein einzelnes Blatt besorgt. Oder vielleicht hat er es in einem Papierkübel gefunden. Da gibt's ja wirklich mehrere Möglichkeiten. Aber ... okay, damit wir uns nicht den geringsten Vorwurf machen müssen, dass wir nicht allen erdenklichen Spuren nachgegangen sind, mache ich folgenden Vorschlag: Ingeniöhr, könntest du bitte eruieren, ob es hier in der Nähe eine Papierhandlung gibt. Keinen Diskonter, eher so eine altmodische, die noch ein breites Sortiment an Blöcken, Heften und eben auch diversen Notiz-, Protokoll- und Registerbüchern führt. Und dann nimmst du, Toni, dir eines der Fotos mit, die hier überall herumstehen ... das da drüben vielleicht. Waltenberg vor der Akropolis – das Bild dürfte jüngeren Datums sein. Und mit dem gehst du in diese Papierhandlungen und fragst, ob Waltenberg dort Kunde gewesen ist. Und ob sich wer erinnern kann, dass er in letzter Zeit etwas Besonderes gekauft hat. Vielleicht bringt uns das weiter."

„Und was ist, wenn er seinen noblen Papierbedarf in einem Innenstadtgeschäft gedeckt hat?"

„Dann, Toni, hast du dir wieder einmal ein zehntel Millimeter deiner Sohlen umsonst abgelaufen."

Wilt hob seinen rechten Schuh und betrachtete seinen bedrohlich schrägen Absatz mit Besorgnis. Seufzend folgte Halb seinem Blick.

„Womit wir beim heikelsten Punkt wären, der Überwachung von Horak, Märzner und Worcinka. Wenn wir davon ausgehen, dass Kandler und Waltenberg doch nicht ganz freiwillig aus dem Leben geschieden sind ..."

„... dann gibt es zwei Möglichkeiten. Erstens – wir tun nichts! Dann dürfen wir uns aber nicht wundern, wenn uns die drei vor der Nase weg-ermordet werden. Sollten wir dann noch einen Funken Ehre im Leib haben, müssten wir uns so lange Vorwürfe machen, bis wir endlich den Mut fänden, uns selber umzubringen. Wollen wir das? Nein! ... also fällt diese Möglichkeit schon einmal flach." Während seiner launischen Feststellung hatte Wilt beide Schuhe ausgezogen, einer genauen Untersuchung unterzogen und sie wieder angezogen.

„Zweitens – wir stellen Horak, Märzner und Worcinka unter Personenschutz. Das gäbe uns unter Umständen sogar die Möglichkeit, den oder die Täter ..."

„... oder die Täterin ..."

„... oder auch diejenige auf frischer Rache-Tat zu ertappen und festzunehmen. Und, Chef, liege ich soweit richtig?"

„Ja, Schwejk, liegst du. Allerdings hätten wir beim Zweier-Szenario ein Glaubwürdigkeitsproblem."

„Du meinst, wie wir diese doch recht heftige Maßnahme vor Verena und den drei Herren begründen? Weil die lügen wir ja weiterhin an ..."

„Schwejk, bring mich nicht auf die Palme! Wir lügen nicht, wir werden lediglich aus taktischen Gründen die eine oder andere Information nicht allzu sehr herausstreichen und ..."

„Ist schon gut, Chef. Das Problem bleibt dasselbe, egal, wie wir es nennen. Da wir den drei verbliebenen Sparvereinlern einstweilen nichts von Waltenbergs Tod erzählen – womit begründen wir, dass wir sie unter Personenschutz stellen wollen? Der – offizielle – Herzinfarkt von Kandler wird ja wohl kaum ausreichen, oder?"

„Mein lieber Schwejk, du sprühst ja nur so vor klugen, wenn auch manchmal zu moralischen Gedanken! Also, wie sag ich's meinem Kinde? Hat wer eine Idee?"

„Ja, ich" – vorsichtig hob der Ingeniöhr seine Hand, als ob er vor einem gestrengen „Herrn Lehrer" aufzeigen wollte. „Was wäre, wenn wir den Spieß umdrehen? Wenn wir unsere Befürchtungen, dass die Medien das Ganze zu einer Massenhysterie aufbauschen ... wenn wir genau die als Begründung verwenden, warum wir Märzner, Horak und Worcinka unter Personenschutz stellen wollen?" Da Mayer in drei völlig verständnislose Augenpaare starrte, fuhr er fort, ohne auf verzweifelte Fragen zu warten. „Wir erzählen ihnen einfach, dass auch wir nur arme Marionetten der Medien seien und an deren Fäden tanzen müssten ... was ja bis zu einem gewissen Grad stimmt. Und genau diese Medien würden von uns Vorzeigetaten erwarten – wie zum Beispiel Personenschutz für die ‚wichtigen Zeugen' Worcinka, Märzner und Horak. Ah ja, und Waltenberg natürlich – wir dürfen nicht vergessen, auch ihn offiziell unter Personenschutz zu stellen. Und dann können wir sogar noch eins draufsetzen. Damit es absolut echt wirkt, bitten wir die drei, auf keinen Fall mit den Medien zu sprechen. Denn es gebe ja auch unverantwortliche Journalistinnen und Journalisten, die dann ihr eigenes Süppchen kochen würden. Die dann womöglich die Ermittlungen nach den Urhebern des bösartigen Scherzes mit den sprechenden Erinnyen torpedieren würden. Die dann ..."

„Ingeniöhr, ich sage es nur ungern, aber zeitweise bist du so genial, dass sich fast die Frage stellt: Was machst du überhaupt noch in unserer Ermittlergruppe?" – Halb war über die Idee so erleichtert, dass er ausnahmsweise auch „seinem jüngsten Altklugen" die Chance auf eine weise Antwort geben wollte.

Er wurde nicht enttäuscht.

„Lernen!" – Mayers Replik triefte nur so vor stolzer Bescheidenheit.

„Gut, so machen wir's! Wir tarnen den Personenschutz als Publicity-Maßnahme. Ich ruf sofort die Verena an, sie soll das in die Wege leiten ... und die drei Herren kann sie gleich in unserem Sinn instruieren beziehungsweise beruhigen."

Erstaunlicherweise fiel Halb der Griff zu seinem Handy seit der gestrigen „Unterrichtsstunde" tatsächlich leichter, aber das hätte er nicht einmal in seiner aktuellen Begeisterung für den Ingeniöhr zugegeben.

„... ja, genau, mit der einen ‚Personenschutz-Klappe' schlagen wir gleich zwei Fliegen. Zum einen besänftigen wird die Medien. Zum anderen erhöhen wir damit die Chance, Blandine Sulzer und Morinkovic zu fassen. Aber den Punkt lass bitte unter den Tisch fallen. Es genügt, wenn du ‚Punkt eins' betonst. Bei Waltenberg? Na ja, du kannst es dir ja vorstellen, es war schrecklich! Nein, sonst nichts Besonderes.

Wir? ... wir fahren jetzt noch in Kandlers Wohnung. Ja, vielleicht finden wir ja ein Detail, das uns bei der Suche nach den mörderischen Erinnyen weiterhilft. Gut, dann sehen wir einander um circa siebzehn Uhr im Büro. Bis dann!"

**Donnerstag, 29. August 2013, 13 Uhr**

Nach einem Umweg über die Gerichtsmedizin, wo sie sich aus Kandlers sichergestelltem Tascheninhalt dessen Schlüssel besorgt hatten, und einem kurzen Stopp bei einem der zahllosen Studentenlokale im neunten Bezirk betraten sie mit flauen Mägen Kandlers Wohnung. Obwohl es diesmal keine „Geruchserinnerungen" gab, hatte Halb sogleich das Bild seines Zusammenbruchs im ominösen Saal acht vor Augen.

Das einzig Erfreuliche war die Größe, die ganze Wohnung schätzte Halb auf knapp über vierzig Quadratmeter, sodass sie die Durchsuchung nicht mehr als eine halbe Stunde kosten würde. Toni filzte den Kleiderkasten, der Ingeniöhr durchstöberte das Bad, Schwejk besah sich die karge Kücheneinrichtung und Halb widmete sich – wie fast immer – den wenigen, aber interessanten Büchern. Andreas Kandler hatte offenbar ein Faible für den französischen Teil Kanadas gehabt – Halb hätte sich noch stundenlang in den teuren und wunderschönen Bildbänden über Québec, Montreal sowie die wilden Weiten verlieren können. Erst ein „Wir wären's, Chef, wir wollten nur noch unter dem Bett nachsehen" von Schwejk ließ ihn in die Enge des Raums zurückkehren. „Ja, natürlich" – mit lahmem Rücken erhob er sich, dankbar sah er Toni und dem Ingeniöhr zu, als diese seine Sitzgelegenheit der vergangenen Minuten zur Seite schoben und mit einer Taschenlampe den Boden ausleuchteten.

Nichts! ... was an und für sich nicht erstaunlich war. Aber ein so vollständiges Nichts war dann doch verblüffend, kein Staub oder sonstiger Schmutz verunzierte den Parkettboden. Automatisch kniete sich Mayer nieder und zog an jeder der Sockelleisten, was aber zu nichts außer einem gebrochenen Fingernagel führte. Dann klopfte er jedes der penibel gesäuberten Bodenbretter ab, aber auch hier öffnete sich kein geheimes Versteck. Zuletzt schob er den massiven Nachttisch von der Wand. Aber weder dahinter noch in den zwei Laden verbargen sich irgendwelche Überraschungen. „Darf ich?" – Halb schob sich an die Wand und warf aus Neugier einen Blick in den Spalt zwischen der braunen Fünfzigerjahre-Kleinkommode und der Mauer. Tatsächlich, auch dort fand sich kaum ein Staubkorn. Ebenso die Lampe auf der verblichenen Resopalplatte, selbst die Rückwand waren so sauber, dass die beiden Drähte, die vom Lampensockel ins Innere des Nachtkästchens führten, beinahe verdreckt wirkten. Das Einzige, was nicht zur perfekten Sauberkeit und Ordnung passte, war der gebrochene Brillenbügel, den Kandler neben seinem Bett wie den Knochen eines seltenen Vogels drapiert hatte. Halb fiel auf, dass das kaputte Teil an der Oberfläche glatt war, wogegen der Ersatzbügel von Märzner ein geriffeltes Aussehen gehabt hatte. „Die wesentlichen Dinge hab ich noch immer vergessen, aber an die unwichtigen – an die kann sich mein blödes Hirn erinnern!"

„Wie meinen, Chef?"

„Nix Wesentliches, ich ärgere mich nur über meine Amnesie ... was ja insofern ein gutes Zeichen ist, weil ich mich immerhin daran erinnern kann, dass ich mich an Einiges noch immer nicht erinnern kann. Kommt's, lasst's uns gehen. Hier wird man nur trübsinnig. Überlassen wir die traurige Stätte dem Gerichtskommissär. Oder den Erben, je nachdem."

### Donnerstag, 29. August 2013, 17 Uhr

„Wisst ihr was – heute ... " – sie waren darauf gefasst, Verena in gedrückter Stimmung anzutreffen. Aber die Gespräche mit ihrem Großvater, mit Worcinka-Managile und mit Märzner waren offensichtlich nicht so traurig verlaufen, wie sie das befürchtet hatten.

„... heute bin ich selbst den lästigsten Medienmenschen dankbar. Weil alle drei hatten das vom Onkel Andreas bereits im Radio gehört, ich hab mir also das ganze traurige Herumdrucksen sparen können. Und deshalb bin ich auch nie in die Gefahr geraten, dass mir irrtümlich ein Wort über den Selbstmord vom Onkel Sebastian herausrutscht. Nein, wir haben nur über den Onkel Andreas geredet. Interessanterweise haben alle gleich reagiert – natürlich waren sie betroffen, aber sie waren nicht erstaunt. Die letzten Wochen hatten dem Onkel Andreas dermaßen zugesetzt, dass offenbar jeder von ihnen im Geheimen mit einem raschen Ende gerechnet hat. Ansonsten habe ich kaum etwas Interessantes zu berichten.

Mit meinem Opa habe ich nur telefoniert, aber der war erwartungsgemäß völlig uninteressant ... also als Informationsquelle. Seiner Meinung nach gibt es ‚... aber so was von gar nix ...' Geheimnisvolles am Unfall oder am Leben vom Onkel Sven. Alles sei genau so gewesen, wie wir es in den Protokollen nachlesen könnten ... oder wie wir es bereits aus seinen Erzählungen gewusst hätten. Und da er die Fernsehsendung ‚... von der spinnerten Blandine ...' noch nie gesehen hat, hat er natürlich auch nichts über deren Rachegelüste gewusst.

Beim Onkel Markus war ich nur kurz, weil der war total hektisch. Der ist mitten in einem Riesen-Umzug ... offenbar hat er das große Los gezogen, er siedelt gerade in ein dreimal so großes Büro um. Noch dazu nach Grinzing. Ich hab ihn natürlich gefragt, aber er hat mir nur lachend geantwortet, dass er jetzt ‚... für das Böse ...' Werbung macht, weshalb er plötzlich viel besser bezahlt wird. Ich habe ihn direkt damit aufgezogen ... ob er jetzt für eine Alkoholmarke oder für Spielhöllen oder am Ende gar für Schokolade werben würde? Beim letzten Wort ist er tatsächlich zusammengezuckt ... und dann hat er mir noch dazu so eine kleine Werbeschokolade geschenkt.

Ansonsten hat er wenig erzählt. Am ehesten noch hat er über den Ante so bestimmte Andeutungen gemacht – beim ‚Tun-Fisch', seinem Reisebüro, sei in Sachen Steuer nicht immer alles mit ganz legalen Dingen zugegangen. Ah ja, er war der Einzige, der von sich aus auf den Onkel Sebastian zu sprechen gekommen ist ... das Übliche, der arme Kerl habe sich Sulzers Tod am meisten zu Herzen genommen ... aber ich habe ihn recht elegant von dem Thema wegbringen können. Dann hat er mir stolz seine neuesten Spielereien gezeigt – ich hab euch doch erzählt, dass er ein Technikfreak ist."

Verena war zwar richtig in Fahrt geraten, aber das mehrfache Hüsteln war deutlich genug, um sie innehalten zu lassen.

„Hab ich das nicht? Ach du lieber Himmel, das warst ja du, Toni! Verzeih, ich wollte dir nicht die Erzähl-Lorbeeren abspenstig machen. Aber ich war mir so sicher ... na, auch egal. Jedenfalls hat sich das heute bestätigt. Das Allerneueste vom Allerneuesten ist sein Computer – fragt mich bitte nicht, welche Prozessoren und SSD-Speicherplätze und Bildschirmauflösung und was weiß ich dieses Wunderwerk alles hat, es ist auf jeden Fall gigantisch! Und daneben hat er noch ein Lieblingsspielzeug stehen, einen 3D-Drucker. Eigentlich schaut das Ding wie ein etwas zu groß geratener Drucker aus, aber dann erzeugt dieses Kastl tatsächlich ein kleines dreidimensionales Teil, das du vorhin am Computerschirm gezeichnet beziehungsweise modelliert hast. Was weiß ich, ein kleines Spielzeugtier oder die Kappe für einen Kugelschreiber. Mir hat er gleich einen kleinen Anhänger für mein Bettelarmband designt und ausgedruckt ... ein kleines Herz, auf dem natürlich ‚Verena' steht. Er hat es mir auch erklärt – man kann sich das so vorstellen, als ob dieses Gerät etwas aus Kunststoff gießen würde. Aber das allerallerallerbeste Ding, mit dem er derzeit herumturtelt, ist sein Hyper-Mega-Handy. So etwas habe ich wirklich noch nicht gesehen ... das sieht wie eine dünne Folie aus, aber wenn du sie ausrollst, dann ist das sowohl ein Tabletcomputer als auch ein Telefon. Ah ja, und einscannen kannst du damit auch fast alles. Die Kamera hat natürlich über dreißig Megapixel ... nicht so wie unsere Kryptohandys mit ihren zwölf ‚Megapixerln'. Und das Lustigste ist, dass du dieses Ding per Induktion aufladen kannst. Du legst das ohnehin weiche Handy auf einen kleinen Polster, und durch den Kontakt allein lädt es sich über Nacht wie durch Zauberhand ..."

„Verena! Es ist wunderschön, dir beim Schwärmen zuzuhören, aber ... hat der Herr Märzner vielleicht auch irgendetwas bezüglich des Unfalls von Sulzer oder zum

Herrn Kandler gesagt? Abgesehen von deren Prozessoren und Speicherplätzen?“

Einen Augenblick fürchtete Halb, dass Verenas Sprechapparat hängen geblieben sei, denn sie stand mit offenem Mund starr da. Aber nach einer Schrecksekunde begann die „Planner-Maschine“ wieder zu laufen.

„Also ... nein. Entschuldigt, dass ich jetzt etwas abgekommen bin. Aber dieses Pseudobüro, das wie ein technisches Versuchslabor wirkt, das war wirklich ... ja, beeindruckend eben.

Und auch das dritte Gespräch hat gegen alle Erwartungen wirklich Spaß gemacht. Weil, den Onkel Karl habe ich endlich wieder einmal als den ‚großen Luca Managile‘ gesehen – er war heute um fünfzehn Uhr wieder bei unseren Freunden im Kriminalpolizeilichen Beratungsdienst in Aktion. Und wie! ... ich sag euch, der blüht auf, wenn er auf der Bühne steht – das ist unwahrscheinlich. Dann hab ich kurz mit ihm geplaudert – im Grunde hat auch er mir nichts Neues erzählt. Ganz amüsant war, dass er ‚zu Beginn seines künstlerischen Schaffens noch nicht so moralisch gefestigt‘ gewesen sei ... ich zitiere ihn wörtlich. Ich hab ihn vorsichtshalber nicht gefragt, wer damals seine bevorzugten Opfer waren. Aber auch noch später habe er – streng gesehen – nicht immer im Rahmen des Gesetzes gearbeitet ... er habe nämlich Diebe im Auftrag des jeweils Bestohlenen bestohlen. Dass seine Auftraggeber nicht immer ganz sauber gewesen sind, war ihm schon klar – sonst wären sie ja zur Polizei gegangen ... aber das habe ihn damals nicht gestört. Na ja, und dann ist er ja ohnehin auf die ‚gerade Bahn‘ gerutscht und habe sogar in Las Vegas Erfolg gehabt. ... den Rest der Geschichte kennen wir. Lachen hab ich auch müssen, als er über ‚... die guten alten Zeiten ...' philosophiert hat. Das waren die Zeiten, in denen an etlichen Handgelenken teure Uhren hingen, nicht so wie heute, wo viele nur billige Kopien aus Thailand und sonst woher tragen. Und die diversen Schweizer Designuhren würden sich wirklich nicht auszahlen. Wie hat er das genannt? ‚Früher, da hab ich wenig Brimborium um ein großes Ergebnis machen können. Heute muss ich alle Register der Ablenkung ziehen, um dann wenigstens ein paar Ringe an meinen Fingern zu haben.' Ja, wie gesagt, das war sehr nett. Der Rest des Gesprächs war für uns uninteressant. Den Onkel Andreas habe er nicht für verrückt, aber schon für sehr verschroben gehalten. Als ich ihn gefragt habe, ob er es für möglich hält, dass der Onkel Andreas wirklich was Geheimnisvolles gehört haben könnte, ist er mir dann allerdings ausgewichen. Und bezüglich des Unfalls vom Onkel Sven – da hat er fast dieselben Worte wie mein Opa gebraucht. Nein, da gebe es seiner Erinnerung nach überhaupt nichts, was uns irgendwie interessieren könnte.

Hab ich sonst noch was vergessen? Ah ja, natürlich – was den Personenschutz anlangt, da waren alle drei derselben Meinung: So ein Blödsinn! Aber ich habe sie schließlich überzeugen können, dass es angesichts der noch immer frei herumlaufenden Blandine und der Tatsache, dass wir auch den Onkel Ante nicht und nicht finden können, klüger sei, wenigstens ein paar Tage den polizeilichen Babysitter zu ertragen. Und natürlich habe ich mich inzwischen mit den Kolleginnen und Kollegen abgesprochen, Worcinka, Märzner und mein Großvater werden ab heute Abend überwacht. Jetzt stellt sich nur noch die Frage ..."

„Ah, mein Lieblingshofrat, der Schrecken aller Medien!"

Diesmal hatte Halb auf seine „Straka-Antennen" vergessen, sodass sein „... Lieblingshofrat, der Schrecken aller Medienschrecken" unbemerkt und somit „unflüchtbar" das Büro betreten konnte. Allerdings hatte die Situation diesmal einen großen Vorteil – Halb konnte sich noch gut erinnern, welche Lüge er heute Vormittag „zur Verbreitung freigegeben hatte", wie sich Straka ironisch ausdrückte.

„Und, wie war's heute im Spital? Oder leidest du wieder so sehr an deiner Amnesie, dass du dich nicht daran erinnern kannst, weshalb du heute Vormittag nach der Pressekonferenz nicht mehr ..."

„Wer sind Sie? Und wo bin ich hier überhaupt?" – eine Sekunde war Straka verunsichert, bevor er vom ironischen zum sauren Gesichtsausdruck wechselte.

„Sehr witzig, mein lieber Ludwig!"

„Ja, schon – du hättest dich eben sehen sollen. Und ja, danke – ich weiß noch ganz genau, dass ich heute Vormittag noch einmal in ein Spital gefahren bin, um mir eine Infusion gegen meine Schmerzen geben zu lassen. Aber jetzt wollen wir lieber von den Problemen sprechen, die ich dir mit meinem morgendlichen Auftritt gemacht habe. Ich wollte mich ..."

„Überhaupt nicht, Ludwig. Ich gebe es nur höchst ungern zu, aber deine morgendliche Showeinlage hat uns so hohe Sympathiewerte eingebracht wie schon lange nicht mehr. Das wurde übrigens auch auf höchster Ebene positiv zur Kenntnis genommen. Und deshalb ... und bitte, jetzt fall mir nicht gleich in Ohnmacht ... deshalb haben wir beschlossen, morgen noch einmal eine Pressekonferenz anzusetzen. Aber diesmal direkt im ‚Museum für Kunstgeschichte der Weltreligionen'. Dieser Doktor Kätsch ... du weißt schon, der Direktor ... hat über ein anderes Ministerium anfragen lassen, ob wir nicht schon morgen bei ihm eine große Veranstaltung für die Medien machen könnten. Sein Haus würde nämlich seit heute in der Früh von verschiedenen, aber durch die Bank wahnsinnigen Gruppen mehr oder minder belagert werden, weshalb er dringendst – und dabei hat er nach mindestens acht Ausrufezeichen geklungen! – darum gebeten hat, so schnell wie möglich gemeinsam gegenzusteuern. Na ja, nach deinem heutigen Auftritt konnte ich ihm diese Bitte nur schwer abschlagen. ... weshalb ich dich höflichst und vor Zeugen – und einer Zeugin – ersuche, morgen pünktlich um ... so, jetzt kommt die Überraschung ... elf Uhr im Museum zu sein. Die Einladung gilt natürlich für alle Anwesenden. Und wenn ich von einer Einladung spreche, dann übertreibe ich nicht, denn das Buffet wird vom ‚Piano e dolci' geliefert ... und ich habe dafür gesorgt, dass es für alle reichen wird."

Auch diesmal hatte Straka mit mindestens einem „Geh, Ernst, muss das sein?" gerechnet, weshalb er völlig verdattert zusammenzuckte, als Applaus aufbrandete.

„Ja, aber, was hab ich denn ..."

„Da fragst du noch? Das ‚Piano e dolci' ist unbezahlbar gut! Für ein Gratisbuffet von dort hättest du mich auch für zehn Uhr einteilen dürfen!"

**Freitag, 30. August 2013, 10.30 Uhr**

„Kätsch, sehr erfreut! Sie müssen der Hofrat mit dem komödiantischen Talent sein ... Halb, nicht wahr?"

„Halb stimmt, ob das mit dem Talent stimmt, müssen andere beurteilen. Guten Morgen, Herr Direktor!"

Schon beim Händedruck klickten unzählige Fotoapparate. Im Hintergrund waren noch weitere Kameraleute zu sehen, die ihre Geräte nach hinten ins Museum schleppten.

„Wenn Sie mir bitte folgen wollen, wir haben im Saal Numero sieben die Tische so aufgebaut, dass Sie, sehr geehrter Herr Hofrat, zwei Plätze neben mir sitzen werden. Zwischen uns haben wir für den Vertreter oder die Vertreterin des Kulturministeriums reserviert. Auf Ihrer anderen Seite ...“ – Halb ließ die Informationen an sich abrinnen, er warf einen Blick in den Nachbarsaal, der auch im hellen Tageslicht abschreckend und düster wirkte. Ob Kandler wieder genau dort zusammengebrochen war? ... er nahm sich vor, die Aussage von Jastic noch einmal auf dieses Detail hin durchzulesen.

Aber abgesehen von Saal acht hatte er den Eindruck, in einem anderen Museum zu stehen. Das war nicht das düstere, von Angst durchtränkte Haus, das er vor vier Tagen um halb drei in der Nacht betreten hatte.

Es machte zwar auch heute auf ihn einen komplett verrückten Eindruck, aber das lag nicht an Kandlers Panik oder der gespenstischen Ausstrahlung der „Flucht des Orest“, sondern schlicht und einfach an den verschiedenen Gruppen, die vor dem Museum eine Art Zeltlager aufgeschlagen hatten.

Im ersten Moment hatte sich Halb gefragt, warum diese Spinner nicht schon längst aufgefordert worden waren, den Platz zu räumen. Im zweiten Moment hatte er Kurt Lukinowski entdeckt ... und ihn gefragt.

„Schau, Ludwig, das ist eine äußerst heikle Angelegenheit. Seit gestern, seit diese ‚Mörderische Erinnyen‘-Geschichte über die Bildschirme flackert und in Magazinen aller Art durchgehechelt wird, hat sich hier ein ... und jetzt zitiere ich einen Kommentator ... ‚buntes

Gemisch von Protestgruppen eingefunden, das für unterschiedliche Kritikpunkte an unserem Kulturbetrieb‘ steht. Solche Leute kannst du heute nicht mehr so schlecht behandeln, wie wir das noch als junge Polizisten gelernt haben! Und, ganz im Ernst, aber unter uns, Ludwig – ich habe sogar Verständnis für einige der Anliegen. Da drüben hast du zum Beispiel eine Gruppe, die gegen die Ausstellung mancher Kunstwerke da drinnen protestiert. Sie behaupten, dass für diese Gemälde und Statuen quer durch die Jahrhunderte geplündert und gemordet wurde. Und deshalb sollten die Besitzer dieser Werke ... und das sind in manchen Fällen auch heute noch dieselben Familien wie vor Jahrhunderten ... nicht auch noch dadurch belohnt werden, dass man ihre Kunstwerke ausstellt und die Leihgeber lobend erwähnt. Meinen die da drüben jedenfalls.“

„Aber das ist doch dumm, die Kritik ist meiner Meinung nach nicht zu Ende gedacht! Denn die Bilder und Plastiken, die konnten und können ja nichts dafür, wenn sich sadistische Psychopathen quer durch die Geschichte gegenseitig abgeschlachtet haben, um dann irgendwelche Trophäen präsentieren zu können. Soll man deshalb diese Werke in dunkle Verliese sperren, damit sie kein Mensch je mehr zu Gesicht bekommt?“

„Ludwig, mit mir brauchst du nicht zu diskutieren! Ich bin wahrlich kein Experte für solche historisch-rechtsphilosophisch-theologisch-wirtschaftsgeschichtlichen Fragen. Und du übrigens auch nicht. Aber ich finde es prinzipiell nicht so schlecht, über solche Zusammenhänge nachzudenken und darüber zu sprechen.“

„Und die da drüben, die mit diesen langweiligen Gesängen?“

„Ach die, die sind zwar lästig, aber harmlos. Das sind so echte Mystik-Freaks, die behaupten, dass man sich am Inhalt wie auch an der Geschichte der ‚Flucht des Orest' nur vergiften könne. ... was ja auch der tragische Tod von diesem Herrn Kandler beweist! ... sagen die. Und deshalb halten sie Geisterbeschwörungen ab, um uns alle vor dem Gemälde zu schützen."

„Lieb von ihnen. Und, gibt's noch andere Wahnsinnige?"

„Na ja, die, die da ganz am Ende vom Platz ... genau, die mit den bunten Fahnen. Die sind möglicherweise nicht ganz so harmlos. Die behaupten nämlich, dass böse Schwingungen, die vom Museum ausstrahlen, zuerst den ersten Bezirk, und von dort ausgehend ganz Wien vergiften würden. Und deshalb ..."

„Wollen sie jetzt die Hofburg abreißen?"

„Nein, das nicht. Aber sie haben ein höheres Aggressionspotential als die anderen. Deshalb haben wir auf die ein besonders liebevolles Auge geworfen."

„Und die Typen da drüben in den Leintüchern. Sind das Vertreter für Bettwäsche oder gibt es sonst einen Grund für diese Faschingsparade?"

„Die? Die sind die Harmlosesten von allen! Das sind ein paar Studenten, die sich als selbst ernannte Fachleute für altgriechische Sagen zu verkaufen versuchen. Die bemühen sich, den ausländischen Medienleuten eine Führung durch das Museum aufzuschwatzen."

„Aber das hat doch heute zu? Zumindest während der Pressekonferenz gilt doch ‚geschlossene Gesellschaft', oder?"

„Ja, schon ... aber wissen das auch alle ausländischen Medienvertreter? Mir sind die Spinner egal – ich hab meinen Leuten gesagt, dass sie sie in Ruhe lassen sollen. Erst wenn sie aufmüpfig werden, kontrollieren wir sie auf Marihuana ... ich bin mir sicher, da fänden wir ein paar Joints. Aber, wie gesagt, solange sie Ruhe geben, sind wir auch friedlich."

„Na dann ... danke für diese ganz spezielle Führung durch unsere lokale Kulturkritik. Servus, Kurt!" – dank der jungen uniformierten Kollegen war es Halb gelungen, ohne Probleme das Museumsportal zu erreichen, wo er bereits sehnsüchtig von Straka erwartet wurde.

„Darf ich Ihnen das Mikroport in die Tasche stecken? Wenn Sie mir bitte ein paar Worte sagen ... für die Toneinstellung." Halb war in letzter Zeit immer wieder erstaunt, wie sehr sich die Fernsehtechnik verändert hatte. Noch vor einigen Jahren war es ein stundenlanges Probieren und Proben gewesen, bis alle Kameras, Mikrofone und Scheinwerfer am richtigen Platz waren. Und wehe, man hatte sich über Gebühr bewegt! Aber heute – heute schien alles wie auf Gummirollen abzulaufen. Die Geräte waren deutlich kleiner und leichter geworden, die Technik offenbar zuverlässiger und die sie bedienenden Fachleute spürbar gelassener.

Der Beginn der Pressekonferenz war so unspektakulär, dass Halb aufpassen musste, nicht einzuschlafen. Lediglich der unbequeme Sessel und einige seiner hartnäckigsten Unfallschmerzen ließen ihn aufmerksam und konzentriert wirken.

„Ich darf Sie jetzt in den Saal acht bitten. Dort hängt das Gemälde, auf das Sie alle sicher schon warten." Doktor Kätsch führte die Gruppe an, die inzwischen auf eine bedrohlich wirkende Zahl an Vertreterinnen und Vertretern verschiedener Medien angewachsen war. In dieser Situation aber war die kalte Ausstrahlung und die hallende Akustik von Saal acht ein Vorteil, weil automatisch einige der Damen und Herren sofort in die Helligkeit des Nachbarsaals zurückkehrten.

Hinten an der Wand sah Halb seine ganze Truppe, auch Helli Drobatschnig und ihre Familie hatten sich offenbar die entsprechenden „VIP-Tickets" für die heutige Pressekonferenz besorgt.

„‚Die Flucht des Orest', meine sehr geehrten Damen und Herren. Für manche mag sie schon als ‚Fluch des Orest' gelten ... und, glauben Sie uns bitte, wir sind derzeit die Ersten, die das so sehen. Es wurde ja schon in mehreren Medien kolportiert, dass wir, das ‚Museum für Kunstgeschichte der Weltreligionen Wien', den ganzen Spuk um die sprechenden Erinnyen inszeniert hätten, um mehr Aufmerksamkeit für unsere derzeit laufende Sonderausstellung zu erzielen. Ich darf Ihnen versichern, dass das der größte Nonsens ist, den sich wer auch immer ausdenken konnte! Wie Sie sich alle vor unserem Haus überzeugen konnten, haben wir uns infolge des tragischen Todesfalls über zu geringe Aufmerksamkeit wahrlich nicht zu beklagen. Wie Sie sich aber denken können, ist das wirklich nicht die Art von Resonanz, die sich ein Museum unserer Größe und unseres Rangs wünscht beziehungsweise vorstellt. Es ist also in unserem ureigensten Interesse, dass rasch geklärt wird, wer hinter der Tragödie um unseren ehemaligen, hochverdienten Mitarbeiter Andreas Kandler steckt.

Ich freue mich daher ganz besonders, dass Ihnen nach meiner kurzen Einleitung zum – in unberechtigten Misskredit geratenen – Gemälde von Adrian van Sprookje der vermutlich profundeste Kenner dieses Kriminalfalles, Hofrat Magister Ludwig Halb vom österreichischen Bundeskriminalamt, Rede und Antwort stehen wird."

Das war der Moment, in dem sich in Halb alle „Fluchtmuskeln" zusammenzogen, aber auch der Moment, in dem er erkennen musste, dass er angesichts des Pulks vor sich keine Chance gehabt hätte. Es blieb ihm daher nichts anderes übrig, als den Worten von Doktor Kätsch zu lauschen, die – wie er widerwillig anerkennen musste – gar nicht so uninteressant waren.

„Nun ja, meine sehr geehrten Damen und Herren, ‚Die Flucht des Orest' ist nicht nur ein Meisterwerk, es ist auch ein großes Werk ... im wortwörtlichen Sinne. Es misst sechs mal drei Meter – und wie Sie sich natürlich bereits gedacht haben, war das Maß kein Zufall. Van Sprookje verfolgte mit diesem Bild ein ganz konkretes Ziel – er wollte eine Anstellung am päpstlichen Hof seines Landsmannes Papst Hadrian VI. haben. Um dies zu erreichen, musste er das Gemälde mit zahlreichen Anspielungen und Hinweisen auf die päpstliche Herrlichkeit versehen.

Ich bin mir bewusst, dass Ihnen die Sage um Orest nur allzu geläufig ist – ich darf mich daher gleich auf die Situation beziehen, die das Bild schildert.

Das Gemälde zeigt die Szene, als Iphigenie, Orest und Pylades die Statue der Artemis nach Griechenland entführen, während sich die Taurer von dem Geschehen abwenden.

Sie sehen, wie raffiniert van Sprookje auch die Bedrohung durch die Erinnyen eingefangen hat. Die drei Rachegöttinnen kreisen über dem Boot, sie lassen sich aber quasi von den Zusehern – oder, wenn Sie mir den Scherz gestatten: den ‚Wegsehern' – ablenken und schauen so wie diese vom Zentrum des Geschehens weg, aus dem Bild heraus und auf den Betrachter hin. Dieser tödliche Blick sollte den Betrachter immer daran erinnern, dass auch er dem strafenden Blick des rächenden Gottes ausgesetzt ist.

Wenn wir das Volk der Taurer betrachten, so erkennen wir, dass die Menschen rechts und links nach vorne beziehungsweise seitlich aus dem Bild heraussehen, während die drei ‚Helden' mit der Statue in den Bildhintergrund in Richtung des Horizonts fliehen. Als Ziel strahlt am Horizont eine stilisierte antike Landschaft, eine Art Arkadien. Ich hoffe, dass Sie es alle sehen können ... auch die Herrschaften weiter hinten? Können Sie noch lesen, was dort auf diesem stilisierten Tempel steht? Ja? Nun, wenn nicht, dann darf ich Sie bitten, nachher näher zu treten. Tatsache ist, dass auf einem der Tempel im Bildhintergrund in großen Buchstaben ‚ARkHADIeN' zu lesen steht. Die falsche Schreibweise und die Großbuchstaben sind natürlich kein Irrtum, sie deuten auf ein – doppeltes – Anagramm hin. Zum einen spielen sie auf Papst Hadrian VI. an. Zum anderen sind sie ein Hinweis auf den Vornamen des Künstlers, auf Adrian van Sprookje.

Besonders interessant wird es, wenn wir uns die Züge der einzelnen Figuren ansehen. Orest ist der klare Held der Szene, logischerweise trägt er die Züge Hadrians VI. Im Gegensatz dazu symbolisieren die drei Erinnyen das Böse. ... was zu dieser Zeit am deutlichsten von der Trias Sultan Süleyman – Symbol für die damals akute Türkengefahr –, dem schwedischen König Christian II. – Symbol für die Reformation – und dem Teufel verkörpert wurde.

Ich darf Sie noch auf zwei ganz besondere Pointen hinweisen. Unter den Taurern, die wegsehen, sind Philipp Melanchthon und Lukas Cranach zu erkennen, die als weitere Sinnbilder der Reformation angesehen werden können. Aber auch die beiden weltlichen Herrscher Kaiser Karl V., der einst Schüler von Adrian von Utrecht, dem späteren Hadrian VI. war, und der französische König Franz I. sind unter den wegsehenden Gesichtern zu erkennen.

Und wenn Sie sich den Blumenschmuck auf der rechten unteren Bildseite anschauen, so werden Sie sich vielleicht an romantische Gemälde späterer Jahrhunderte erinnert fühlen. Es ist uns bisher nicht gelungen, eine schlüssige Erklärung für diesen wuchernden Blumenschmuck zu finden. Eine Theorie geht davon aus, dass van Sprookje damit das Blühen und Gedeihen des Papsttums zeigen wollte. Aber, wie gesagt, das ist nur eine Theorie.

Damit bin ich, meine sehr geehrten Damen und Herren, am Ende meines Teils angekommen. Sie sehen, dieses Gemälde hat imposante Ausmaße und noch viel mehr Brillanz, aber wirklich nichts Unheimliches an sich. Wie es zu diesen tragischen Zwischenfällen mit Andreas Kandler kommen konnte, kann Ihnen vielleicht Hofrat Halb erklären. Ich jedenfalls danke Ihnen vielmals für Ihr zahlreiches Erscheinen und ihre Aufmerksamkeit. Ich wünsche noch einen guten Appetit und interessante Gespräche mit unseren Experten!"

## Freitag, 30. August 2013, 16 Uhr

„Gut hast du ausgesehen! Ich hab dich gleich vor meinen Kolleginnen und Kollegen hergezeigt."

Halb saß immer noch einfach nur da. Nach einem atemlosen Begrüßungskuss hatte er sich gleich auf den Thonet-Sessel fallen lassen und Delia gebeten, ihm noch einige Minuten zum Verschnaufen zu geben. Jedoch wirkte sein Blick noch ermatteter als sein Körper, weshalb sich Delia verpflichtet fühlte, sofort eine Erklärung nachzuschieben.

„Im Fernsehen! Du warst heute Nachmittag live zu sehen. Ich habe auf meinem Bildschirm immer die

‚Ö-Info' im Hintergrund laufen ... wegen der Börsenkurse und der Top-Nachrichten. Und die haben heute die Pressekonferenz aus dem MuKuWeReWi übertragen. Plötzlich bist du über meinen Computer geflimmert! Du warst wirklich smart, als du dem einen vorlauten Reporter geantwortet hast, dass ... warte, wie hast du den abgefertigt?"

„... dass er nach Schottland gehen muss, wenn er Gespenstern begegnen will. Und nach Griechenland, wenn er griechische Rachegöttinnen auf ihrem Fluch- und Mordtrip erleben will." Halb konnte sich an fast keinen der Sätze erinnern, die er den nach Geistern gierenden Medienmenschen geboten hatte. Seine Teamlinge hatten für ihn einige der besten Bissen des heiß umkämpften Buffets in Sicherheit gebracht und ihm so verführerisch unter die Nase gehalten, dass er wieder „unter die lebendigen Genießer" zurückgekehrt war.

Und selbst die Erinnerung daran wirkte belebend.

„Smart, sagst du? Jetzt würde mich allerdings brennend interessieren, wie du mich deinen Kolleginnen und Kollegen vorgestellt hast. ‚Schaut's her, der Herr hier auf dem Schirm ist ein hoffnungslos altmodischer Kriminalist, der erst dann brauchbar ist, wenn er überfahren wurde.' So in etwa?"

Delia lächelte verschmitzt. „Nein, Ludwig, viel schlimmer. Aber das sag ich dir nicht, weil wir wollen uns ja nicht den schönen Nachmittag verderben."

Ächzend erhob sich nun auch Halb. „Verrätst du mir jetzt, wohin du mich verschleppst? Oder bleibt das auch weiterhin ein Geheimnis?"

„Da lang!" Das „weiterhin" dauerte noch neun Minuten, dann waren sie am Ziel.

**Freitag, 30. August 2013, 16.30 Uhr**

„Und hier haben wir ein besonders extravagantes Stück. Beim Modell ‚Nox 2121' wird die verbrauchte Luft durch mehrere integrierte Kanäle abgeleitet und erleichtert es so, ein natürliches Gleichgewicht von Luftfeuchtigkeit und -trockenheit herzustellen. Eine perfekte Schlafmaschine!"

Beinahe hätte Halb „Hören Sie, wir wollen nicht auf einem Ventilator schlafen – verkaufen Sie auch Betten?" geantwortet, aber ein liebevoll-mahnender Blick von Delia belehrte ihn eines Besseren.

Sie waren schon vor dem Geschäft gestanden, als Delia ihm ihr Ziel offenbart hatte.

„Wenn du wirklich deine alte Wohnung reaktivieren willst, worüber ich mich ganz besonders freuen würde, dann werden wir ja wohl nicht weiterhin auf zwei Matratzen am Fußboden schlafen. Ich habe mir gedacht, dass ich deine Sinneswandlung ein wenig ... na ja, ‚belohnen' wäre zu viel gesagt, ‚unterstützen' passt vielleicht besser ... also unterstütze, indem wir dir für deine alte Wohnung ein neues Bett kaufen."

Einen kurzen Moment hatte Halb den Gentleman in sich rebellieren gespürt, aber dann hatte er sich lächelnd gefügt.

„Und hier hätten wir unser neuestes Modell – das ‚Fullfull o.n.', ideal für Liebhaber modernster Technik. Nein, im Bett selbst ist keineswegs ein Stellmotor oder sonst etwas eingebaut, dessen negative Schwingungen Ihren kostbaren Schlaf stören würden. Aber das Nachtkästchen birgt eine Sensation. Denn in seiner Deckplatte wird eine ganz schwache Stromspannung erzeugt, von welcher der menschliche Körper vollkommen unbeeinflusst bleibt. Aber diese Induktionsspannung genügt, um ihr Smartphone über Nacht aufzuladen. Sie kennen vielleicht die Situation – Sie haben am Abend darauf vergessen, das Gerät anzustecken ... und in der Früh wissen Sie nicht, wie Sie über den Tag kommen sollen. Das kann Ihnen nun nicht mehr drohen. Sie brauchen nur Ihr Smartphone neben sich ruhen lassen ... perfekt! Denn die Lädematte in der Platte erzeugt ein Magnetfeld, das bestimmte Smartphone-Akkus – quasi im Schlaf – mit frischer Energie auffüllt. Sensationell!"

Das war der Punkt gewesen, von dem an sich Halb nicht einmal mehr von Delias – inzwischen beschwörenden – Blicken aufhalten ließ.

„Und wie ist das mit meinem Herzschrittmacher? Lädt sich der auch auf, wenn ich im Bett liege, oder sollte ich mich lieber quer über das Nachtkastl drapieren ... mit der linken Brust über der Ladeplatte? Ich glaube, das muss ich noch mit meinem Arzt klären. Aber danke vielmals für Ihre Mühe und die wahrlich erschöpfenden Informationen."

**Freitag, 30. August 2013, 18 Uhr**

Delia, Ring, Teller – Halb ließ seinen Blick genussvoll im Dreieck kreisen.

Da der übermotivierte Verkäufer auch ihr auf die Nerven gegangen war, hatte sie ihm nach einer kurzen symbolischen „Ich-bin-böse"-Phase recht gegeben, dass sie das Bett besser in einem der zahlreichen Möbelhäuser in den diversen Shopping-Cities kaufen sollten.

Da Delia gar kein Mittagessen und Halb – seiner Meinung nach – viel zu wenige der italienischen Buffetköstlichkeiten abbekommen hatte, lag es im doppelten Sinn nahe, in Halbs Lieblingskaffeehaus zu Abend zu essen.

„Mein Gott, Herr Hofrat! Ich hätt Sie fast nicht wiedererkannt ... bei der charmanten und blutjungen Begleitung! ... Ihr üblicher Tisch ist leider gerade nicht frei, aber darf's auch der da drüben am Fenster sein?“ – es war das Vorrecht des Herrn Franz, ihn mit einer leisen Spitze zu begrüßen. Immerhin hatte der Stammober eines der berühmtesten Wiener Kaffeehäuser Halb schon gekannt, als dieser noch in kurzen Hosen auf seinen geliebten Opa gewartet hatte. Viel Wasser war die Donau hinuntergeflossen, seit seine Eltern gestorben waren, seit sein Großvater ihn einfach „übernommen“ hatte und ihn dank seiner Position als „Beleuchtungschef“ des Burgtheaters verwöhnt, aber manchmal auch erzogen hatte, seit Halb als junger Mann beschlossen hatte, zur Polizei zu gehen und Jus zu studieren.

Milliarden an Donauwasser-Litern ... und jetzt saß er, der sich in den letzten Jahren immer mehr als „alter Haudegen“ empfunden hatte, mit einer strahlend jungen, klugen, charmanten Dame hier am Fenster und wusste nicht, ob sein Blick auf den berühmten Ringstraßenbauten, seinem köstlichen Schweinsbraten oder Delias Gesicht ruhen sollte.

„Träumst du, Ludwig? Oder bist du nur so in dein Leibgericht versunken, dass du die Welt um dich herum gar nicht mehr wahrnimmst?“

„Ganz falsch, meine Liebe! Das ist alles nur Kriminalisten-Tarnung. Im Übrigen ist so ein Schweinsbraten gar nicht mein Leibgericht ... höchstens eines, das auf derselben Stufe steht wie Schnitzel oder Gulasch oder ...“

„Stimmt, nach den Fernsehbildern von heute Mittag glaube ich dir das aufs Wort. Das Buffet im Hintergrund hat ja köstlich ausgesehen.“

„Das war es auch! Aber ich hab leider viel zu wenig ...“

„Darf ich dich etwas zu diesem Todesfall im Museum fragen? Oder musst du auf jeden Fall lügen, wenn dich wer darauf anspricht?“

„Wir Kriminalisten sagen doch immer die Wahrheit! ... natürlich nur unter der Bedingung, dass wir sie überhaupt kennen. Was willst du denn wissen?“

Delia sah sich vorsichtig um, bevor sie sich leicht über den Tisch beugte.

„Ganz ehrlich, wie denkst du über die Erinnyen? Glaubst du, dass es doch irgendeine geheimnisvolle Erscheinung war, die diesen armen Museumswärter umgebracht hat ... oder nicht?“

Halb bemühte sich, nicht allzu kryptisch zu lächeln. „Was wäre dir denn lieber? Wärst du auch dann Anhängerin einer übersinnlichen Erklärung, wenn dahinter das personifizierte Böse stecken würde? Oder würdest du eine nüchterne, moderntechnische Erklärung bevorzugen? ... wobei, du bräuchtest dich für die ‚Kristallkugel-Variante‘ nicht im Geringsten zu genieren. Du wärst damit in glänzender Gesellschaft, weil selbst meine Mitarbeiterin Verena Planner – im Grunde ihres Herzens glühende Naturwissenschaftlerin – war sich im Lauf dieser Woche nicht immer im Klaren, ob sie nicht doch vielleicht ... wenigstens ein bisschen ... an übernatürliche Wesen glauben sollte.“

Delia überlegte einen Moment. „Mir wäre die Wahrheit am liebsten, die ist letztlich immer am Spannendsten.“

„Mein Gott, Delia, jetzt bist du nicht mehr nur blutjung und charmant. Jetzt bist du auch noch weise! ... und deshalb werde ich dir auch eine ehrliche Antwort geben. Ich kann dir noch nicht sagen, wie die

Erinnyen zum Sprechen gebracht wurden – du musst dich noch gedulden, bis wir ... ja, den Namen sollte ich dir jetzt nicht verraten. Bis wir eine junge Dame gefunden haben, die den Tod ihres Vaters nicht überwunden haben dürfte und die dafür ein paar Männer – unter anderem Kandler – verantwortlich macht.

Aber jetzt lassen wir die Erinnyen Erinnyen sein und ...“ – vielleicht war es ein naiver Wunsch, die Causa Kandler für den Rest des Abends zu vergessen. Auf jeden Fall holte ihn seine „Handyhymne“ auf den Boden der Realität zurück.

„Chef, entschuldige bitte die späte Störung, aber ich komme gerade von einer interessanten Tour durch einige Papierhandlungen“ – an der zögerlichen Antwort seines Vorgesetzten erkannte Wilt, dass er etwas weiter ausholen musste. „Ich bin doch mit Waltenbergs Foto herumspaziert. Ob er in einer der Papierhandlungen in seiner Umgebung ...“

„Ja, natürlich, Toni! Ich weiß schon wieder, entschuldige bitte meine lange Leitung – ob der Waltenberg in letzter Zeit dort ein Registerbuch oder so was gekauft hat.“

„Ganz genau!“

„Und? Hat er?“

„Und wie! Er hat einen ganz bestimmten Buchtyp seit Jahrzehnten gekauft, um darin sein Tagebuch zu führen. Leineneinband, chamoisfarbenes Papier, auf dem keine Tinte ausblutet – quasi der Rolls-Royce unter den Notizbüchern.“

„Tagebücher? Haben wir Tagebücher gefunden?“

„Nein, Chef. Also ich wüsste wirklich nicht, ob ...“

„Toni, erinnerst du dich, da hat es doch in der Mitte eines der Fächer eine Lücke gegeben.“

„Ja, circa vierzig Zentimeter breit.“

„Das meine ich. Das war erstens ein eher hohes Fach, und zweitens waren die Bücher nach dem Alphabet gereiht. Und diese Lücke war ganz unten – dort, wo man doch den Buchstaben ‚T' vermuten würde."

„Du meinst ‚T' wie Tagebuch?"

„Das läge nahe! Und da Waltenberg kaum seinen eigenen Abschiedsbrief zuerst auf die letzte Seite seines Tagebuchs geschrieben haben wird, logischerweise nicht unterschrieben, um daraufhin alle Tagebücher im Papierkübel zu entsorgen, in die Wohnung zurückzukehren und sich zu erhängen – war es wohl doch ... ich kann hier jetzt nicht laut sprechen."

„Aber ich. Mord! Es war Mord!"

„Ja ... aber das überrascht uns ja nicht wirklich. Sonst noch etwas?"

„Nein. Ich dachte nur, dass du das vielleicht gleich ..."

„Ja, Toni, danke. Ich wünsch dir ein schönes Wochenende!"

„Dir auch, Chef. Grüß dich!"

Ein frommer Wunsch.

„Das darf doch nicht wahr sein! " – kaum hatte Halb seinen elektronischen Störenfried verstaut, begann er schon wieder zu jaulen.

„Chef, Chef!" – im ersten Moment konnte er nicht erkennen, ob Verena euphorisch oder erschrocken klang. Vorsichtshalber ging er von Zweiterem aus.

„Verena, ganz ruhig! Was ist passiert?"

„Du wirst nicht glauben, was passiert ist! Ich war heute gleich nach dem Büro bei meinem Opa, um ihn noch einmal gezielt, aber diplomatisch nach eventuellen Sven-Sulzer-Mysterien zu fragen. Da ruft mich der Onkel Markus, also Märzner, an. Er habe eine sensationelle Überraschung für mich, für uns alle! Ob er zu meinem Opa in die Wohnung kommen dürfe, er bringe auch einen ganz großen Kuchen mit. Wir müssten nur den Kaffee machen. Und vor einer halben Stunde ist er dann aufgekreuzt. Aber nicht allein ... nein! Zum einen hat er ‚den größten aller Magier und Taschendiebe', also den Onkel Karl, mitgebracht. Und natürlich ihre beiden Personenschützer. Aber, und jetzt kommt's! Weißt du, wen er noch im Schlepptau hatte? Du wirst es nicht glauben!"

„Verena, bitte, ich glaube dir alles, aber sag's endlich, weil sonst wird mir mein Schweinsbraten noch kälter."

„Oh, entschuldige bitte. Aber das ist jeden kalten Schweinsbraten wert, denn Onkel Markus hat tatsächlich ... Abhayankari Devi vulgo Blandine Sulzer mitgebracht! Was sagst du nun? Nichts vermutlich, weil du einfach sprachlos bist! So wie ich!"

Schön wär's!, dachte sich Halb trotz der sensationellen Nachricht.

„Natürlich haben wir die Blandine zuerst einmal nach allen Regeln der Kunst ausgequetscht. Was diese Racheaktion in ihrer Sendung sollte? Wieso sie vom Erdboden verschluckt gewesen war? Wie sie der Onkel Markus gefunden hat?"

„Na und, hat sie dir halbwegs plausible Antworten gegeben?"

„Ja, soweit eine dermaßen – na ja, sagen wir – unorthodoxe junge Frau überhaupt halbwegs logische Begründungen für ihr Verhalten liefern kann. Sie habe vor vier Wochen eingesehen, dass es ihr immer schlimmer gehen würde, wenn sie sich nicht von diesen – ich zitiere – ‚bösartigen Gedanken, die ihrem Karma nur Schaden zufügen' lösen könne. Deshalb habe sie einen kurzen Entschluss gefasst ... die Blandine war immer schon eine Frau der spontanen Tat! Ja, also eben den Entschluss gefasst, sich einfach ‚mal so' für einige Wochen bei buddhistischen Freunden in einem Kloster im Himalaya einzuquartieren. Diese Behauptung konnte ich natürlich noch nicht überprüfen, aber ich habe schon geklärt, dass sie tatsächlich vor über drei Wochen in einem Flugzeug nach Neu-Delhi gesessen und erst vorgestern, am Mittwochabend, von dort zurückgekehrt ist. Sie kann also unmöglich hinter den sprechenden Erinnyen stecken. Den Personenschutz habe ich vorsichtshalber trotzdem noch belassen. Rein theoretisch könnten ja auch Morinkovic oder Jastic oder Birker ihre Finger im Spiel haben und noch weitere Attentate planen. Die drei Herren Personenschützer sitzen übrigens jetzt bei uns am Tisch und lassen sich die Kuchen ebenso gut schmecken. Neben der Blandine ... die allen Ernstes gesagt hat, dass sie gleich morgen ins MuKuWeReWi gehen und dort mit diesem Bild in spirituellen Kontakt treten will, um die arme Seele von Kandler von ihren Fesseln zu befreien. Vielleicht schafft sie es sogar, sich mit Onkel Andreas selber in Verbindung zu setzen. Dann könnte sie ihn noch einmal genau fragen, was er denn gehört hat. Also spinnen tut die Blandine schon ganz heftig! Aber, wie gesagt, sie kann Kandler beim besten Willen nicht getötet haben. Wir stehen zwar jetzt wieder genauso klug wie vor fünf Tagen da, aber ... vielleicht finden wir für diese mysteriöse Museumsgeistergeschichte und für das Auto-Attentat auf dich ja doch noch eine irdische Erklärung. Was meinst du?"

Halb war nahe dran, Verena per Telefon den Kopf abzureißen, bremste sich aber doch noch ein. „Dass du den Personenschutz belassen hast, war vernünftig, das hätt ich nicht anders gemacht. Aber was den Rest anlangt ... du bist gut! Ich, Schwejk, Toni und der Ingeniöhr – wir alle haben dir und deinem Großvater von Anfang an klarzumachen versucht, dass Kandler – er ruhe in Frieden! – ... dass er aus welchen Gründen auch immer schlicht und einfach Halluzinationen habe. Sonst nichts! Aber ihr wart es ja, die uns unbedingt davon überzeugen wollten, dass es ein äußerst reales Bedrohungsszenario gebe, wenn der ‚Onkel Andreas das behauptet'! Deshalb haben wir doch überhaupt erst mit dem ganzen Theater angefangen! Und jetzt kommst du mir mit deiner ‚irdischen Erklärung'? Meine liebe Verena, du rennst weit offene Türen ein! Und ... ich hör schon gleich auf, aber das eine Schimpfen muss jetzt noch sein ... schade, dass du erst heute draufkommst! Wir hätten uns viel ersparen können."

„Ja, Chef, es tut mir wirklich schrecklich und aufrichtig schrecklich leid. Oder doch eher schrecklich aufrichtig? ... na, egal! Auf jeden Fall ... entschuldige bitte tausendmal. Und bitte bestell dir noch einen zweiten – heißen – Schweinsbraten! Und sag mir bitte am Montag, was der gekostet hat – ich werde mir erlauben, dir das Geld dafür zu geben. Bitte, ich bestehe drauf! So, aber jetzt kehre ich wieder an die Feiertafel zurück. Und genieße einen friedlichen Kaffee-und-Kuchen-Abend. Das einzig Seltsame ist, dass ..."

„Ja?"

„Ich glaube, ich hab die Kreuzallergie vom Onkel Markus kurz erwähnt. Er hat doch eine Birkenpollenallergie. Und deshalb reagiert er auch auf Äpfel und Haselnüsse ein wenig allergisch. Nicht schlimm, aber er müsste bei deren Verzehr eigentlich so eine Art Mini-Heuschnupfen von innen spüren. Nichts Dramatisches, aber unangenehm. Und jetzt hab ich mich halt gewundert, warum uns gerade der Onkel Markus einen Apfelstrudel mit Nüssen mitgebracht hat? Aber egal, ich hab so einen Hunger, dass ich mich jetzt gleich in den Apfelstrudel stürze und ihn zur Hälfte auf... nein, nicht aufesse, sondern mit Wolllust auffresse! Also, wie gesagt, der nächste Schweinsbraten geht auf meine Rechnung! Und bitte noch einmal um Mega-Hyper-Giga-Entschuldigung! Ich wünsch euch ein wunderschönes Wochenende! Bis Montag!"

„Ja, ebenfalls ... also das mit dem schönen Wochenende!" Kopfschüttelnd nahm Halb sein Handy vom Ohr ... und hielt mitten in der Bewegung inne.

„Ludwig, was hast du denn?"

„Nichts, gar nichts. Ich bin nur zu lange in einer Position verharrt, das mögen meine immer noch leicht geprellten Knochen nicht so gerne."

„Und warum nimmst du dir dann nicht wenigstens in solchen Situationen ein Schmerzpulver?"

„Weil das reines Gift ist! Solange ich kann, meide ich Medikamente."

Delia lächelte nachsichtig. „Oh du mein lieber Ludwig! Eine einzelne Schmerztablette hat sicher viel geringere negative Auswirkungen auf deine Gesundheit als der Schweinsbraten vor dir ... vom warmen Krautsalat mit Speckwürfeln und dem riesigen Knödel ganz abgesehen. Du tust ja so, als ob sinnvolle Medikamente mindestens Heroin oder LSD enthielten. Das ist nicht der Fall! Also bitte, lass mich nicht mehr leiden bei deinem Anblick ... und frag doch den Herrn Franz, ob nicht er dir ein – vielleicht sogar rezeptfreies – ‚Pulverl' geben könnte."

„Nein, nein, da sehe ich mich lieber kurz im Kaffeehaus um, und ... siehst du den Künstlertisch da rechts hinter meinem Rücken? Vielleicht sollte ich zu denen gehen und sie um einen kleinen Joint bitten? Der macht mich dann total relaxt, und ich erlebe alles wie in einem Traum. Erst vorgestern Nachmittag ..."

„... hast du einen Joint geraucht?“

„Was heißt hier ‚einen‘? Nein, das gerade nicht, aber ich habe so geträumt, als ob ich ...“

„Du träumst am Nachmittag? Hoffentlich von mir.“

„Woher weißt du das? Im Ernst, du bist in diesem Traum vorgekommen – wenn auch nicht als die ultimative überirdische Schönheit, die mir ...“

„Als was sonst?“

„Als Stimme, mitten in einer Musik. Das Beängstigende war, dass ich den Klang plötzlich als Essen empfunden habe. Ich hab mich noch gewundert, wieso mir diese Melodie wie ein Schnitzel in Gulaschsaft geschmeckt hat. Sonst mag ich ja derart kulinarische Experimente nicht wirklich.“

„Ludwig, wir müssen unbedingt bald einmal zu einer Psychologin gehen, damit die dir deine Träume ...“

„Bitte, nicht schon wieder!“

„Doch! Das kann sehr interessant ... und sogar ganz lustig sein. Schau, im konkreten Fall – da würde sich doch die Frage stellen, warum du gerade einen Gulaschsaft ‚geschmeckthört‘ hast? War das ein Symbol für die Schärfe in deinem Leben? ... für mich?“

„Na ja, ich hoffe nicht. Das würde ja bedeuten, dass ich in diesem Traum dann vermutlich das wohlschmeckende, aber viel sanftere Schnitzel gewesen wäre. Und das wiederum könnte man so interpretieren, dass du mit deiner Gulaschschärfe mich biederes Schnitzel quasi übertünchen könntest, wann immer es dir lieb wäre.“

„Und? Würde dich das stören?“

Beinahe wäre Halb ein spontanes „Ja, schon!“ herausgerutscht, aber er konnte sich gerade noch einbremsen und mit einer diplomatischeren Floskel antworten. „Ich weiß es nicht. Aber lass uns darüber reden, falls wir je einmal eine Meinungsverschiedenheit haben sollten.“

„Lass uns das doch gleich üben. Ludwig, wenn ich so sehe, wie du dir dein Kreuz massierst, dann ... ich flehe dich an – nimm doch bitte endlich etwas gegen deine Schmerzen! Oder leg dich meinetwegen kurz auf den Teppich da drüben und mach ein paar Dehnübungen, aber bitte: Tu etwas!"

Missmutig winkte Halb den Herrn Franz zu sich. „Kreuzweh, Herr Hofrat? Natürlich haben wir hinten in der Küche ein ganzes Arsenal an Schmerzmitteln, aber ich bringe Ihnen erst einmal einen kleinen harten Polster. Vielleicht hilft der."

Klein? Hart? Herr Franz schleppte einen der Pölster an, die in gepflegten Wiener Haushalten der Kaiserzeit zu Tausenden auf diversen Diwans, Chaiselongues und sonstigen Sitz- und Liegemöbeln drapiert gewesen waren.

Halb musterte misstrauisch das weiche Monstrum und ...

„Ludwig? Hat dich der Schlag getroffen? Bitte sag doch was, das ist ja zum Fürchten."

„Herr Hofrat, wenn Ihnen der Polster so gar nicht gefällt, bring ich Ihnen natürlich einen anderen. Aber Sie brauchen nicht zur Salzsäule zu erstarren und uns normalen Menschen Angst einzujagen."

Nur mühsam kehrte Halb in seine momentane Umgebung zurück.

„Die Melodie! Ich weiß jetzt endlich, woher ich diese World-Marathon-League-Hymne kenne! Wieso ich die ganz selbstverständlich zu Ende pfeifen konnte!"

„Herr Hofrat, bei allem Respekt, aber das ist nicht möglich! Das weiß sogar ein Fossil wie ich, dass diese – mit Verlaub ... ich kann sie nämlich nicht mehr hören – fürchterliche Melodie einstweilen eben unvollendet bleibt. Erst im September ..."

„Jaja, das weiß ich schon. Im September ... Festakt in Paris ... ein Riesen-Tumult ... viel Geld im Spiel ... angeblich haben ‚The World's Greatest' der Musiker und Medienfritzen und Werbe-Wunderwuzzis und weiß Gott wer an dieser Hymne komponiert. Nein! Haben sie nicht! Aber das bedeutet ..." – noch einmal war Halb am Versteinern. Nur an seinen Gesichtsmuskeln konnte man erkennen, dass es in ihm auf Hochtouren arbeitete. „Um Gottes willen! Das geht schief! Das wären ja am Ende fünf, nein, sechs ... nein, mindestens sieben Tote! Vielleicht kann ich noch ..." – die ganze Energie, die Halb in den letzten bewegungslosen Sekunden in seine Muskeln gepumpt zu haben schien, entlud sich in einem hektischen Tippen auf wehrlosen Handytasten. „Himmelherrgottnocheinmal, wie war das gleich? In alphabetischer Reihenfolge. Die Ziffer ‚1' ist für die Mailbox, ab ‚2' habe ich dann meine Nummern gespeichert. Also ... der Ernst als Erster auf der zwei, H wie Helli auf der drei, auf der vier dann der I-iingeniöhr, auf der fünf ... o-p-qu-r-s-t! Ja, der Schwejk auf der fünf und der Toni auf der sechs. Dann müsste die Verena auf der sieben abgespeichert sein. Aber zuerst den Toni! Verdammt noch einmal, nur die Mailbox! Toni, ja, bitte – wir waren alle Idioten. Die restliche Erklärung folgt ... wenn sie nicht zu spät kommt! Trommel alles zusammen und komm in die ... verdammt, wie heißt die Gasse? Zu Verenas Großvater in die Wohnung! Du weißt, der Mann heißt Horak. Danke und Ende!"

Jetzt war es an Halbs Umgebung, ihn wie versteinert anzustarren.

„Bitte schaut's mich nicht so entsetzt an! Es ist – aber das erklär ich euch, wenn ... falls es noch nicht zu spät ist. So, jetzt die sieben für Verena ... nein, HimmelAundZwirn, wir haben ja die Ziffern verschoben.

Die Verena war dann nicht die sieben, sondern ... die acht, die Verena war auf der acht! Schon wieder nur die Mailbox! Ja, Verena, ich hoffe, dass du diese Worte noch hören kannst. Also, ich wollte nur sagen, dass ... bitte, lass dir nichts anmerken, wenn du das abhörst. Ihr seid alle in größter Gefahr! Rühr vor allem den Apfelstrudel und den Kaffee nicht an! Ich bin in einer Viertelstunde bei dir! Ende!"

Das Gesicht von Herrn Franz hatte inzwischen einen interessierten Ausdruck angenommen – man konnte ihm die Freude ansehen, einmal im Leben nicht nur vor dem Fernseher zu sitzen, wenn es um Leben und Tod ging.

Delia hingegen sah man die zahllosen Seminare für „Stressbewältigung und richtiges Handeln bei kritischen Ereignissen" an, die sie in ihrer Zeit als Brokerin absolviert hatte. Der Handel mit Wertpapierordern in Millionenhöhe war offenbar eng verwandt mit dem Agieren in einer Situation, in der es um Mord ging.

„Delia, steht dein Wagen immer noch in der Tiefgarage? Unter der Bank, also ... das ist von hier zweimal ums Eck. Dann bitte ..."

Wortlos reichte sie ihm Autoschlüssel und Papiere.

„Danke! Bitte ruft die Polizei an. Und seid so überzeugend, dass die euch glauben. Aber die Kollegen sollen bei Horaks Wohnung vorsichtig sein und ja nicht hineinstürmen, weil sonst haben wir auch noch eine Geiselnahme!

Und Delia ... danke für alles! Und ich kann dir gar nicht sagen, wie sehr ich mich auf die nächsten Wochen freue ... falls ich nicht sterben sollte!"

„Untersteh dich!" – Delias nachgerufene Worte waren zu verzagt ausgefallen, als dass sie Halb noch hätte hören können.

## Freitag, 30. August 2013, 19.30 Uhr

„Guten Abend, Herr Hofrat! Es tut mir leid, falls ich etwas zu fest zugeschlagen habe, aber ich wollte kein Risiko eingehen. Immerhin habe ich ja schon getestet, was für einen dicken Schädel Sie haben ... und was für ein Dickschädel Sie sind."

Halb wusste nicht, ob er seine Augen schon offen oder noch geschlossen hatte. Daher bemühte er sich, aus dem Schmerz, der im Moment seinen ganzen Körper durchflutete, die einzelnen Muskelgruppen, die ihm schon seit Tagen wehtaten, herauszulösen. Vielleicht hatte er so eine Chance, etwas mehr Gefühl für seinen Körper zu erlangen, zu spüren, wie weit bestimmte Regionen beeinträchtigt oder gar außer Gefecht gesetzt waren.

Mit den Augen begann er. Ganz langsam hob er zuerst das linke Lid, dann das rechte. Das einströmende Licht versetzte seinem Kopf einen neuen Schlag, aber er riss die Augen so lange auf, bis er trotz des Pochens in seinem Schädel etwas erkennen konnte.

... und schloss sie gleich wieder vor Entsetzen. Aber der eine Blick hatte ausgereicht, um in ihm ein Bild zu reaktivieren. Er wusste nicht, ob er Sekunden, Minuten oder Stunden ohnmächtig und gefesselt gewesen war, aber er konnte sich wieder präzise an die Momente vor dieser jüngsten Dunkelheit erinnern.

Da er keine Zeit mehr gehabt hatte, nach Hause zu fahren und seine Waffe aus dem Safe zu holen, hatte er einen Schraubenschlüssel aus Delias Kofferraum genommen und war damit zur Wohnung von Franz Horak gestürmt. Er hatte sich überlegt, wie er die Türe aufbekommen könnte ... und war kurz erschrocken, als er sie nur angelehnt vorgefunden hatte. Schritt für

Schritt hatte er das Vorzimmer durchquert, die Türe zum Wohnzimmer geöffnet ... und war entsetzt zurückgeprallt. Die Szene hatte ihn an die klassischen Massaker zahlreicher Mafiafilme erinnert – auf dem und um den Esstisch herum lagen wie Marionettenpuppen die Körper von Franz Horak, Karl Worcinka und drei unbekannten jungen Männern ... wohl die Kollegen vom Personenschutz. Verena, Markus Märzner und eine Blandine Sulzer waren auf ihren Sesseln zusammengesackt. Halb stürzte natürlich sofort zu Verena hin ... und das war sein Fehler gewesen.

Vermutlich sein letzter Fehler, den er wegen der starken Fesseln um Arme und Beine kaum wiedergutmachen könnte.

„Wieso haben Sie gewusst, dass ich genau jetzt hier auftauchen werde?"

„Herr Hofrat, ich schreibe diese dumme Frage ihrem noch benommenen Gehirn zu. Ansonsten wäre ich gekränkt und zornig ... darüber, dass Sie mich offenbar für ganz blöd halten. Selbstverständlich hatte ich das Klingeln von Verenas Handy bemerkt, und nach Ihrem Anruf habe ich mir die Mailbox angehört. Sehr eindrucksvoll, wie Sie herumgeeiert haben. Eindrucksvoll ... und erheiternd. Seien Sie doch so gütig und verraten mir, ob Sie vor dreißig Minuten noch geglaubt haben, dass Blandine die ‚größte Gefahr' sei, oder ob Sie schon mich im Verdacht hatten?"

„Herr Märzner, glauben Sie mir, mir ist in den Minuten vor dem Telefonat mit Verena klargeworden, dass nur Sie der Mörder von Kandler und Waltenberg sein können. Möglicherweise sogar von Sulzer und Morinkovic, aber das ..."

„Ganz falsch, Herr Hofrat! Zu viel der Ehre! Nein, der Sven ist tatsächlich seiner Undiszipliniertheit zum

Opfer gefallen. Zu dem Zeitpunkt war es mir noch völlig egal, ob einer von diesen seltsamen Sparvereinsspaßvögeln am Leben wäre oder nicht. Das gilt im Übrigen auch für den Ante."

„Der vermutlich in einem serbischen Bergdorf friedlich seinen Lebensabend verbringt."

„Das würde ich ihm wirklich gönnen! Unser ‚Tun-Fisch' war noch der Anregendste unter all diesen selbstzufriedenen Gelegenheitsalkoholikern. Wir waren ein bisschen so was wie verwandte Seelen. Deshalb hat er auch nur mich eingeweiht, als er vor zwei Jahren ein Haus in einer entfernteren Region seiner Heimat erworben hat. Er hat das sonst niemandem erzählt, weil das Geld für diesen Kauf stammte ... nun ja, aus nicht ganz legal versteuerten Transaktionen. Deswegen die Geheimnistuerei. Der Ante war fast ein wenig paranoid, wenn es um seine eigenen illegalen Geschäfte ging. Leider ist er dort vor einem Jahr an einem Herzinfarkt verstorben. Und natürlich wurde er auch in seinem winzigen Dorf begraben. ... das weiß ich deshalb, weil mir sein Bruder dankenswerterweise ein paar ‚Reliquien' unseres Sparvereins zurückgeschickt hat."

„Ich merke, dass ich nicht alle Details richtig erkannt beziehungsweise zugeordnet habe. Da Sie mich ohnedies töten werden, wäre es doch nicht vermessen, Sie zu bitten, mir noch einige Fragen zu beantworten?"

„Gerne doch, Herr Hofrat! Aber ich sage Ihnen gleich, dass ich nur so lange mitspiele, bis ich unten vorm Haus die Polizei aufkreuzen sehe. Mir ist schon klar, dass es hier bald von Uniformierten, Un-Uniformierten und vor allem Uninformierten ..."

„... sozusagen die uninformierten Uniformierten ..."

„Herr Hofrat, ich würde Ihnen empfehlen, mich nicht zu unterbrechen, sonst werden sich nur ganz wenige Ihrer Fragen ausgehen. Ich schätze, dass Ihre Kolleginnen und Kollegen in spätestens fünfzehn Minuten auftauchen werden. Also, wenn Sie noch etwas wissen wollen, sollten Sie nicht allzu viel Zeit verlieren."

„Danke für Ihre Empfehlung! Aber ich denke mir, dass es vielleicht auch Sie interessieren wird, wie ich ..."

„Ach Gott, Herr Hofrat, jetzt enttäuschen Sie mich schon wieder. Sie haben mich doch sicher bereits richtig eingeschätzt. Mich als das erkannt, was ich bin – ein perfekter Narziss. Nein, jetzt muss ich mich korrigieren – ich bin kein perfekter Narziss. Weil ein solcher möchte alle Welt von seinem Genie überzeugen. Ich nicht! Mir ist es völlig egal, was die Idioten um mich herum von mir denken. Mir geht es nur darum, dass es mir gut geht. Sehr gut geht! Daher – nein, wie Sie mir auf die Spur gekommen sind, interessiert mich nicht."

„Es war ein Gulasch, das mich auf Sie gebracht hat."

„Wie bitte?"

„Ja, Ihr gesamter Plan kam mir letztlich wie ein Gulasch vor. Ein gutes, sogar sehr gutes Gulasch – mit viel Paprika. Aber auch nicht mehr als ein Gulasch." Halb stellte mit einem ersten Anflug von Vergnügen fest, dass seine Taktik fruchtete. Er hatte eben immer noch den besseren Blick für Menschen, als es so manchen lieb war. Märzner konnte ihm erzählen, was er wollte – Halb hatte sofort überrissen, dass sein Gegenspieler es nicht ertragen konnte, mit einer gewöhnlichen Speise verglichen zu werden.

„Jetzt machen Sie mich aber böse."

„Das tut mir leid, Sie werden mir glauben, dass mir nichts ferner läge! Nein, ich liebe ja Gulasch, deshalb ist mir der Vergleich in den Sinn gekommen. Ein Gulasch ist umso besser, je mehr Paprika es enthält. Es ist dieses Gewürz, das einen die anderen Zutaten sozusagen ‚überschmecken' lässt, das einen das Wesentliche übersehen lässt. Und genauso war Ihre Museumsinszenierung. Wenn Sie Kandler und Waltenberg und jetzt auch noch Horak und Worcinka der Reihe nach ganz normal umgebracht hätten, wären logischerweise Sie nicht nur der Haupt-, sondern mehr oder minder der einzige Verdächtige gewesen. Sie mussten also die vier Morde splitten. Und brauchten eine Geschichte, die entsprechend ablenkt: der Nachtwächter eines honorigen Kunstmuseums, der plötzlich die altgriechischen Rachegöttinnen reden hört. Mehr noch, der Stein und Bein schwört, dass ihn diese ekelhaften Erinnyen nicht nur ansprechen, nein, sie beginnen sogar, ihn zu verfluchen. Genial! Was konnte Ihnen da schon geschehen? Entweder würde Kandler immer mehr in den Wahnsinn abgleiten, sodass es keine Überraschung wäre, wenn er eines baldigen Tages an einem Herzinfarkt oder einem Schlaganfall sterben würde. Oder aber diese absolut verrückte Gespenstergeschichte würde publik und von zahlreichen Medien dankbar aufgegriffen werden, der Lärm um die Erinnyen würde jedes reale Motiv verdecken. Kein Rauch ohne Feuer. Aber manchmal ist der Rauch so dicht, dass die Flammen unsichtbar werden – oder eben das Schnitzel im Gulaschsaft am Geschmack nicht mehr zu erkennen ist."

„Ich habe den Eindruck, mein Schlag von vorhin war doch zu stark. Ich nehme daher an, dass es durchaus in Ihrem Sinn ist, wenn ich Ihre Leidenszeit verkürze und ..."

„Herr Märzner, Sie haben mir noch ein paar Fragen gestattet. Und eine davon möchte ich unbedingt beantwortet haben, bevor ..." – Halb hatte keine Ahnung, wie er eine Frage formulieren sollte. Inzwischen war ihm klargeworden, dass er tatsächlich den kompletten Tataufbau verstanden hatte, jedes Puzzlestück auf seinen Platz legen konnte. Aber wenn er jetzt zu reden aufhören würde, könnte er die ganze unglaubliche Geschichte bestenfalls einer himmlischen Seele erzählen.

Oder dem Teufel.

„Ich habe noch nicht ganz Ihren genialen technischen Aufwand durchschaut. Was ich schon verstanden habe, ist, dass der Brillenbügel eine entscheidende Rolle gespielt hat. Jener Bügel, den Kandler irrtümlich zerbrochen hat. Ich nehme an, dass Ihnen das ausgesprochen gelegen kam, richtig? Sie haben ihm angeboten, die Brille zu reparieren, Sie hätten einen ähnlichen Bügel bei sich zu Hause liegen. Sie wussten natürlich, dass Kandler äußerst sparsam war, um das hässliche Wort ‚geizig' zu vermeiden. Er würde sofort darauf einsteigen ... und so war es auch. Was er nicht wissen konnte, war, dass Sie einen solchen Brillenbügel keineswegs daheim hatten, dafür ein neues Spielzeug. Ihren 3D-Drucker. Die Verena hat uns begeistert vorgeschwärmt, was für ein wunderbares Gerät das sei. Korrigieren Sie mich bitte, wenn ich etwas Falsches sage ... Sie haben den alten, zerbrochenen Bügel eingescannt und mit dem Drucker nachgegossen – und dabei eine kleine feine technische Spezialität eingebaut. ... sehen Sie, und das ist jetzt meine Frage. Was? Was war es, was Kandler vorgegaukelt hat, dass ihn die Erinnyen doch tatsächlich ansprechen würden? War das ein winziger Lautsprecher oder ...“

„Herr Hofrat, Sie haben ja in Wirklichkeit gar keine Fragen. Sie wissen ohnehin schon alles. Kompliment, übrigens. Ja, natürlich – ich habe einen winzigen Lautsprecher aus einem Hörgerät entfernt ... diese

Dinger sind heutzutage kaum mehr mit freiem Auge sichtbar. Und dann habe ich den Lautsprecher zusammen mit einer Batterie und einer ebenfalls winzigen Empfängereinheit in den Bügel eingebaut ... oder, wie Sie es ganz richtig gesagt haben, eingegossen. Am Rande bemerkt, das war der mühsamste Teil der Übung. Zuerst musste ich ja im Computerprogramm die Aussparungen für die Technik einzeichnen, dann den Bügel zu zwei Dritteln gießen, hernach die Elektronik einbauen und erst zum Schluss den Bügel mit dem 3D-Drucker fertigstellen."

„Ab dem Moment hatte Herr Kandler einen Lautsprecher direkt hinter seinem linken Ohr. Und jedes Mal, wenn er vor der ‚Flucht des Orest' stand ... darf ich Sie fragen, wie hat das eigentlich mit der Übertragung funktioniert? Sie werden ja nicht auch noch einen Chip mit einem fertigen Text in den Bügel eingebaut haben?"

„Nein, nein, das hätte die Sache nur noch verkompliziert. Während der drei letzten Wochen bin ich in jeder Nacht, in der der arme Andreas ein Opfer der Erinnyen werden sollte, vor dem Museum in meinem Auto gesessen und habe ihm über eine bestimmte Funkfrequenz diesen vertrottelten Satz auf den Lautsprecher gesendet. Das war ganz lustig, wie ich mit meinem Mund das geheimnisvolle Rauschen des Windes nachgemacht und mit sphärischer Stimme ‚Warum hast du nicht auf uns gehört?' gehaucht habe."

„Da hat Ihnen sicher Ihre schauspielerische Ausbildung genützt, nicht wahr? Was ich Sie noch fragen wollte – wenn Sie den Satz als vertrottelt empfinden, warum haben Sie ihn dann überhaupt gewählt?"

„Das hatte rein sprechtechnische Gründe. Es sollte am Ende des Satzes ein ‚o', ein ‚ö' oder ein ‚u' stehen. Mit diesen Vokalen kann man am besten ein gespenstisches Hauchen erzeugen. ‚Gehört' war also das ideale Schlusswort. Und der Rest, der hat sich einfach so ergeben."

„Und an dem einen Abend, als Sie und der restliche Sparverein das Museum besucht haben ... wie haben Sie es geschafft, dass die Erinnyen Kandler verflucht haben, während Sie nur einige Meter entfernt standen? Sie hatten doch keinen Komplizen, oder doch?"

„Aber nein, Mitwisser sind ein viel zu großes Risiko – da hätte ich nur einen Mord mehr zu planen gehabt. Ich war auch da ganz allein ... und die Inszenierung war nicht nur ein Nervenkitzel, sie war auch noch viel einfacher, als ich gedacht hatte. Ich nehme an, Sie haben die Aufnahmen der Überwachungskameras genau studiert und ..."

„Ja, selbstverständlich. Und ich muss zugeben, dass ich jedes Mal ein leises Kratzen in meinem Hinterkopf verspürt habe. Irgendein Detail hat mich gestört, aber ich bin nicht draufgekommen, was das war."

„Na, vielleicht hilft Ihnen meine kleine Abenteuergeschichte ‚Markus, Andreas und die bösen Rachegöttinnen'. Der Trick war, dass ich ein kleines Mikrofon ans Revers meines Sakkos gesteckt hatte – die Sendeeinheit hatte ich in der Tasche. Das war ein gewöhnliches Mikroport, wie es heute zu Tausenden bei Fernsehaufnahmen zum Einsatz kommt. Und kaum, dass wir dem lieben Andreas zur Beendigung des Spuks gratuliert hatten – wenn ich mich recht erinnere, war das ich, der in das allgemeine ‚Applausgegröle' eingeworfen hat, dass wir die bösen Geister vertrieben hätten. Natürlich haben alle diesen Satz dankbar aufgegriffen und sich gegenseitig auf die Schultern geklopft. Bei all dem freudigen Gejohle ist es niemandem aufgefallen, dass ich um einen Hauch schneller im nächsten

Saal war, wo mich die anderen kurz weder sehen noch hören konnten."

„Danke, Herr Märzner, genau! Das war es. Sie haben mich erlöst!"

„Oh ... gerne doch. Dabei habe ich geglaubt, dass ich Sie erst in ein paar Minuten erlösen werde. Aber ..."

„Erlöst in dem Sinn, dass mir jetzt endlich klargeworden ist, was mir an der Aufnahme aufgefallen ist, ohne dass ich es hätte benennen können. Es war genau dieser Moment, in dem die Erinnyen dann doch noch über Kandler hergefallen sind ... und dazu mit einem noch erschreckenderen Satz als sonst – in dem Moment waren Sie der Einzige, der nicht mehr auf den Bildern aus Saal acht zu sehen war. Weil Sie eben schon in Saal neun vorausgeeilt waren."

„Stimmt! Und die paar Sekunden haben mir genügt, um den Sender aufzudrehen und meinen Text ins Mikrofon zu hauchen. Das war's ... beinahe war ich enttäuscht, weil es war so einfach."

„Noch etwas ... falls Sie mich nicht schon erlösen müssen? Ich habe in Kandlers Wohnung den alten, zerbrochenen Bügel liegen gesehen. Und da ist mir aufgefallen, dass der neue Bügel geriffelt war. Warum haben Sie den neuen nicht so wie den alten aussehen lassen? Damit hätte sich Ihr 3D-Drucker vermutlich sogar leichter getan, oder nicht?"

In dieser Sekunde begriff Halb, dass er das Puzzle doch noch nicht ganz fertig zusammengesetzt hatte.

„Endlich! Herr Hofrat, das ist ja jetzt wirklich eine echte Frage, die mir zeigt, dass selbst Sie nicht alles komplett durchschaut haben. Na, dann will ich es Ihnen umso lieber erklären. Das war ein Ablenkungsmanöver. Denn in Wirklichkeit habe ich beide Bügel ausgetauscht, auch den nicht zerbrochenen. Denn in diesen habe ich ein ebenso winziges Mikrofon mit Batterie eingegossen – dessen Schalleintrittsöffnung ist ganz vorne gleich beim Scharnier versteckt. Und damit der Andreas nicht allzu misstrauisch wird, habe ich den offiziell ausgetauschten Bügel in einem etwas anderen Design hergestellt und ihm gesagt, dass ich leider nur mehr einen geriffelten Ersatz gefunden hätte. Wie erwartet hat er zwar angebissen und die Brille auch mit zwei unterschiedlichen Bügeln getragen, aber er hat nur mehr Augen für den ‚falschen' Bügel gehabt und gar nicht erst gemerkt, dass ich auch den anderen ausgetauscht habe."

„Ein Mikrofon? ... ah so, jetzt verstehe ich!"

„Wirklich?"

„Ja. Jetzt ist mir auch klar, warum Sie sich gerade Saal acht für Ihre Geisterstunde ausgesucht haben. Der Raum hat eine ganz eigene Akustik, es hallt dort viel mehr als in den anderen Sälen. Das war Ihr Signal: Immer, wenn Sie Kandlers Schritte – über Kopfhörer, nehme ich an – besonders hallen gehört haben, wussten Sie, dass er sich der ‚Flucht des Orest' genähert haben musste. Und dann haben Sie zu hauchen angefangen. Und deshalb haben Sie es auch gehört, als Kandler geantwortet hat."

„Kompliment, Herr Hofrat, Sie verdienen sich wirklich meinen Respekt ... wenn auch leider erst so knapp vor Ihrem Tod."

„Macht nix, ich bin bescheiden geworden. Aber weil wir gerade beim Mikrofon sind – wieso haben Sie auch das eine Mal, als ich bei Kandler im Museum war, Ihre Show abgezogen? Haben Sie sich da nicht gefürchtet, dass ich Ihnen eher auf die Schliche kommen könnte? Immerhin habe ich damals die Information bekommen, dass die Stimme Kandler wahnsinnig laut vorkam, wohingegen sie für mich, der ich nur knapp entfernt gestanden bin, eher leise geklungen hat."

„Und haben Sie mit dieser Information etwas anfangen können?"

„Ehrlich gesagt ... nein!"

„Sehen Sie, Herr Hofrat! Ich wollte mir einfach den Spaß nicht entgehen lassen, auch einen so berühmten Kriminalisten ..."

„Jetzt übertreiben Sie aber."

„... berühmten Kriminalisten wie Sie zu foppen. Und dass Sie kommen würden, konnte ich mir denken, weil sich der Franz, also Herr Horak, schon beim Stammtisch davor erbötig gemacht hatte, Sie mit dieser Causa zu konfrontieren. Und angesichts des Rufs, der Ihnen vorauseilt, war ich sicher, dass Sie schon bald im Museum auftauchen würden. Sie würden sich so einen mysteriösen Fall nicht entgehen lassen. Und ich sollte ja recht behalten! Außerdem wollte ich wirklich nicht, dass der Andreas von Anfang an nur als psychisch Kranker dastünde. Diese Rolle hatte ich ja mit Sebastian, dem Herrn Waltenberg, besetzt. Nein, Kandler sollte das Opfer eines mysteriösen, geisterhaft-bösen Geschehens werden. Mir hat die Idee gefallen, wie viele Leute auf diesen Blödsinn einsteigen und plötzlich an die Macht der Erinnyen glauben würden. Ja, ich wollte nach langen Jahren des Misserfolgs, nach all den Wunden, die mir das Leben geschlagen hatte, eine perfekte Hysterie inszenieren. Quasi als Probelauf – als Probelauf für meinen kommenden Mega-Erfolg! Aber das konnte nur funktionieren, wenn es einen glaubhaften Zeugen für das, was Kandler erlebt zu haben glaubte, gab."

„Ich fühle mich geehrt, dass Sie mir diese Rolle zugedacht haben."

„Die Ehre ist ganz auf meiner Seite. Und Sie müssen zugeben, dass Sie genauso reagiert haben, wie ich es mir in meinen kühnsten Träumen ausgemalt hatte."

Halb suchte vergeblich nach einem Satz, mit dem er Märzner so richtig schön in dessen Weichteile treten könnte.

Aber er fand keinen. Er konnte nur damit weitermachen, alle mörderischen Eckpunkte abzuarbeiten, um Zeit zu gewinnen.

„Und damit der Spuk so lange funktioniert, bis Kandler tot umfällt, haben Sie auch noch seinen Nachttisch ‚getunt' und zu einem Induktionsladegerät umgebaut. Oder irre ich mich da?"

„Nicht im Geringsten. Der arme Andreas war wirklich ein sehr dankbares Opfer, weil alle seine Verhaltensweisen so vorhersehbar waren. Zum Beispiel wusste ich, dass er beim Schlafengehen immer seine Brille aufs Nachtkastl gelegt hat. Also habe ich ihm nur erzählen müssen, ich hätte auf dem Flohmarkt eine Nachttischlampe gefunden, die viel besser als seine alte sei. Und die noch dazu zu seinem Möbelstil passe. Prompt hat er sich gefreut und mich zu sich gebeten. Es war dann ganz einfach, aus dieser Lampe zwei Drähte abzuzweigen und damit die Induktionseinrichtung zu speisen. So haben sich die beiden Brillenbatterien Nacht für Nacht automatisch wieder aufgeladen."

„Und den Rest hat Kandlers Herzschwäche erledigt, oder?"

„Die ... und das Halluzinogen, das ich ihm in seine Herztropfen geleert habe."

Halb musste würgen, um die aufsteigende Panik in den Griff zu bekommen. Märzner war offensichtlich nicht nur ein narzisstisches Technikgenie, das seine

Ziele eiskalt verfolgte, er war auch ein begeisterter Sadist, der seine Opfer gerne leiden sah.

„Aber ... aber diese Substanz wird man doch bei Kandlers Obduktion finden. Und dann ist klar, dass sein Herzinfarkt ...“

„Natürlich wird klar sein, dass sein Herzinfarkt kein Zufall war! Dazu werden auch die anderen Drogen beitragen, die Ihre Kollegen in Kandlers Wohnung finden werden. Es war gar nicht so einfach, sie in diesem winzigen Loch zu verstecken, aber am Ende ist es mir doch gelungen. ... wie immer, natürlich!“

Halb spürte, dass er seinen Brechreiz nur mehr zwei, drei Minuten unter Kontrolle halten könnte. Dann würde er Märzner vor die Schuhe kotzen ... und dieser würde ihn endgültig töten.

„Und das alles nur ... ja, wofür eigentlich? Für eine simple Hymne, die irgendwann in der Zukunft bei großen Events ab und zu geträllert wird?“

„Ab und zu geträllert wird? Herr Hofrat, Sie haben offenbar nicht die Dimensionen dieses Auftrags begriffen! Wissen Sie, wie viele Dollar-Millionen da im Spiel sind? Allein die Tatsache, dass meine lächerlich kleine und unbedeutende Werbeagentur den Zuschlag für die Melodie der Hymne und deren Vermarktung bekommen hat, ist – auf den Vertragszeitraum gerechnet – neun Millionen Dollar wert! Neun Millionen! Und das nennen Sie eine ‚simple Hymne‘? Ja, es stimmt, dass das Unglaubliche wahr geworden ist! Ja, es stimmt, dass ich – der über die Jahrzehnte als nichtssagend beschimpfte, Mini-Mini-Mini-Agentur-Inhaber –, Markus Märzner, aus Jux und Tollerei die Melodie an das Gründungskomitee der ‚World Marathon League‘ geschickt habe. Und dass das Wunder geschehen ist! Ich habe die Ausschreibung gewonnen! Gewonnen gegen die größten der internationalen Werbeagenturen. Alle hatten Sie sich an der Ausschreibung beteiligt. Und manche von denen hätten für den Auftrag alle zehn Finger hergegeben! Aber sie alle haben verloren ... gegen mich verloren, mich, Markus Märzner! Ich war der triumphale Sieger! Ich habe die Melodie komponiert, die Millionen wert ist – wert sein wird."

„... die aber blöderweise nicht von Ihnen allein ist, nicht wahr? Ich habe es mir nicht genau gemerkt, aber Herr Horak hat mir erzählt, dass Sie nur die Anfangsidee zu ihrer Sparvereinshymne hatten. Den Rest der Hymne hat doch der Herr Worcinka komponiert, richtig? Und mit großer Wahrscheinlichkeit hätte auch – sogar mit Recht – Herr Waltenberg einen Teil des Millionenkuchens für sich beansprucht. Ich bin mir sicher, dass er als ehemaliger Musiklehrer derjenige war, der die Melodie in die richtige Form gebracht hat. Und sicher hätte auch Herr Horak wenigstens einen kleinen Teil vom Gewinn haben wollen. Sie hätten die neun Millionen durch fünf teilen müssen. Aber das wollten Sie auf jeden Fall verhindern! Und Sie wussten genau – wenn Sie nicht mit Kandler, Worcinka, Horak und Waltenberg teilen, hätte es garantiert Klagen und Gegenklagen gegeben. Und egal, wie diese Verhandlungen ausgegangen wären – die Optik wäre verheerend gewesen. Sie wären nicht mehr der bisherige Nobody, der plötzlich zum internationalen Strahlemann gereift war, gewesen! Sie wären schlicht und einfach als kleiner mieser Betrüger dagestanden. Und das hätte der ‚World Marathon League' gar nicht gefallen, Sie hätten den Auftrag in den Wind schreiben können. Den Auftrag, der Ihre letzte Chance auf das ganz große Geld war."

Halb sah, dass er es übertrieben hatte. Märzner stand mit vor Wut geballten Fäusten vor ihm. Halb überlegte kurz, ob er die Augen schließen oder ob er seinem Ende ins hochrote Gesicht sehen sollte. Da kam ihm ein völlig anderer Gedanke in den Sinn. Wie war das doch mit dem Erzengel Michael gewesen? Hatte der nicht Satan auf die Erde hinabgestürzt? Und war noch dazu der Schutzheilige der Polizisten?

Halb wollte wirklich nicht blasphemisch werden ... schon gar nicht im Moment seines eigenen Todes. Aber wenn er wüsste, wie der Erzengel Satan aus dem Himmel vertrieben hatte, dann ...

Der Narzissmus! Halb hatte nur eine Chance, wenn er Märzner so reizte, dass dieser einen schweren Fehler beging.

„Aber das Gute an der Siegesgeschichte war ja, dass einerseits die anderen noch nichts davon wussten, dass Sie mit Ihrer gemeinsamen Melodie den Millionenjackpot geknackt haben. Andererseits hatten Sie eine kurze Galgenfrist, denn die ganze Hymne würde erst im September in Paris der staunenden Weltöffentlichkeit präsentiert werden. Und hätte einer der vier die ersten Takte doch schon vorher im Radio gehört, Sie wären der Erste gewesen, der davon erfährt. ‚Markus, stell dir vor, da hat wer unsere Hymne missbraucht!‘ Vielleicht hätten Sie ihm erklärt, Sie würden sich schlaumachen, wer Ihnen die Musik gestohlen habe. Auf jeden Fall hätten Sie alle Fäden in der Hand gehabt. Das war Ihr Glück! Sie hätten immer noch etwas Zeit gehabt, um Ihre ‚lieben Vereinsfreunde‘ umzubringen. Deshalb auch das Theater mit den Rachegöttinnen.

... und natürlich das Theater um den von Schuldgefühlen geplagten Sebastian Waltenberg! Der dermaßen am Ende seiner Nerven war, dass er sich nur mehr damit zu helfen wusste, die Schuld an irgendwelchen historischen Morden auf sich zu nehmen und sich dann zu erhängen. Im Knien, an einem Heizkörper! Respekt, Herr Märzner! Auf die Idee muss man erst einmal kommen. Nicht so was Banales wie Schlaftabletten und eine Flasche Wodka. Nein, im Ernst ... Herr Märzner, ich muss Ihnen erneut ein Kompliment machen, der Plan war fast so genial wie der, mit dem Sie Herrn Kandler umgebracht haben."

„Aus Ihrem Munde klingt so ein Lob gleich doppelt schön. Ja, nicht wahr, ich fand die Idee auch ganz allerliebst."

„Ja ... wobei, ‚allerliebst' hätte ich jetzt vielleicht nicht verwendet, aber sie war gut. Und sie hat uns wieder auf eine völlig falsche Fährte gelockt. Sagen Sie mir nur eins – was haben Sie mit der blonden Perücke und all den Sechzigerjahre-Kleidungsstücken gemacht, nachdem Sie sie nicht mehr gebraucht haben für Ihre Rolle als sich selbst bezichtigender ‚tragischer Held' Sebastian Waltenberg?"

„Herr Hofrat, Sie sind wirklich ein exzellenter Menschenkenner – ja, es hat den ehemaligen Schauspieler in mir schon ein wenig geschmerzt, die Requisiten nicht in meinem persönlichen Fundus verwahren zu können. Aber ich habe mich mit den neun Millionen Dollar getröstet, als ich meine ‚Sebastian-Waltenberg-Existenz' auf einer Baustelle am Stadtrand mit Benzin übergossen und verbrannt habe."

„War das dieselbe Baustelle, auf der Sie das Taxi abgefackelt haben, mit dem Sie mich überfahren wollten?"

„Ja, dieselbe. Die ist so schön uneinsehbar. Und außerdem liegt sie in der Nähe eines der letzten guten alten ‚Branntweiner' Wiens."

„Herr Märzner, jetzt enttäuschen Sie mich aber. Sie, ein Herr von Welt, besuchen ein Lokal, in dem nur Hochprozentiges ausgeschenkt wird? In dem sich normalerweise nur die ärmsten Säufer treffen?“

„Ihre Enttäuschung ehrt mich, aber an diesem Abend war mir danach, mich so richtig zu betrinken. In der passenden Umgebung das Unglück der Welt im schlimmsten Fusel zu ertränken.“

„Ich nehme an, das Unglück der Welt war die Tatsache, dass Sie mich mit dem Auto verfehlt haben?“

„Ja ... und zur Abwechslung beantworten jetzt Sie mir eine Frage. Wie haben Sie es geschafft, so schnell zu reagieren und hinter den Baum zu springen?“

„Ach das, das war purer Reflex. Wissen Sie, man hat mich schon so oft zu ermorden versucht, da bekommt man ein gewisses ‚G'spür‘ dafür, wann es wieder einmal so weit ist. Apropos, warum wollten Sie mich eigentlich an dem Abend so plötzlich aus dem Weg räumen?“

„Weil ich Ihr Gesicht gesehen habe, als Sie Horak mit unserem Vereinshymnen-Polster beinahe erstickt hätte. Wie er Ihnen das Ding vor die Nase gehalten hat, da ...“

„Da haben Sie gefürchtet, dass ich in diesen paar Noten und in der Darbietung von Herrn Horak die Anfangstakte der ‚World-Marathon-League‘-Hymne wiedererkennen könnte. Weil Sie mussten ja davon ausgehen, dass ich – im Gegensatz zu Kandler, Waltenberg, Worcinka und Horak – ein häufiger Radiohörer bin. Und deshalb sind Sie mir nachgegangen, haben das Taxi gestohlen und ... jetzt erinnere ich mich erst! Die Verena hat erzählt, dass Sie einst in einer Stuntmanshow gearbeitet haben. Lassen Sie mich raten, Sie waren dort Spezialist für Autocrashes?“

„Touché, Herr Hofrat, Sie haben mich erwischt. Na ja, soweit Sie das in Ihrem Zustand überhaupt noch können. Aber gerade deshalb will ich Ihnen eine letzte

Freude in Ihrem Leben nicht vergällen – ja, Sie haben vollkommen recht, ich habe vor langer, langer Zeit auch als Stuntfahrer gearbeitet. Und wie man sieht, war das damalige Training nicht ganz umsonst.“

Oder eben doch! – Halb hütete sich allerdings, diesen ironischen Konter laut auszusprechen. Er spürte, dass er den seidenen Faden, an dem sein und möglicherweise auch das Leben der anderen hing, auf keinen Fall überdehnen durfte. Schließlich mussten doch jede Sekunde wenigstens Schwejk, Toni und der Ingeniöhr auftauchen, ganz zu schweigen von „schwereren Geschützen“ wie den Kollegen vom Einsatzkommando Cobra.

„Womit ich wohl zu meiner letzten Frage kommen darf. Gestatten Sie mir, mit etwas Banalem zu beginnen?“

„Man soll einem zum Tode Verurteilten nie den letzten Wunsch abschlagen. Bitte, seien Sie so banal, wie es Ihnen beliebt.“

„Herzlichen Dank! Mich würde interessieren ... ja, wie gesagt, es klingt fast zu blöd, um wahr zu sein. Aber ich verstehe nicht, wie Sie aus dieser Situation herauskommen wollen? Gut, es könnte sich noch ausgehen, dass Sie uns alle umbringen und flüchten. Aber damit hätten Sie doch erst wieder Ihren Jahrhundertvertrag mit der ‚World Marathon League‘ verspielt! Sie würden erst wieder auf das Millionen-Trostpflaster für – und jetzt erlaube ich mir, Sie zu zitieren – all die Wunden, die Ihnen das Leben geschlagen hat, verzichten müssen. Ich bin mir nämlich sicher, dass diese Sportvereinigung keinen flüchtigen Killer als Werbestrategen verpflichtet.“

„Ich gebe Ihnen recht, Herr Hofrat! Aber glauben Sie mir, ich werde ebenso ein Opfer der perfiden Massenmörderin Blandine Sulzer sein. ... zumindest beinahe.“

Halb wurde endgültig schwarz vor Augen. Er hatte verloren! Er versuchte sich damit zu trösten, wenigstens einem kriminellen Genie zum Opfer gefallen zu sein.

Delia!

... nein, der Gedanke war überhaupt kein Trost!

„Nicht jetzt ohnmächtig werden, Herr Hofrat! Sie wollten Ihre letzte Fragerunde, also hören Sie mir bis zum bitteren Ende – Ihrem bitteren Ende – zu. Die Polizei wird hier neun Leichen finden. Und dann wird sie ganz erstaunt feststellen, dass eine davon noch lebt. Und ich werde – gerade noch – gerettet werden können. Für Worcinka, Horak, seine Enkelin, Blandine, Sie und die drei Herren vom Personenschutz wird leider jede Hilfe zu spät kommen. Während mein Überleben einem wüsten Zufall zu verdanken sein wird. Meiner Kreuzallergie ... wenn man zum Beispiel auf bestimmte Pollen allergisch reagiert, reizen einen auch andere, ähnliche Eiweiße. In meinem Fall bedeutet das – ich bin auf Birkenpollen allergisch, fühle mich aber auch nicht gerade gut, wenn ich einen Apfel esse. Das war der Grund, warum ich, zumindest aus Höflichkeit, nur einige wenige Bissen von diesem Apfelstrudel hier gegessen haben werde. Ich konnte ja nicht wissen, dass mir diese Tatsache das Leben retten würde, zumal der Strudel hochgradig vergiftet war.

Und weil ich überlebe, werde ich der Polizei berichten können, warum Blandine Amok gelaufen ist. Ich werde es natürlich beim besten Willen nicht nachvollziehen können ... aber vielleicht hätte man doch viel früher auf ihre Drohungen reagieren müssen. Drohungen, die immerhin im Fernsehen für jedermann zu sehen und zu hören waren. Sie war eben zu labil, die arme Blandine. Aber ... das könnte man ja auch verstehen – jemand wie Blandine, die sich auf einen indischen Namen umbenennen lässt, die ist eben ein ganz spezieller Charakter. Vermutlich hatte sie in ihrer klösterlichen Einsamkeit den Beschluss gefasst, nicht nur mit Worten zu drohen, sondern endlich auch Taten folgen zu lassen. Dann hat sie sich bei mir gemeldet, ich habe sie – natürlich nach bestem Wissen und Gewissen, sozusagen in meiner grenzenlosen Naivität und Menschlichkeit – mit zu dieser fröhlichen Runde genommen. Und hier ist es dann zu dieser Katastrophe gekommen."

„Und Kandler? Der ist in Ihrer Inszenierung wirklich nur das Opfer einer unglücklichen Mischung aus Herzerkrankung und Drogensucht? Und Waltenbergs Tod würde als Selbstmord zu den Akten gelegt werden?"

„Ja und nein. Kandler hat scheinbar mit diesem Massaker hier wirklich nichts zu tun gehabt. Bei Waltenberg werden die Fakten einen anderen Schluss zulassen."

„Verraten Sie mir noch, womit Sie diesen Strudel vergiftet haben?"

„Wozu wollen Sie denn das noch wissen? Herr Hofrat, ich garantiere Ihnen – Sie werden als Erster tot sein! Sie werden nicht die allergeringste Chance haben, den Rettungskräften noch zu verraten, womit ..."

„Dann kann es Ihnen ja auch egal sein, ob Sie es mir sagen oder nicht. Bitte, haben Sie Erbarmen mit einem alten, verknöcherten Kriminalisten – Typen wie ich sterben eben leichter, wenn sie alle Puzzlestücke kennen."

„Na gut, ich will ja nicht zu grausam sein. Mein Rezept für einen denkwürdigen Apfelstrudel – zuerst ein paar Tropfen eines starken, geschmacklosen Betäubungsmittels. Aber das allein würde noch nicht tödlich wirken. Daher habe ich eine weitere feine Zutat hineingemischt, die den ‚Mordsstrudel' perfekt macht. Herzglykoside! Bei Überdosierung kommt es zu Herzrhythmusstörungen und Kammerflimmern. Exitus! Ganz einfach! Und diese Substanzen sind erfreulich leicht zu bekommen, man braucht auch erstaunlich wenig, um so einen Apfelstrudel zu einer tödlichen Süßigkeit zu veredeln. Aber keine Angst, Herr Hofrat, Sie werden nicht daran zugrunde gehen. Sie sterben an einer Kugel, mitten in den Kopf.

Und ich ... ich werde auch nach Tagen noch vollkommen erschüttert sein, wenn ich der Polizei berichte, wie entsetzlich Ihr Tod war. Aber ich war schon viel zu benommen von dem Gift, um noch eingreifen zu können. Als Sie hereingestürmt kamen, hat sich Blandine tot gestellt. Und dann hat sie plötzlich eine Waffe gezückt. Und ich kann mich ganz dunkel erinnern, dass Sven Sulzer so eine Pistole in seinem Besitz hatte. Dass er sie mir – natürlich aus reinem Zufall – knapp vor seinem Tod geborgt hat, muss ich ja nicht erwähnen. Nein, Blandine Sulzer hat Sie kaltblütig erschossen. Und dann hat sie ihr Werk des Wahnsinns vollendet – ein halbes Fläschchen mit Tropfen hat sie geschluckt. Ja, das habe ich trotz meiner Benommenheit erkennen können ... selbstverständlich, Herr Kommissar, das habe ich mit meinen eigenen Augen gesehen.

So, aber jetzt wollen wir wirklich Schluss machen. Ah ja, ein letztes Detail hab ich noch! Dass Frau Sulzer alle umgebracht hat, wird auch deshalb außer Zweifel stehen, weil bei ihr zu Hause werden ..."

„Ach so, ich verstehe! Lassen Sie mich noch ein letztes Mal raten – die Kollegen werden in Blandine

Sulzers Wohnung die Tagebücher von Waltenberg finden. Sie werden außerdem sehr bald feststellen, dass aus einem der Tagebücher eine Seite herausgerissen ist. Und dann wird man erkennen, dass der vermeintliche Abschiedsbrief von Waltenberg auf eben dieser Seite geschrieben wurde, in einer seiner tatsächlich sehr depressiven Phasen. Deshalb gab es auch keine Unterschrift."

„Herr Hofrat, ich bin beeindruckt! Ich bedaure es wirklich, Sie töten zu müssen. Es hätte mir sicher Vergnügen bereitet, mit Ihnen so manche Mordpläne zu entwerfen."

„Na ja, noch wäre es ja nicht zu spät dafür."

„Das liebe ich! Ein origineller Scherz auf den Lippen, selbst beim Sterben. So, Herr Hofrat, Sie verzeihen mir, wenn ich Sie jetzt ein wenig drehen muss ... ja, genau so, das reicht, um Blandine die Pistole in die Hand zu drücken, Sie verstehen sicher – damit man auf ihrer Hand die entsprechenden Schmauchspuren feststellen kann. Noch ein bisschen näher ... ja, so ist es für mich am bequemsten ..."

„Herr Märzner ..." – Halb hatte keine Idee, wie er noch Zeit gewinnen konnte. Das Einzige, was ihm noch einfiel, war ihm abgrundtief zuwider. Aber er hatte keine andere Wahl als zu flehen.

„... Sie wollen jetzt allen Ernstes acht Menschen ermorden? Sie haben doch schon Kandler und Waltenberg umgebracht. Zehn Tote? Ist es das wert?"

Es war nur ein spöttisches Lächeln, das Märzner für die berühmten letzte Worte seines Gegenspielers übrig hatte. „Herr Hofrat, ich habe Ihnen doch gesagt, dass ich mindestens neun Millionen Dollar verdienen werde. Das heißt, jede Leiche ist für mich neunhunderttausend Dollar wert. Glauben Sie nicht auch, dass schon wesentlich mehr Menschen für wesentli[...] ger Geld ermordet wurden? Falls es Sie tröstet – [...] sind mir neunhunderttausend Dollar wert! Falls [...] kränkt, dass Sie mir nur neunhunderttausend Do[...] wert sind, tut es mir leid."

Halb hatte gelesen, dass Menschen, die ihrem To[...] buchstäblich ins Auge blickten, von der Frage gequält wurden, ob sie hinsehen oder die Augen zumachen sollten.

Im Grunde faszinierte ihn das Innere eines Pistolenlaufs nicht wirklich.

Und Märzners Grinsen, das er jetzt hinter Sulzers Arm hervorblitzen sah, schon gar nicht.

Halb schloss die Augen.

Es war ein dumpfes Geräusch, kein Schuss. Zudem tat ihm immer noch alles genauso weh wie vor seinem Tod. Ob er doch noch ...

„Chef! Du kannst die Augen wieder aufmachen. Jetzt ist auch dieser Spuk vorbei!"

Halb hatte ja bereits einige Übung im vorsichtigen Lidöffnen – er spürte, wie sich seine Wimpern Millimeter für Millimeter hoben.

Märzner lag auf dem Boden, zwischen Blandine Sulzer und ihm. Dahinter lachte Verena in einer Art, die einerseits alles Glück der Welt enthielt, andererseits so frech wirkte, dass ihr Halb am liebsten eine Ohrfeige gegeben hätte, wenn er nicht noch gefesselt gewesen wäre.

## Sonntag, 1. September 2013, 19.30 Uhr

„Chef, wieso hast du der Verena dann doch keine gezischt? Meinen Segen hättest du gehabt."

„Danke Toni, aber ich war eben noch gefesselt. Und als sie mir die Schnüre durchgeschnitten hat, da hatte ich dann doch eher das Gefühl, sie umarmen zu müssen. Aber sag das bitte nicht meiner Delia, gell."

Halb hatte die letzten Worte in seinem besten „Bühnen-Flüstern" gesprochen, damit sie Delia auf jeden Fall hören würde.

„Jaja, Ludwig, das nächste Mal rette eben ich dich aus der Lebensgefahr, damit ich wenigstens auch einmal so stürmisch ..."

„Bitte nicht! Ich mach dir folgenden Vorschlag: Du rettest mir nicht das Leben, weil ich erst gar nicht mehr in Lebensgefahr gerate, dafür umarme ich dich, wann immer du willst. ... na ja, wann immer wir ohne großes Publikum sind."

... was momentan nicht der Fall war. Toni, Schwejk, der Ingeniöhr, Verena, Ernst, Helli und ihre Familie, Maria und Gilles Korber sowie Kurt Lukinowski deuteten einen Applaus an. Echtes Klatschen kam nicht in Frage, da sie Flitzi und sein kleines Brüderchen nicht aufwecken wollten. Für den Dreijährigen hatten sie ein Gitterbett auf Lukinowskis Bürocouch improvisiert, wogegen Antoine in seinem Baby-Bag schlummerte.

„Verena, ich habe immer noch nicht ganz verstanden, warum hast du mich so lange Blut schwitzen lassen? Wolltest du dich am Leid deines Vorgesetzten weiden oder ..."

„Aber nein! Dazu hab ich doch fast jeden Tag Gelegenheit. Zumindest an jedem, an dem du Pressekonferenzen abhalten oder sonstige bürokratische Sachen machen musst. Nein! Ich muss gestehen, ich war von Märzners Rede fasziniert. So sehr, dass ich ganz leise mein Handy aus der Tasche gezogen und die Aufnahmefunktion aktiviert habe. Deshalb haben wir jetzt das Geständnis auf Band. Worüber sich der Staatsanwalt freut!“

„Aber wieso warst du überhaupt in der Lage, Märzner eins über den Schädel zu ziehen? Wieso liegst du nicht auch im Spital, so wie die anderen?“

„Weil ich mir unmittelbar nach unserem Telefonat – na, als ich dich von deinem Schweinsbraten abgehalten habe –, dachte, dass das eigentlich wirklich seltsam ist. Wieso bringt der Märzner einen riesigen Apfelstrudel mit, wenn er selber auf Äpfel – wenn auch nur leicht – allergisch reagiert? Das hat mir keine Ruhe gelassen. Also habe ich vorsichtshalber nur so getan, als ob ich essen würde. Und als ich merkte, dass um mich herum einer nach dem anderen ... beziehungsweise nach der anderen ... vom Sessel fällt, habe ich das nachgeahmt. Und dann bist schon du hereingestürmt. Das war übrigens sehr lieb, dass du sofort zu mir gelaufen bist, auch wenn du dich damit dem Märzner geradezu auf dem Servierteller präsentiert hast.“

„Verena, bitte erwarte nicht von mir, dass ich dich auch beim nächsten Mal zu retten versuche. Seit vorgestern bin ich ein modernerer Mensch – ich bin zum Egoisten herangereift.“

„Hört, hört! Darf ich das so verstehen, dass du in Zukunft auch mehr Wert auf deine Karriere legen wirst? Und daher jede Möglichkeit nützt, mich auf Konferenzen zu vertreten?“ Straka hatte Halbs neues Lebensmotto sofort zu seinen Gunsten interpretiert.

„Nein, mein lieber Ernst. Mitnichten! Ich werde ab nun nur mehr das tun, worauf ich wirklich Lust habe. Wie zum Beispiel jetzt den berühmten Satz sagen: Das Buffet ist eröffnet!“

Ein Stunde später waren alle bis über den Kehlkopf gesättigt. ... was kein Wunder war, denn die eine

Hälfte der Köstlichkeiten kam vom „Himmelsbeisl“, die andere vom „Piano e dolci“.

„Ludwig, ganz im Vertrauen – hat dich dein Beinahe-Lebensende so sehr zu einem anderen Menschen gemacht, dass du für uns ab jetzt nur mehr das Beste und Teuerste bestellst? Ich kenne dich zwar als großzügigen Menschen ... großzügig gegenüber anderen Ansichten und Lebensstilen. Aber es eilt dir nicht gerade der Ruf voraus, ein finanziell großzügiger Mensch zu sein. Bist du wirklich ein neuer Mensch?“

„Selbstverständlich, mein lieber Kurt! Und der bin ich am allerliebsten, wenn ... ich auf solche Herrlichkeiten eingeladen werde. Tatsächlich hat Blandine Sulzer darauf bestanden, die Kosten für die heutige Feier zu übernehmen. Sie meinte, sie sei Verena und mir ewig dankbar, dass wir sie davor gerettet haben, als Mörderin in die Geschichte einzugehen.“

„Chef, ich bin der Dame für ihr lukullisches Sponsoring ja auch sehr dankbar, aber kannst du mir erklären, warum ihr das so wichtig war? Wäre sie tot gewesen, hätte es ihr doch völlig egal sein können, wie die Lebenden von ihr denken!“

„Nein, Schwejk! Du siehst das viel zu nüchtern. Frau Abhayankari Devi“ – Halb genoss den Moment der vollkommenen Stille, alle hatten sich verblüfft zu ihm umgedreht – „... ja, da schaut ihr, gell? Für manche Namen brauch ich halt etwas länger, bis ich sie mir merke. Aber dafür kann ich sie dann auch noch nach zwei großen Bieren aussprechen. Also, Frau Ahabay... Moment, einen Versuch hab ich noch, Frau Abhayankari Devi vertritt die Ansicht, dass es für das weitere Schicksal einer Seele nicht egal ist, wie die Lebenden über sie denken. Und deshalb war sie Verena und mir sehr dankbar. So, und jetzt ...“

„Und jetzt ..." – ein Klirren und Lukinowskis samtene Stimme beendeten Halbs Erklärungen – „... erheben wir die Gläser auf die, die heute noch nicht bei uns sein können. Verenas Großvater, Herr Worcinka, die edle Spenderin unseres Nobelbuffets und die drei Kollegen von der Überwachung – sie alle werden erfreulicherweise schon in ein paar Tagen das Krankenhaus verlassen. Prost!

Und dann möchte ich noch eine Frage beantworten, die bisher zwar keiner zu stellen gewagt hat, auf deren Antwort aber schon alle sehr neugierig sind ... also, fast alle. Nein, es ist natürlich nicht möglich, das Kommissariat am Michaelerplatz für eine Feier wie unsere zu mieten ... trotz des herrlichen Ausblicks auf einen der schönsten Plätze Wiens. Mehr noch, es ist sogar verboten, sich in meinem Zimmer wohlzufühlen. Wo kämen wir denn da hin, wenn Beamtenstuben plötzlich zu Orten menschlicher Erbauung würden? Dass wir heute trotzdem hier in diesem meinen Zimmer Momente geistiger und körperlicher Genüsse erleben dürfen, liegt an der Überzeugungskraft ... nein, nicht Ludwigs, sondern an der von Ernst. Und – ich will es nicht verschweigen – natürlich auch an deiner großzügigen Spende für unseren ‚Fonds für außergewöhnliche Notlagen'.

Und zum Abschluss möchte ich noch eine letzte ‚Bosheit' verkünden. Lieber Ludwig, wir wissen alle, wie sehr du es liebst, im Mittelpunkt der medialen Aufmerksamkeit zu stehen ... aber ein Mensch, der innerhalb weniger Tage zwei Morde aufgeklärt und acht weitere verhindert hat, muss es sich gefallen lassen, gefeiert zu werden."

„Uaaah" – obwohl Lukinowski seine Ansprache entsprechend leise gehalten hatte, wachte Klein-Antoine plötzlich auf. Und weckte natürlich seinen großen Bruder, der ebenfalls zu weinen begann.

Gilles und Maria Korber stellten eilig ihre Sektgläser auf den Tisch und widmeten sich ihren beiden Buben.

Der Rest der kleinen Runde sah jetzt keinen Grund mehr, die Gläser nur andeutungsweise erklingen zu lassen.

„Vivat Ludwig!"

„Chef, lebe hoch!"

„... und vor allem lang!"

Der Mittelpunkt der Aufmerksamkeit hatte sich etwas an den Rand des Raumes zurückgezogen. Halb bemühte sich, möglichst grimmig auf die vielen Hoch-Rufe „herabzuhören", aber er konnte nicht verhindern, dass sich seine Mundwinkel langsam, aber stetig nach oben verzogen.

„Ludwig ..." – endlich lächelte Halb ohne jegliche Zurückhaltung.

„Ja, meine Liebe?"

„Ich weiß, dass ich jetzt etwas fürchterlich Dummes sage. Aber du musst mir ganz fest versprechen, nie wieder in eine so gefährliche Situation hineinzustürmen. Lass das doch bitte die anderen machen!"

„Delia, du tust ja gerade so, als ob es mir Spaß gemacht hätte, beinahe umgebracht zu werden. Ich schwöre dir, weder am Dienstag noch vorgestern war es ein Vergnügen, in der Ferne die eigenen Totenglocken läuten zu hören. Was kann ich dafür, dass euch die Kollegen am Notruftelefon nicht und nicht geglaubt haben, dass ich in tödlicher Gefahr war. Aber ich will mich jetzt nicht aufregen! Außerdem war es nach diesem Fernsehgetue irgendwie verständlich, dass die euch für selbsternannte ‚Spaßvögel' gehalten haben, die aus Jux und Tollerei bei der Polizei anrufen und irgendeinen Schwachsinn behaupten."

„Hör bitte auf! Ich darf gar nicht daran denken, was passiert wäre, wenn nicht Haschek nach einer Viertelstunde seine Mailbox abgehört und dann Alarm ausgelöst hätte."

„Dabei war das ein Zufall, eigentlich wollte ich den Toni anrufen. Aber weil ich mich noch immer nicht mit diesem elektronischen Schmarrn auskenne, habe ich irrtümlich den Schwejk ..."

„Ludwig, schimpf nicht! Es ist ja alles gut ausgegangen. Diesmal. Und deshalb musst du mir versprechen ... na ja, dass du dich wenigstens bemühen wirst, nicht so bald wieder umgebracht zu werden. Weil – findest du nicht auch, dass die beiden da drüben unwahrscheinlich lieb und herzig sind!"

Halb folgte Delias ausgestrecktem Arm ... und verstand gar nichts mehr. Wieso bezeichnete Delia Maria und Gilles Korber als „unwahrscheinlich lieb" und „herzig"?

Als er seinen Irrtum erkannte, hatte er das Gefühl, endgültig in Lebensgefahr geraten zu sein. Flitzi und Klein-Antoine waren ja zweifelsohne entzückend, aber ...

Alle zuckten erschrocken zusammen, als Halb sein Glas hob und zu einer ebenso unerwarteten wie lauten Antwort ansetzte.

„Wie gesagt, ich habe mich zu einem Egoisten weiterentwickelt! Daher werde ich mich an eure Wünsche halten und noch möglichst lange leben. Und wisst ihr was? ... ich werde vielleicht nicht mehr nur ein ‚Halb'-glückliches Leben haben. Vielleicht führe ich sogar ein ‚zweimal-Halb', also ein ganz glückliches!"

Wie auf Knopfdruck fingen Klein-Antoine und Flitzi wieder zu brüllen an, aber ihr Weinen ging im Klang der klirrenden Gläser unter.

Halb genoss den Lärm.

Totenstille würde er noch oft genug zu hören bekommen.

## Dankesworte

Hofrat Halb hätte ohne sein Team keinen seiner Fälle lösen können. Und ich ... durfte mich auch wieder auf ein höchst anregendes „Team“ stützen.

Ganz besonders danke ich Dr. Georg Schörner und Mag. Armin Klaps für ihre technischen Anregungen, die mir ein besonderes Vergnügen bereitet haben!

Dass mir Mag. Karoline Sindelar auch diesmal wieder das „passende Gift“ empfehlen konnte, hat mich ebenso erheitert wie gefreut ... vielen lieben Dank!

Meinem Schulfreund MMag. Volker Hornberg danke ich für die stundenlangen Gespräche, die Hofrat Halb bei der Klärung von *Mord heilt alle Wunden* sehr geholfen haben.

Beim Team des Haymon Verlags, insbesondere bei meiner Lektorin Mag. Dorothea Zanon, bedanke ich mich herzlich – es ist immer wieder eine freudige Überraschung, dass all die Buchstaben vom Computerbildschirm herunter ihren Weg zwischen zwei Buchdeckel finden.

Der letzte und größte Dank gilt meiner Mutter! Ohne ihre zahlreichen Anregungen und große Hilfe würden alle Mörder, die Hofrat Halb und seine Abteilung gefasst haben, nach wie vor munter und ungestraft ihrem niederträchtigen Handwerk nachgehen.

... oder auch nicht, denn auch die Täter hätten nie das Licht der Bücherwelt erblickt.

**Peter Wehle**
Kommt Zeit, kommt Mord
Ein Wien-Krimi
312 Seiten, € 12.95
HAYMON taschenbuch 165
ISBN 978-3-85218-965-9

Ermittlungen mit Stil im Wiener Blutgassenviertel: Kaum kehrt Hofrat Ludwig Halb ins Bundeskriminalamt zurück, überschlagen sich die Ereignisse – ein Mann gesteht auf seinem Totenbett einen Dreifachmord, für den seit Jahren ein anderer einsitzt. Gleichzeitig flattert Halb eine unerwartete Erbschaft ins Haus. Zwischen Wiener Nobelbezirken, Kaffeehäusern und Rotlichtviertel muss er bald erkennen, dass nichts so ist, wie es scheint.
Peter Wehle hat mit Hofrat Halb einen liebenswerten Ermittler geschaffen, der beweist, dass man dem Bösen auf der Welt auch mit Stil zu Leibe rücken kann – ein Krimi voll Witz, Charme und verblüffender Wendungen.

*„Geniale Ermittler à la Sherlock Holmes sind aus der Mode gekommen. Peter Wehle hievt mit seinem Hofrat Halb einen Vertreter dieser vom Aussterben bedrohten Spezies auf die Bühne des fiktiven Verbrechens."*
Salzburger Woche, Michael Stadler

**Peter Wehle**
Teufelskoller
Ein dämonischer Kriminalroman
416 Seiten, € 12.95
HAYMON taschenbuch 160
ISBN 978-3-85218-960-4

Mord in der Lungauer Almidylle: Das passt Wotan Perkowitz gar nicht, immerhin sitzt er in der Almhütte seiner Tante, um endlich Ruhe für seine Abschlussarbeit zu haben. Doch anstatt sich seinen Studien zu widmen, kramt Wotan nun lieber in der Vergangenheit der Gegend herum. Dabei stößt er auf die Hinrichtung einer Hexe, die denselben Namen wie die Ermordete trug. Und bekommt es direkt mit dem Teufel zu tun.
Mit trockenem Charme und Schlagfertigkeit begegnet der Städter Wotan Perkowitz den eigenwilligen Dorfbewohnern – ein Krimi voller Spannung und Humor, gewürzt mit einer ordentlichen Prise Dämonie!